AF482620

Joseph Roth

Der stumme Prophet

e-artnow 2018

Leseempfehlungen (als Print & e-Book von e-artnow erhältlich)

Walter Scott
Das Kloster: Historischer Roman

Nataly von Eschstruth
Der verlorene Sohn: Stolz und Trotz eines Grafen

Arthur Schnitzler
Jugend in Wien (Autobiografie)

Elisabeth Bürstenbinder
Um hohen Preis

Nataly von Eschstruth
Der Stern des Glücks: Historischer Liebesroman

Alexander von Ungern-Sternberg
Liselotte (Historischer Roman)

Friedrich Glauser
Matto regiert: Kriminalroman

Walter Scott
Kenilworth: Historischer Roman

Joseph Roth
Hotel Savoy

Walter Scott
Die Verlobten

Joseph Roth
Der stumme Prophet

e-artnow, 2018
Kontakt: info@e-artnow.org

ISBN 978-80-273-1437-9

Inhaltsverzeichnis

In der Silvesternacht von 1926 auf 1927 saß ich mit einigen Freunden und Bekannten in Moskau im Zimmer Numero neun des Hotels Bolschaja Moskowskaja. Für einige der Anwesenden war diese private Art, den Silvester zu feiern, die einzig mögliche. Ihre Gesinnung hätte ihnen zwar gestattet, eine festliche Stimmung in der Öffentlichkeit zu demonstrieren. Aber sie hatten Rücksichten zu nehmen und Rücksichten zu fürchten. Sie konnten sich weder unter die Ausländer mischen noch unter die einheimischen Bürger, und obwohl der und jener unter ihnen seiner Idee zuliebe schon oft und lange als Beobachter fungiert hatte, hütete er sich doch mit Recht, selbst der Gegenstand einer Beobachtung zu werden.

In meinem Zimmer schwebte der bekannte Zigarettendunst, den man aus den Romanen der russischen Literatur kennen dürfte. Ich öffnete abwechselnd die kleine Luke am Fenster – das ganze zu öffnen, hätten mir meine Gäste verwehrt – und bald die Tür, die in den Korridor führte und durch die Geräusche von Musik, Stimmen, Gläsern, Schritten, Gesang hereinkamen.

»Wißt ihr«, sagte Grodzki, ein ukrainischer Pole, der für die Tscheka lange in Tokio gearbeitet hatte und der mir menschlich nahegekommen war, als er mit dem Auftrag anrückte, Berichte über mich zu verfassen, und ich ihm sofort sagte, daß ich mich seiner Tätigkeit in Japan noch erinnere, »wißt ihr«, fragte Grodzki, »wer vor drei Jahren in diesem Zimmer hier, Numero neun, gewohnt hat?« Ein paar blickten ihn fragend an. Er kostete ein paar Sekunden die Stille aus. Er hatte, wie viele Menschen, die im Geheimdienst verwendet werden, den Ehrgeiz, nicht nur etwas zu wissen, sondern auch etwas länger zu wissen als die andern. »Kargan«, sagte er nach einer Weile. »Ah, der!« rief der Journalist B., dessen orthodoxe Gesinnung bekannt war. »Warum so verächtlich?« sagte Grodzki. »Weil wir wahrscheinlich schon mehrere seinesgleichen in diesem Zimmer Numero neun beherbergt haben dürften«, erwiderte B. mit einem Blick auf mich.

Die andern mischten sich ein. Fast jeder glaubte, Kargan gekannt zu haben, und fast jeder äußerte über ihn ein mehr oder weniger abfälliges Urteil. Man kennt die Bezeichnungen, die eine orthodoxe Theorie für Revolutionäre mit intellektueller Vergangenheit geschaffen hat, und ich erspare es mir, die Meinungen der einzelnen in ihrem Wortlaut wiederzugeben. »Anarchist«, rief der eine, »sentimentaler Rebell«, der andere, »intellektueller Individualist«, der dritte.

Es ist möglich, daß ich damals den Anlaß, Kargan zu verteidigen, überschätzt habe. Jedenfalls schien es mir, obwohl ich ihn um jene Zeit nicht ohne Grund in Paris vermutete, auf eine wirklich unerklärliche Weise, daß er mein Gast sei und daß ich die Pflicht hätte, ihn zu beschützen. Vielleicht hatte mich die Mitteilung Grodzkis, daß Kargan vor Jahren in diesem meinem Zimmer gewohnt hatte, zu einer langen Verteidigungsrede veranlaßt. Es war eigentlich keine Rede. Es war eine Geschichte. Es war der Versuch einer Biographie. Von allen Anwesenden kannte ich neben Grodzki, den der Beruf verpflichtete, alle zu kennen, den Angegriffenen am besten. Ich begann zu erzählen, von Grodzki unterstützt, und wir wurden beide in dieser Nacht nicht fertig. Ich erzählte noch die nächste Nacht und die drittnächste. Aber in der drittnächsten verschwanden alle Zuhörer bis auf zwei. Es waren die einzigen ohne Amt und ohne Angst, die Wahrheit zu hören.

Es erschien mir infolgedessen notwendig, meiner Erzählung ein weiteres Echo zu geben, als meine Stimme es vermochte. Ich entschloß mich aufzuschreiben, was ich erzählt hatte.

Kargans Leben steht hier in der gleichen Reihenfolge niedergeschrieben, wie es damals erzählt worden ist. Die Zwischenrufe der Zuhörer, ihre Bewegungen, ihre Scherze, ihre Fragen sind ausgelassen. Unterblieben sind ferner jene Ereignisse, mit Absicht verschwiegen sind einige Merkmale, die zu einer Identifizierung Kargans führen könnten und dem natürlichen Trieb des Lesers, in der geschilderten Person eine bestimmte, existierende historische Persönlichkeit wiederzuerkennen, zu Hilfe kommen würden. Die Lebensgeschichte Kargans hatte ebensowenig eine aktuelle Tendenz wie irgendeine andere. Sie ist nicht ein illustrierendes Beispiel für eine politische Anschauung – und höchstens eines für die alte und ewige Wahrheit, daß der einzelne immer unterliegt.

Ob Friedrich Kargan endgültig der Vergessenheit anheimzufallen bestimmt ist?

Nachrichten zufolge, die einige seiner Freunde auf sicheren Umwegen vor einigen Wochen von ihm erhalten haben wollen, soll er entschlossen sein, den zivilisierten Teil der Welt nicht mehr freiwillig aufzusuchen. Und also ist es möglich, daß er einmal in der leeren Einsamkeit versinken wird, unbemerkt und spurlos, wie ein sterbender Stern in einer schweigsamen und verhüllten Nacht. Dann würde sein Ende unbekannt bleiben, wie es bis jetzt seine ersten Anfänge waren.

Erstes Buch

Friedrich wurde in Odessa geboren, im Hause seines Großvaters, des reichen Teehändlers Kargan. Er war ein unerwünschtes, weil uneheliches Kind, der Sohn eines österreichischen Klavierlehrers namens Zimmer, dem der reiche Teehändler seine Tochter verweigert hatte. Der Klavierlehrer verschwand aus Rußland, vergeblich ließ ihn der alte Kargan suchen, nachdem er von der Schwangerschaft seiner Tochter erfahren hatte.

Ein halbes Jahr später schickte er sie und den Neugeborenen zu seinem Bruder, der ein wohlhabender Kaufmann in Triest war. In dessen Hause verbrachte Friedrich seine Kindheit. Sie verlief nicht ganz unglücklich, obwohl er in die Hände eines Wohltäters gefallen war.

Erst als seine Mutter starb – in jungen Jahren und an einer Krankheit, die man nie mit einem genauen Namen bezeichnete –, wurde Friedrich in einem Dienstbotenzimmer einquartiert. An Feiertagen und bei besonderen Gelegenheiten durfte er an einem gemeinsamen Tisch mit den Kindern des Hauses essen. Er zog die Gesellschaft der Dienstboten vor, von denen er die Freuden der Liebe lernte und das Mißtrauen gegen die Herrschaften.

In der Volksschule erwies er sich weit begabter als die Kinder seines Brotgebers. Deshalb ließ ihn dieser nicht weiter lernen, sondern als Lehrling in eine Schiffsagentur eintreten, wo Friedrich Aussicht hatte, es nach einigen Jahren zu einem tüchtigen Beamten mit hundertzwanzig Kronen monatlichen Gehalts zu bringen.

Um jene Zeit mehrte sich die Zahl der Deserteure, Emigranten und Pogromflüchtlinge, die aus Rußland über die österreichischen Grenzen kamen. Die Schiffsgesellschaften begannen deshalb, in den Grenzstädten der Monarchie Filialen anzulegen, die Auswanderer abzufangen und sie nach Brasilien, Kanada und den Vereinigten Staaten zu befördern.

Diese Filialen erfreuten sich des Wohlwollens staatlicher Behörden. Offenbar wollte die Regierung die armen, arbeitslosen und nicht ungefährlichen Flüchtlinge möglichst schnell aus Österreich entfernen; aber auch die Meinung entstehen lassen, daß die russischen Deserteure mit Schiffskarten und Empfehlungen nach den Überseeländern versorgt würden – dermaßen, daß die Lust, die Armee zu verlassen, immer mehr Unzufriedene in Rußland ergreifen sollte. Die Behörden bekamen wahrscheinlich den Wink, den Überseeagenten nicht auf die Finger zu schauen.

Es war aber nicht leicht, zuverlässige und geschickte Beamte für die Grenzfilialen zu finden. Die älteren Angestellten wollten ihre Heimat, ihre Häuser, ihre Familien nicht verlassen. Außerdem kannten sie die Sprachen, Sitten und Menschen der Grenzgebiete nicht. Schließlich fürchteten sie auch eine halb gefährliche Tätigkeit.

In dem Büro, in dem Friedrich arbeitete, hielt man ihn für begabt und fleißig. Er beherrschte einige Sprachen, unter ihnen die russische. Er war ein bedächtiger Junge. Man wußte nicht, daß seine stille und immer wache Höflichkeit eine kluge und schweigsame Arroganz verdeckte. Man hielt seinen wortkargen Hochmut für Bescheidenheit. Indessen haßte er seine Vorgesetzten, seine Lehrer, seinen Wohltäter und jede Art von Autorität. Er war feige, körperlichen Spielen mit Altersgenossen abgeneigt, er teilte keine Prügel aus und bekam keine, ging jeder Gefahr aus dem Weg, und seine Angst war immer noch größer als seine Neugierde. Er bereitete sich vor, Rache an der Welt zu nehmen, von der er glaubte, sie behandelte ihn als einen Menschen zweiter Klasse. Es tat seinem Ehrgeiz weh, daß er nicht wie seine Altersgenossen und seine Vettern das Gymnasium besuchen durfte. Er nahm sich vor, es eines Tages dennoch zu absolvieren, die Hochschule zu beziehn und Staatsmann, Politiker, Diplomat – jedenfalls ein Mächtiger zu werden.

Als man ihm vorschlug, in eine der Grenzfilialen zu gehen, sagte er sofort zu, in der Hoffnung auf einen glücklichen Wechsel des Geschicks und eine Unterbrechung der normalen Laufbahn, die er am meisten fürchtete. Er nahm auf seine erste Reise seine Vorsicht, seine Schlauheit und die Fähigkeit, sich zu verstellen, mit, Eigenschaften, die er von der Natur bekommen hatte.

Bevor er in den Personenzug stieg, der nach dem Osten fuhr, warf er noch einen sehnsüchtigen und vorwurfsvollen Blick auf einen eleganten kaffeebraunen Schlafwagen der Internationalen, der mit der Bestimmung Paris von Triest abgehn sollte.

Ich werde einmal zu den Passagieren dieses Wagens gehören, dachte Friedrich.

Achtundvierzig Stunden später kam er in der kleinen Grenzstadt an, wo die Familie Parthagener die Filiale der Schiffsgesellschaft leitete. Der alte Parthagener besaß seit mehr als vierzig Jahren die Herberge »Zur Kugel am Bein«. Sie war das erste Haus auf der breiten Straße, die von der Grenze zur Stadt führte. Hier kehrten die Flüchtlinge und Deserteure ein und begegneten der reinen und stillen Heiterkeit des Alten mit dem silbernen Bart, der ein Beweis für den blinden Willen der Natur zu sein schien, alle Menschen ohne Rücksicht auf ihre Sünden oder Verdienste schließlich mit der weißen Farbe der Würde zu bekleiden. Eine blaue Brille trug der Herr Parthagener über seinen schwachen und sonnenscheuen Augen. Sie vertieften nur noch die Stille seines Angesichts und erinnerten an einen dunklen Vorhang über dem Fenster einer hellen und klaren Häuserfront. Die aufgeregten Flüchtlinge faßten zum Alten sofort Vertrauen und ließen ihm einen guten Teil ihrer mitgebrachten Habe.

Die drei Söhne Parthageners hatten dank ihrer weißen Marinemützen und meerblauen Armbinden einen amtlichen und seemännischen Charakter. Sie verteilten unter die Emigranten illustrierte Prospekte, in denen man dunkelgrüne Weiden, gescheckte Kühe, Hütten mit aufsteigendem blauem Rauch, grenzenlose Tabak-und Reisfelder betrachten konnte. Aus den Prospekten wehte ein satter und fetter Frieden. Die Flüchtlinge bekamen Heimweh nach Südamerika, und die Parthageners verkauften Schiffskarten.

Nicht alle Emigranten besaßen die notwendigen Papiere. Also wurden sie bei ihrer Ankunft in den fremden Ländern zurückgewiesen. Sie blieben in Massenbaracken liegen, erlitten eine Desinfizierung nach der anderen und traten endlich eine lange Wanderung durch die Polizeigefängnisse einiger Staaten an. Für jene aber, die zahlen konnten, gab es an der Grenze Legitimationsfabriken. Die Wohlhabenden und Vorsichtigen versorgte ein Mann namens Kapturak mit falschen Dokumenten.

Wer war Kapturak? Ein winziger Mann von grüngrauer Gesichtsfarbe, dürren Knochen, hurtigen Bewegungen, Bader und Winkelschreiber von Beruf, als Schmuggler berühmt und mit den Grenzbehörden vertraut. Sein Warenschmuggel war nur ein Vorwand für seinen Menschenhandel. Die mannigfachen Freiheitsstrafen, die er in verschiedenen Kerkern des Landes verbüßte, waren seine freiwilligen Konzessionen an das Gesetz. Jedes Jahr im Frühling tauchte er an der Grenze auf wie ein Zugvogel. Er kommt aus einem der vielen Gefängnisse im Innern des Landes. Der Schnee schmilzt. Es regnet warm und duftend in den verhängten Nächten. Und die Grenze schläft. Man kann sie lautlos und unsichtbar überschreiten.

In den Monaten Februar, März, April arbeitet er. Im Mai sitzt er mit einem Päckchen unverzollter Ware am hellichten Tag im Zug, täuscht bei der Revision einen Fluchtversuch vor und läßt sich einfangen. Manchmal gestattet er sich einen Urlaub und fährt nach Karlsbad seinen Magen kurieren.

Mit ihm arbeitet die Familie Parthagener. Am Morgen, eine Stunde nach Sonnenaufgang, bringt er seine Schutzbefohlenen in die Herberge »Zur Kugel am Bein«. Sie erlegen für drei Tage Kost und Quartier im voraus. Hierauf erscheint ein junger Parthagener mit Prospekten.

Von Zeit zu Zeit aber muß jemand von der Agentur eine Nacht vorher über die Grenze, eine sogenannte »Stichprobe« machen. Denn es ereignet sich manchmal, daß Kapturak seine Flüchtlinge über eine andere Stadt, zu anderen Parthageners, in andere Herbergen führt, anderen Filialen in die Arme. Man muß ihn also noch auf russischem Gebiet in der sogenannten »Grenzschenke« überraschen.

Friedrich kam an einem sonnigen Märztag des Jahres 1908 zu den Parthageners. Es tropfte gleichmäßig und fröhlich von den Eiszapfen an der Dachrinne. Der Himmel war hellblau. Der alte Parthagener saß vor der Tür seiner Herberge. Eine dunkelgraue, schmutzige Kruste lag über den großen Schneehaufen zu beiden Seiten der Landstraße. Der Winter fing an zu verwesen.

Friedrich war jung genug, um alle Vorgänge der Natur zu vermerken und in eine Beziehung zu seinen Erlebnissen zu bringen. Er trank das besondere Licht des Tages. Es war stark wie der warme, junge Südwestwind, das Dunkel des schiefen Tors und die silberne Würde des Alten.

»Er kann nächste Woche gleich eine ›Partie‹ übernehmen!« sagte der Alte zu seinen Söhnen, die mit weißen, strahlenden Marinemützen am offenen Fenster standen.

»Treten Sie ein!« sagte er dann zu Friedrich, »und trinken Sie etwas!« Von nun an blieb Friedrich in der Herberge »Zur Kugel am Bein«.

Eine Woche später schickte man ihn in die »Grenzschenke«, eine »Partie« übernehmen. Der Zug war um elf Uhr nachts angekommen, die Grenze überschritt man erst um drei Uhr morgens. Vier Deserteure schliefen nebeneinander, eine liegende Doppelreihe, auf dem Fußboden, die Köpfe auf ihren Bündeln. Hinter der Theke saß der taubstumme Wirt. Er riß die Augen weit auf, weil sie ihm die Ohren ersetzten und er mit ihnen hören konnte. Aber jetzt gab es nichts zu hören. Kapturak war in einem Sessel eingenickt. An der Tür lehnte drohend und hager der schwarze Kaukasier Savelli. Er wollte sich nicht setzen, er fürchtete einzuschlafen. Er traute Kapturak nicht. Die Regierung wäre bereit gewesen, einen hohen Preis für Savelli zu zahlen. Wer weiß, ob Kapturak nicht die Absicht hatte, ihn auszuliefern.

Die Abenteuerlichkeit dieser nächtlichen Stunde genoß kein anderer außer Friedrich. Den Leuten, die sich seit Jahren mit dem Schmuggel befaßten, war sie gewohnt und gewöhnlich. Die Deserteure, die jetzt die Müdigkeit überwältigt hatte, erinnerten sich erst nach langen Jahren und in fernen Länden an die Unheimlichkeit dieses Orts zwischen dem Tod und der Freiheit und an die Stelle der kreisrunden Nacht, in deren Mitte nur diese eine Schenke beleuchtet war, der helle Kern einer großen Finsternis. Nur Friedrich lauschte dem regelmäßigen, langsamen Schlag einer Uhr, die ihre eigenen Sekunden zählte, als bestünde die Zeit aus den kostspieligen Tropfen eines edlen und seltenen Metalls. Er allein betrachtete die großen und trägen Fliegen an der breiten Petroleumlampe, deren Docht bis auf einen schmalen Saum herabgedreht war und deren breiter Schirm aus braunem Karton die obere Hälfte des Zimmers verdunkelte. Und er allein empfand den fernen Pfiff einer Lokomotive, der durch die Nacht erscholl, wie den ängstlichen Hilferuf eines Menschen.

Gegen zwei Uhr morgens ertönte ein anderer Pfiff, ein abgebrochener, furchtsam unterdrückter. Kapturak hörte ihn. Er sprang auf und weckte die Schlafenden. Jeder nahm sein Bündel auf den Rücken. Sie gingen hinaus. Die Nacht war trüb und feucht, der Boden naß. Man hörte die Schritte jedes einzelnen. Sie gingen durch einen Wald. Kapturak blieb stehen. »Niederlegen!« flüsterte er, und alle legten sich leise hin. Ein Zweig knackte.

Nach einer Weile sprang Kapturak auf und fing an zu laufen. »Mir nach!« schrie er. Hinter ihm sprangen alle über einen Graben. Sie liefen noch bis an den Rand des Waldes. Hinter ihnen knallte ein Schuß und verhallte mit langem Echo.

Sie waren außerhalb des Landes. Die Männer gingen langsam, schweigend, schwer. Man hörte den Atem eines jeden. Friedrich konnte sie nicht sehen, aber er erinnerte sich gut an ihre Gesichter, einfache, stumpfnasige Bauerngesichter, Augen unter winzigen Stirnen, massive Rümpfe und schwere Gliedmaßen.

Er liebte sie, denn er fühlte ihr Unglück. Er dachte an die unzähligen Grenzen des riesigen Reiches. In dieser Nacht wanderten Hunderttausende aus, sie gingen aus dem Unglück ins Unglück. Die unermeßliche, schweigende Nacht war von flüchtenden Menschen bevölkert, stumpfe, arme Gesichter, massive Rümpfe, schwere Gliedmaßen.

Im Osten begann es hell zu werden. Wie auf einen Befehl blieben plötzlich alle stehen und wandten sich in die Richtung, aus der sie gekommen waren, als wäre die Nacht, die sie verließen, ihre Heimat gewesen und der Morgen erst die Grenze. Sie blieben stehen und nahmen Abschied von der Heimat, von einem Hof, von einem Tier, einer Mutter, der von hundert Desjatinen und jener von einem einzigen Streifen Acker, vom Schlag einer bestimmten Glocke. Sie standen da, als handelten sie nach einem Ritus. Auf einmal stimmte Savelli mit einer harten, klaren Stimme ein Soldatenlied an. Alle fielen ein und sangen mit. Sie hatten noch eine gute Stunde bis zur Herberge Parthageners.

IV

»Das ist wahrscheinlich sein Lobgesang«, sagte Kapturak ziemlich laut zu Friedrich. Savelli hörte es, obwohl alle sangen, und antwortete: »Von uns beiden sind Sie es, Kapturak, der einen Lobgesang zu singen hätte! Danken Sie Gott, daß Sie mich nicht ausgeliefert haben. Ich hätte Sie getötet.«

»Ich weiß«, sagte Kapturak, »und ich wäre nicht der erste und nicht der letzte gewesen. Ist es wahr, daß Sie Kalaschwili umgebracht haben?«

»Ich war dabei«, erwiderte Savelli. Es klang rätselhaft. Savelli sah aber nicht so aus, als wäre ihm daran gelegen, etwas zu verheimlichen.

»Ich habe ihn«, fuhr er fort, »sterben gesehn. Ich dachte nicht einen Augenblick, daß er auch ein privates Leben hatte, außer seinem polizeilichen. Er hätte ohnedies nicht mehr ruhig gelebt. Ich glaube nicht an die Ruhe eines Verräters.«

»Sie haben ihn sicherlich gehaßt?« wagte Friedrich zu sagen.

»Nein!« erwiderte Savelli. »Ich habe keinen Haß gefühlt. Man kann, glaube ich, nur hassen, wenn man von einem ein persönliches Leid erfahren hat. Aber dazu bin ich nicht imstande. Ich bin ein Werkzeug. Man bedient sich meines Kopfes, meiner Hände, meines Temperaments. Mein Leben gehört mir nicht. Ich gehöre mir nicht mehr. Ich müßte die Rechte überschreiten, die einem Werkzeug zugemessen sind, wenn ich ihn hassen wollte. Oder auch lieben!«

»Aber sie lieben doch?«

»Was?«

»Ich meine«, antwortete Friedrich langsam, denn er schämte sich, ein großes Wort zu gebrauchen, »die Idee, die Revolution.«

»Ich arbeite seit acht Jahren für sie«, sagte Savelli leise, »und kann nicht aufrichtig sagen, ob ich sie liebe. Kann ich denn etwas lieben, was um so viel größer ist als ich?

Ich verstehe nicht, wie die gläubigen Menschen Gott lieben können! Die Liebe, stelle ich mir vor, ist eine Kraft, die ihren Gegenstand ergreifen und halten kann.

Nein! Ich glaube nicht, daß ich die Revolution liebe – in diesem Sinn.« »Gott kann man lieben«, erklärte Kapturak dezidiert.

»Ein Gläubiger sieht ihn vielleicht«, meinte Savelli. »Vielleicht müßte ich die Revolution sehn – –«

»Wenn Sie fliehen«, sagte Kapturak, »wer soll sie denn machen?«

»Wer soll sie machen«, rief Savelli. »Sie kommt. Ihre Kinder werden sie sehn!«

»Gott bewahre meine Kinder!« sagte Kapturak.

Friedrich wußte, wer Savelli war. Unter dem Namen Tomyschkin figurierte er in den Berichten der Zeitungen. Er hatte die berühmt gewordenen Überfälle auf die Banken und Geldtransporte im Kaukasus und im südlichen Rußland ausgeführt. Seit Jahren suchte ihn die Polizei vergebens.

»Er hätte«, meinte Kapturak, »noch lange bleiben können. Er scherte sich nicht um die Polizei. Aber man bedürfe seiner jetzt im Ausland.« Savelli blieb ein paar Tage in der Herberge. »Sind Sie mit Parthagener verwandt?« fragte er einmal Friedrich. Und als Friedrich verneinte – »Was machen Sie in der Gesellschaft dieser Banditen?«

»Ich will Geld sparen, um zu lernen«, sagte Friedrich. »Ich werde bald nach Wien fahren.«

»Dann kommen Sie gelegentlich zu mir!« sagte Savelli. Und er gab ihm seine Adresse in Wien, Zürich und London.

Friedrich empfand für den berühmten Mann jene Art peinlicher Dankbarkeit, die ein Patient seinem Arzt entgegenbringt, der mit schonender Güte den langwierigen Verlauf der Krankheit ankündigt. Fremd, hart, finster war Savelli. Verhaßt war Friedrich das Opfer, die Anonymität des Opfers, die freiwillige Nachbarschaft, die der Kaukasier mit dem Tode pflegte.

Ungeheuer weit, unberechenbar reich an Jahren und an Abenteuern dehnte sich vor Friedrichs Jugend das Leben. Wenn er das Wort »Welt« vor sich hinsagte, sah er Freuden, Frauen, Ruhm und Reichtum.

Er begleitete Savelli zur Bahn. In einer einzigen, kurzen Sekunde, Savelli stand schon auf dem Trittbrett, glaubte Friedrich zu fühlen, daß sich der Fremde seiner Jugend bemächtigt hatte, seines Lebens, seiner Zukunft. Er wollte ihm die Adresse zurückgeben und sagen: Ich werde Sie nie aufsuchen. Aber jetzt streckte ihm Savelli die Hand entgegen. Er nahm sie. Savelli lächelte. Er schlug die Waggontür zu. Friedrich wartete noch. Savelli kam nicht mehr zum Fenster.

V

Friedrich lernte, wie man log, Papiere fälschte, die Ohnmacht, die Dummheit und selbst noch die Brutalität der Beamten benützte. Andere in seinem Alter entrannen eben der Angst vor einem Klassenbuch und vor einem Sittenzeugnis. Er wußte bereits, daß es keinen unbestechlichen Menschen in der Welt gab; daß man mit Hilfe des Geldes alles machen konnte und beinahe alles mit Hilfe des Verstandes. Er begann zu sparen. In freien Stunden bereitete er sich für das Abiturium vor. Er war zu diesem Zweck mit einem Studenten der Rechte bekannt geworden, der aus irgendeinem verschwiegenen Grunde die Universität hatte verlassen müssen. Der Student lebte vorläufig hier als Schreiber bei einem Advokaten und erklärte, eine günstigere Zeit abwarten zu wollen. Er nannte sich einen »freien Revolutionär« und hielt noch bei den Idealen der Französischen Revolution. Er bedauerte die mißlungene von Achtundvierzig. Er sprach von den großen Tagen in Paris, von der Guillotine, von Metternich, vom Minister Latour wie von nahen und lebendigen Ereignissen. Er wollte einmal Politiker, oppositioneller Abgeordneter werden. Und er besaß auch schon die robuste, heitere, solide Angriffslust eines Parlamentariers, der einen zarten Minister des alten Regimes wohl aus der Fassung bringen konnte. Indessen beschränkte er seine politische Tätigkeit auf die Teilnahme an den Versammlungen, die zweimal in der Woche beim Schuster Chajkin stattfanden.

Chajkin gehörte zu jenen russischen Emigranten, denen die Armut verwehrt hatte, diese Grenzstadt zu verlassen. Obwohl er knapp für einen Tee, ein Stück Brot, einen Rettich verdiente, unterstützte er die Revolutionäre, die über die Grenze kamen. Den Ausbruch der Weltrevolution erwartete er jeden Monat. Er bildete sich ein, ihr wichtige Dienste zu leisten, und er wurde mit der Zeit das Haupt einer ohnmächtigen Verschwörung. Um ihn versammelten sich die Rebellierenden und Unzufriedenen. Denn es gab ihrer auch einige in dieser Stadt an der Peripherie der kapitalistischen Welt, in der die Gesetzbücher zwar nur noch eine abgeschwächte und profanierte Wirkung hatten, aber die ungeschriebenen Gesetze der Wirtschaft und der bürgerlichen Sitte ihre ganze Geltung bewahrten. Unter dem merkwürdigen und europafernen Lokalkolorit, in dem bizarren Tumult von Abenteuern, Sprachenwirrnis, halber Ländlichkeit schimmerte noch der faule Glanz einer patriarchalischen Unternehmergüte, wurden die Löhne der kleinen Handwerker und der wenigen Arbeiter gedrückt, die Armen in ihrer Untertänigkeit erhalten, die enthüllt in den Gassen lag neben den Gebresten der Bettler. Auch hier zeigten die Eingesessenen einen Haß gegen die Zugewanderten, jeden neu angekommenen Armen – und jede Woche kamen einige – empfing man ebenso feindselig, wie man selbst einmal empfangen worden war. Und sogar die Bettler, die von Almosen lebten, hatten Angst vor Konkurrenten wie die Ladenbesitzer. Von den Offizieren der Garnison ging ein metallener Glanz aus, dem die Töchter der kleinen Bürger erlagen. In Zeiten einer Abgeordnetenwahl rückten Soldaten und Gendarmen in die Stadt und verbreiteten Schrecken, und die Bürger waren genauso devot wie ihre Brüder in größeren europäischen Städten.

Die Empörer versammelten sich bei Chajkin. Der Theorie zuliebe nannte er die paar Gemeindewächter »Handlanger des Kapitalismus«, einen Kaufmann, der seinen Lehrling nicht bezahlte, »Ausbeuter und Unternehmer«, die Gemeinderäte »Nutznießer der Gesellschaft«, die Lehrlinge »Lastträger« und 120 Borstenarbeiter die »proletarische Masse«. Er veranstaltete Diskussionen. Er erläuterte das kleine und das große Programm. Er bereitete Demonstrationen bei verschiedenen Anlässen vor. Nichts hätte ihn seliger machen können als eine Verhaftung. Aber niemand hielt ihn für gefährlich.

An Chajkins Versammlungen nahm Friedrich regelmäßig teil. Er kam aus Neugier. Er blieb aus Ehrgeiz. Er lernte in der Diskussion, um jeden Preis recht zu behalten. Er entwickelte seine starke Begabung für falsche Formulierungen. Er liebte die Stille, die sofort eintrat, wenn er sich zu Wort meldete, und in der er seine Stimme schon zu vernehmen glaubte, noch ehe sie erklang. Er bereitete sich tagelang auf alle wahrscheinlichen Einwände vor. Er lernte, eine Schlagfertigkeit vorzutäuschen, die er in Wirklichkeit nicht besaß. Er sagte fremde Sätze aus

Broschüren als seine eigenen auf. Er genoß Triumphe. Dennoch liebte er noch aufrichtig die Armen, die ihm zuhörten, und den roten Brand der Welt, den er entzünden wollte.

Der Welt! Welch ein Wort! Er hörte sie mit jungen Ohren. Sie strömte eine große Schönheit aus, und sie barg eine große Ungerechtigkeit. Zweimal in der Woche hielt er es für nötig, sie zu vernichten, und in den anderen Tagen bereitete er sich vor, sie zu erobern.

Zu diesem Zweck lernte er so eifrig, daß ihm eines Tages sein Freund, der Student, sagen konnte:

»Ich glaube, Sie können in zwei Monaten steigen. Trachten Sie, noch im Herbst zurechtzukommen.«

Friedrich zählte sein erspartes Geld. Es reichte für ein halbes Jahr. Er ging zu Kapturak um Dokumente. Eine Genugtuung lag darin, vor den Behörden der kapitalistischen Welt mit illegalen Papieren aufzutreten. Er hatte keinen Vater und keine Heimat. Seine Geburt war nirgends zur Kenntnis genommen worden. Er nahm es als ein Zeichen und ging zu Kapturak.

»Auf welchen Namen?«

»Friedrich Zimmer.«

»Warum Zimmer?«

»So hat mein Vater geheißen.«

»Russe oder Österreicher?«

»Österreicher.«

»Ganz recht«, meinte Kapturak, »ein junger Mann darf nicht in unserem Dorf bleiben. Geh in die Welt und studiere Jus. Das ist praktisch. Du wirst noch einmal Bezirkshauptmann.«

Es war ein Tag im Juli, als Friedrich Abschied nahm. Die Sonne drückte auf die niedrigen Dächer der Hütten, zwischen denen der Weg zur Bahn führte, und trieb den Rauch aus den Schornsteinen vor die niedrigen Türen. In der Mitte der Straße, die zu beiden Seiten von hölzernen Gehsteigen gesäumt war, lärmten Kinder und Frauen, friedliches Geflügel und kriegerische Hunde. Alles war von einer würzigen, sommerlichen Kraft erfüllt, und über den Rauch der Schornsteine siegte ein ferner Duft von Heu und der Stämme des Fichtenwaldes, der hinter dem Bahnhof lag.

Einer Art überlieferter Rührung war Friedrich zu widerstehen entschlossen. Die Furcht vor einer Wehmut verlieh ihm die falsche Festigkeit, auf die junge Menschen so unnötig stolz sind und die sie für Männlichkeit halten. Er übertrieb die Wichtigkeit dieser Stunde. Er hatte schon zuviel gelesen. Hundert Schilderungen vom Abschiednehmen erlebte er auf einmal wieder. Aber als der Zug zu rollen begann, vergaß er die Stadt, die er verließ, und dachte nur noch an die Welt, in die er fuhr.

VI

Um die Mittagsstunde eines klaren Tages im August trat er, ein Zeugnis in der Tasche, aus dem großen, braunen Tor eines Wiener Gymnasiums. Er ging langsam durch die stille Hitze nach Haus. Die Straßen waren leer. Sie enthielten nur Schatten, Sonne und Steine.

Er begegnete einem Wagen. Die lautlosen Gummiräder rollten über das Pflaster dahin wie über einen glatten Tisch. Nur ein aufmunternder, feudaler Aufschlag der Pferdehufe war hörbar. Im Wagen saß, unter einem hellen Sonnenschirm, wie man ihn damals trug, eine junge Frau. Sie hatte im Vorüberfahren Zeit genug, Friedrich mit der langsamen und beleidigenden Gleichgültigkeit zu betrachten, mit der man einen Baum, ein Pferd und einen Laternenpfahl sieht. Er glitt an ihren Augen vorbei wie an Spiegeln.

Sie weiß nicht, wer ich bin, dachte er. Mein Anzug ist schlecht, kein Wunder, der jüngste Parthagener hat ihn mir billig verkauft. Er hat eine schäbige, falsche Helligkeit. Die Taschen sind zu tief, die Hosen zu breit. Er ist wie eine trügende Sonne im Februar. Ich trage einen Hut aus schwerem Stroh, er drückt wie ein dichtes Drahtgeflecht und spiegelt eine muntere Sommerlichkeit vor. Schöne Frauen sehen gleichgültig an mir vorbei.

Es war eine schöne Frau. Eine schmale Nase mit zarten Flügeln, braune Wangen, ein schmaler, etwas zu gerader Mund. Der Hals, schlank und wahrscheinlich braun, verlor sich im Kragen des geschlossenen Kleides. Ein Fuß in einem taubengrauen Schuh saß wie ein Vogel auf dem rot gepolsterten Sitz aus Samt dem Gesicht gegenüber. Das Sonnenlicht überfloß den Körper, das cremefarbene Kleid, gefiltert durch den Schirm, der wie ein winziger Himmel seine eigene kleine Welt überspannte.

Der Kutscher in einer aschgrauen Livree hielt die Zügel straff. Parallel über seinen Knien schwebten seine Unterarme. Das schimmernde, beinahe goldene Schwarz der Pferde hatte eine feierliche Heiterkeit. Ihre gestutzten Schweife verrieten eine kokette Kraft. Sie hoben und senkten sich nach den geheimen Gesetzen eines Rhythmus, der Fußgängern unergründlich blieb.

Diese Begegnung mit einer schönen Frau war wie das erste Zusammentreffen mit einem Feind. Friedrich prüfte seine Stellung. Er zählte seine Kräfte. Er sammelte sie und überlegte, ob er eine Schlacht wagen könne. Er hatte soeben eine Barriere genommen. Er war durch eine lächerliche Prüfung gesellschaftsfähig geworden. Er konnte alles werden: ein Verteidiger der Menschen, aber auch ihr Unterdrücker; ein General und ein Minister; ein Kardinal, ein Politiker, ein Volkstribun. Nichts – abgesehen von seinem Anzug – hinderte ihn, noch weit über den Stand hinaus zu gelangen, den die junge Frau einnehmen mochte; von ihr und ihresgleichen angebetet zu werden; und sie nicht zu erhören. Natürlich – sie nicht zu erhören.

Welch ein weiter Weg für einen, der arm und allein ist! Für einen, der nicht einmal einen Namen und ein Dokument hat! Alle andern wurzeln in einem Haus. Alle anderen sind festgefügt wie Ziegel in einer Mauer. Sie haben die köstliche Gewißheit, daß ihr eigener Untergang auch das Ende der anderen ist. Die Gassen sind still und erfüllt von friedlichem Sonnenlicht. Verschlossene Fenster. Herabgelassene Jalousien. Lauter Glück und Liebe wohnten hinter den gelben und grünen Vorhängen.

Söhne verehren ihre Väter, Mütter verstehen ihre Kinder, Frauen herzen ihre Männer, Brüder umarmen einander.

Er konnte sich nicht von diesem stillen, wohlhabenden, glücklichen Bezirk trennen, in den er geraten war. Er machte Umwege, als könnte es plötzlich durch ein Wunder geschehen, daß er vor seinem Hause steht, ohne die lärmenden, schmutzigen Straßen überquert zu haben, die zu seiner Wohnung führen. Die Schornsteine der Fabriken tauchten gleich hinter den Dächern auf. Die Menschen haben in Massenquartieren geschlafen, können ihre Balance nicht halten und sehen aus wie betrunken. Die Hast der Armut ist erschreckt und lautlos und erzeugt dennoch einen vagen Lärm.

Er wohnt bei einem Schneider, in einem finsteren Kabinett. Das Fenster hat matte Scheiben und führt in den Flur. Es verwehrt dem Tag den Zutritt und den Nachbarn den Einblick. Im Schlafzimmer des Wirtes rasseln die Nähmaschinen. Über dem Bett liegt das Bügelbrett, an der Tür lehnt die Probierpuppe, in der Küche nimmt man einem Kunden Maß, und die Frau, zum Herd gewandt, das Angesicht gerötet, bedroht die spielenden vier Kinder.

Wenn ich zuerst ins Gasthaus gehe, überlegt Friedrich, komme ich erst nach dem Essen der Familie heim. Dann wäscht man nur noch das Geschirr.

Er geht in ein kleines Gasthaus. Ein Mann setzt sich an seinen Tisch. Er hat auffallend große, dürre, wie aus gelbem Papier gemachte Ohren, der Kopf erinnert an eine Fledermaus.

»Ich glaube, Sie sind mein Nachbar«, sagte der Mann. »Wohnen Sie nicht auf sechsunddreißig drüben?«

»Ja!«

»Ich habe Sie schon vor einer Woche gesehn. Essen Sie immer hier?«

»Manchmal.«

»Sie sind wahrscheinlich Student.«

»Noch nicht! Ich will erst inskribieren.«

»Was? Wenn ich fragen darf?«

»Weiß noch nicht!«

»Ich bin Adressenschreiber«, sagte der Mann. »Ich heiße Grünhut. Ich habe auch einmal studiert. Aber ich habe Unglück gehabt.« Es war, als wollte er sagen: Sie werden diesem Schicksal auch nicht entgehen.

»Es geht Ihnen gut?« sagte Friedrich.

»Wie einem Adressenschreiber! Pro Kuvert drei Heller. Hundert im Tag, manchmal hundertzwanzig. Ich kann Ihnen auch welche verschaffen. Sehr gern! Ich bin gerne bereit. Haben Sie eine deutliche Schrift? Kommen Sie morgen!«

Sie gingen in das Magazin einer Leinenhandlung. Der Buchhalter übergab ihnen eine Liste und hundertfünfzig grüne Kuverts.

»Wo essen Sie am Abend?« fragte Grünhut. »Kommen Sie mit mir.«

Sie aßen in einem Keller. Man bekam Suppe aus Abfällen von Wurstwaren. Lange Tische. Hastige, scheppernde Löffel. Geschirr aus Metall. Geräusche von schnalzenden Lippen, kratzenden Löffeln, gurgelnden Kehlen.

»Gute Suppe!« sagte Grünhut. »Den Kaffee, das werde ich Ihnen auch zeigen, nehmen wir drüben beim Grüner. Sie werden es eh bald nicht mehr nötig haben! In der Mensa academica werden Sie essen. Habe auch einmal dort gespeist.«

»Ich kann auch in die Lage kommen«, meinte Friedrich.

»Wie? Nicht wahr? Welche Lage? Meine Lage natürlich! Glauben Sie! Ja. Es ist gut, daß ich Ihnen alle diese Lokale zeige. Ich habe sie selbst suchen müssen.«

»Ich danke Ihnen!«

»Oh, das nicht! Das nicht! Wie ich aus dem Gefängnis gekommen bin, war ich ganz allein. Frau geschieden! Bruder fremd. Kennt mich nicht mehr. Bis auf die Frau Tarka kennt mich kein Mensch. Ihr Bruder ist mit mir gesessen. Hat mich also empfohlen. Beziehungen sind auch in unseren Kreisen das wichtigste. Kennen Sie Frau Tarka? Es ist die Hebamme, just über Ihrem Schneider. Mein Zimmer liegt über Ihrem Kabinett. Ich habe nachgesehn. Sie sollten nicht glauben, was alles zur Frau Tarka kommt. Gestern zum Beispiel die Tochter des Dr. D. Vor sechs Monaten war es die Frau einer richtiggehenden Exzellenz. Und die jungen Männer! Söhne von Staatsanwälten und Generälen! Bringen ihre unvorsichtigen kleinen Mädchen hin. Ich habe meiner Schülerin nur die Bluse aufgemacht, ich habe nämlich Geographie und Geschichte gehabt, in der Sechsten, das Lyzeum in der Floriansgasse, Privatschule. Gute Kinder aus guten Häusern. Die Tochter eines Arbeiters hätte nichts gesagt. Aber die guten Kreise. Ich kenne einen Advokaten, der hat sein Mündel vergewaltigt. Einen Oberleutnant, der schläft mit seinem Burschen. Ich könnte ihnen einen kleinen anonymen Brief schreiben, wenn ich ein Schurke wäre. Aber ich bin trotzdem keiner. Wie stehn Sie politisch? Links natürlich! Was? Ich stehe nirgends. Aber ich glaube, eine Revolution täte uns ganz gut. Eine kleine, kurze Revolution. Drei Tage zum Beispiel.«

VII

In jener Zeit entwickelte sich zwischen Friedrich und mir ein merkwürdiges Verhältnis. Ich möchte es eine Vertraulichkeit ohne Freundschaft nennen oder eine Kameradschaft ohne Liebe. Und selbst die Sympathie, die uns später verband, war nicht am Anfang vorhanden gewesen. Sie entstand aus der Aufmerksamkeit, die wir eines Tages einander zuzuwenden begannen, und aus dem Mißtrauen, bei dem wir uns gegenseitig ertappten. Schließlich fingen wir an, einander zu achten. Das Vertrauen wuchs langsam, wurde von den Blicken genährt, die wir, fast ohne es zu wissen, in der Gesellschaft der andern austauschten, und weniger von den Worten, die wir wechselten, als von dem Schweigen, in dem wir oft miteinander saßen und herumwanderten. Hätte unser Leben nicht einen so verschiedenen Lauf genommen, Friedrich wäre vielleicht mein Freund geworden, wie Franz Tunda es geworden ist.

Es dauerte lange, ehe Friedrich sich entschloß, Savelli, der damals noch in Wien lebte, aufzusuchen. Er fürchtete sich. Er glaubte, daß er vorläufig noch die Wahl hätte zwischen dem, was er die »Askese des Revolutionärs« nannte, und der »Welt«, dem vagen, romantischen Begriff aus Freuden, Kämpfen, Triumphen. Er haßte schon die Einrichtungen dieser Welt, aber er glaubte noch an sie.

Die schön geschwungene Rampe der Universität erschien ihm immer noch nicht – wie mir – als die Festungsmauer der nationalen Burschenschafter, von der alle paar Wochen einmal Juden oder Tschechen hinuntergeworfen wurden, sondern als eine Art Aufgang zu »Wissen und Macht«. Er hatte die Achtung des Autodidakten vor Büchern, die noch größer ist als die Verachtung der Bücher, die den Weisen auszeichnet. Wenn er in einem Katalog blätterte, vor den Schaufenstern der Buchhandlungen stehenblieb, in den stillen, sacht verstaubten Räumen der Bibliothek saß, die dunkelgrünen Rücken unzähliger Bücher in den hohen und breiten Regalen ansah, die militärischen Reihen grüner Lampenschirme auf den langen Tischen, die tiefe Andacht, die alle lesenden Menschen in der Bibliothek frommen Betern in einer Kirche ähnlich machte, ergriff ihn die Angst, daß er das »Wichtigste« nicht wisse und daß ein Leben zu kurz sei, um es zu erfahren. Er las und lernte hastig, ohne System, verschiedenen Neigungen folgend, von einem Titel angezogen oder von der Erinnerung, ihn schon einmal gehört zu haben. Er schrieb Hefte voll von Betrachtungen, die er für »fundamental« hielt, und war kaum zu trösten, wenn ihm ein Satz, ein Datum, ein Name entfallen war. Er hörte alle notwendigen und überflüssigen Vorlesungen. Man konnte ihn immer im Hörsaal sehn, immer in der letzten Bank, die gewöhnlich auch die höchste war. Von hier aus übersah er die gebeugten Köpfe der Hörer, die aufgeschlagenen weißen Hefte, die winzigen, verschwimmenden Stenogramme. Der Professor hatte durch die Entfernung gewissermaßen seine private Menschlichkeit verloren, war nichts anderes mehr als ein Mittler der Weisheit. Aber Friedrich blieb einsam. Um ihn lauter Gesichter, in denen nichts anderes zu sehen war als Jugend. Man konnte zur Not die Rassen unterscheiden. Die sozialen Unterschiede erkannte man nur an sekundären Merkmalen. Die Wohlhabenden hatten manikürte Fingernägel, Krawattennadeln, gutgeschnittene Anzüge. Ringsum eine stocktaube, dumpfe Heiterkeit.

Nur in den Augen einiger jüdischer Studenten glänzte eine kluge, eine schlaue oder auch eine törichte Trauer. Aber es war die Traurigkeit des Bluts, des Volkes, dem Individuum vererbt und von ihm ohne Risiko erworben. Ebenso hatten die andern ihre Heiterkeit ererbt. Nur Gruppen unterschieden sich voneinander durch Bänder, Farben, Gesinnungen. Sie bereiteten sich auf ein Leben in Kasernen vor, und jeder trug schon sein Gewehr, man nannte es »Ideal«.

Wir hatten damals einen gemeinsamen Bekannten namens Leopold Scheller – es war übrigens der einzige Student, mit dem Friedrich verkehrte. Er verbarg nichts, er sagte immer die Wahrheit, allerdings immer die eine, die er kannte, und vertrug alles, was man ihm an den Kopf warf. Er glaubte nicht, es könnte etwas persönlich gemeint sein. Wenn jemand nach seiner Meinung durch einen Blick oder durch ein absichtliches oder zufälliges Anstoßen in der Aula seine Ehre beleidigt hatte, so war es auch nicht so sehr seine persönliche wie die Ehre der Verbindung, der er angehörte. Wenn Friedrich sich langweilte, ging er zu Scheller, der die Langeweile nicht zu kennen schien. Er beschäftigte sich immer mit seiner Weltanschauung.

Einmal überraschte er Friedrich mit der Mitteilung, daß er sich verlobt habe. Und sofort griff er nach der Hosentasche, wo er sonst seine Pistole in einem Lederetui zu tragen pflegte. Diesmal entnahm er ihr eine Brieftasche und der Brieftasche eine Photographie. Dabei bemerkte er Friedrichs Verwunderung und sagte: »Meine Braut hat mir die Pistole abgenommen. Sie erlaubt es nicht.«

Die Photographie stellte ein junges, hübsches Mädchen von etwa achtzehn Jahren dar. Es hatte schwarze Augen und Haare. »Aber sie ist ja gar nicht blond!« sagte Friedrich.

»Sie ist eine Italienerin«, antwortete Scheller gleichmütig, als wäre er nie ein Germane gewesen. »Aber«, beharrte Friedrich, »wie kommen Sie zu einer Italienerin?«

»Gegen die Liebe ist nichts zu machen«, begann Scheller, »sie ist die höchste Macht auf Erden. Übrigens werde ich aus ihr schon eine Deutsche machen.«

»Und seit wann kennen Sie die Dame?«

»Seit vorgestern«, antwortete Scheller strahlend, »ich habe sie im Volksgarten angesprochen.«

»Und schon verlobt?«

»Ich kenne nichts anderes, entweder – oder.«

»Und Ihre Verbindung?«

»Ich trete aus. Weil es ihr nicht paßt. Gestern haben wir uns verlobt. Ich habe heute brieflich bei Ihrem Vater angehalten. Er ist Bankbeamter in Mailand. Meine Braut ist hier bei Verwandten. In zwei Monaten heiraten wir. Wie gefällt sie Ihnen?«

»Außerordentlich!«

»Nicht wahr? Sie ist schön! Sie ist unvergleichlich!« Und er legte ein Stückchen Seidenpapier über die Photographie und verbarg sie wieder in der Revolvertasche.

Obwohl Schellers Glück Friedrich nicht dauerhaft schien und er für seinen Freund eine Enttäuschung befürchtete, fühlte er doch in der Nähe des Verliebten den wärmenden Abglanz einer nie gekannten Seligkeit, und er sonnte sich in der Liebe des andern, als läge er auf einer fremden Wiese. Scheller war ein vollkommen glücklicher Mensch. Aus Mangel an Verstand war er nicht einmal imstande zu zweifeln – ein Zustand, der sonst die Liebe zu begleiten pflegt wie der Schatten das Licht. Ungehemmt, wie er seine Seligkeit empfing, strömte er sie auch wieder aus. Es war eine Seligkeit, mächtiger als Scheller selbst. Friedrich beneidete ihn und genoß gleichzeitig die Trauer über seine eigene Einsamkeit, jetzt bildete er sich ein, daß sein ganzes Leben einen Sinn und ein Gesicht bekäme, wenn er die Frau träfe, die er suchte. Obwohl ihm Schellers Methode, ein Mädchen im Park zu finden, töricht erschien, begab er sich doch ins Grüne, das nicht die Farbe der Hoffnung, sondern die der Sehnsucht ist. Es wurde übrigens alles schon herbstlich und gelb. Und in dem Maß, in dem der Winter sich der Welt näherte, wuchs die Ungeduld seines suchenden Herzens.

Er begann, mit verdoppeltem Eifer zu lernen. Sobald er aber ein Buch weglegte, erschien es ihm töricht wie Scheller. Die Wissenschaften lagen über den wichtigen Dingen wie die Erdschichten um den geheimen, ewig brennenden, nie geschauten und bis ans Ende der Welt nicht zu enthüllenden Erdkern. Man lernte Beine amputieren, die gotische Grammatik, das Kirchenrecht. Man hätte ebensogut Möbel packen, Holzbeine drechseln und Zähne ziehn lernen können. Und selbst die Philosophie log sich selbst Antworten vor und legte den Sinn der Frage nach der Antwort aus, die ihr gelang. Sie glich einem Schüler, der nach dem falschen Resultat seiner mathematischen Arbeit die Aufgabe verändert, die ihm gestellt war.

Es dauerte nicht lange und Friedrich fing an, ein seltener Gast in den Hörsälen zu werden. »Nein«, sagte er, »ich unterhalte mich lieber mit Grünhut. Ich habe sie alle durchschaut. Diese geistreiche Koketterie der eleganten Professoren, die am Abend von sechs bis acht vor den Töchtern der guten Gesellschaft lesen. Ein leichter Streifzug in die Philosophie, Kunstgeschichte der Renaissance, mit Lichtbildern im verdunkelten Saal, Nationalökonomie mit Seitenhieben gegen den Marxismus – nein, das ist nichts für mich. Und dann, die sogenannten strengen Professoren, die des Morgens lesen, um acht Uhr fünfzehn, knapp nach Sonnenaufgang, um den ganzen

Tag frei zu sein – für die eigenen Arbeiten. Die bärtigen Dozenten, die nach einer guten Partie Ausschau halten, um durch eine Beziehung zum Unterrichtsminister endlich ordentliche Professoren mit Gehältern zu werden. Und das maliziöse Lächeln tückischer Prüfer, die glänzende Siege über durchgefallene Kandidaten davontragen. Die Universität ist eine Institution für die Kinder guter, bürgerlicher Häuser mit einer geregelten Vorbildung, acht Jahren Mittelschule, Nachhilfestunden von Hauslehrern, Aussicht auf ein Richteramt, auf eine gutgehende Advokaturskanzlei durch Heirat der Cousine zweiten Grades – nicht ersten – wegen der Blutsnähe. Schließlich auch für die Couleurochsen, die sich prügeln, für reine Arier, reine Zionisten, reine Tschechen, reine Serben. Nichts für mich! – Ich schreibe lieber Adressen mit Grünhut.«

Einmal erblickte er in einem der Bibliothekskataloge den Namen Savelli. Das Buch hieß: »Das internationale Kapital und die Erdölindustrie«. Er suchte den Band und fand ihn nicht. Er war entlehnt worden. Und als wäre dieser Zufall ein höherer Wink gewesen, begab er sich von der Bibliothek sofort zu Savelli.

In Savellis Zimmer, im fünften Stock eines grauen Zinshauses in einem proletarischen Viertel, befanden sich drei Männer. Sie hatten die Röcke abgelegt und über die Stühle gehängt, auf denen sie saßen. Eine elektrische Birne hing an einer langen Schnur vom Plafond und pendelte tief über dem viereckigen Tisch, ständig bewegt vom Atem der sprechenden Männer, aber auch von ihren stets wiederholten Versuchen, die Lampe aus ihrem Gesichtsfeld zu bringen, sobald sie den einen oder den andern verdeckte. Manchmal, anscheinend aufgeregt durch die lästige Birne, aber ohne zu wissen, daß sie die Ursache seiner Ungeduld war, stand einer von den dreien auf, ging zweimal um den Tisch, warf einen suchenden Blick auf das Sofa an der Wand und kehrte an seinen früheren Platz zurück. Auf das Sofa konnte man sich nicht ohne weiteres setzen. Schwere Bücher und leichte Zeitungen, bunte Broschüren, Prospekte, dunkelgrüne Bände aus einer Bibliothek, Manuskripte und unbenutzte, an den Rändern vergilbende Oktavbogen lagen unter-und nebeneinander, und alles hielt nach unbekannten Gesetzen, denen zufolge die schweren Bände eines Lexikons von einem dünnen, aus grünen Broschüren gebildeten Podest nicht herunterfielen. Savelli hatte seinen Gästen die Stühle überlassen und saß auf acht übereinandergelegten dicken Büchern, aber immer noch so tief, daß er mit dem Kinn gerade die Tischplatte überragte.

Von den Anwesenden war der eine mächtig und breitschultrig. Er hielt seine großen, behaarten Fäuste auf dem Tisch. Sein Schädel war rund und kahl, seine Augenbrauen so dünn und schütter, daß man sie kaum sah, seine Augen hell und klein, sein Mund fleischig und rot, sein Kinn wie ein Quadrat aus Marmor. Er trug eine rote russische Bluse aus einem glänzenden Material, von der ein starker Widerschein ausging, und man konnte ihn nicht sehn, ohne daß man sofort an einen Henker gedacht hätte. Es war der Genosse P., ein Ukrainer, sanft, gutmütig und zuverlässig und von einer merkwürdigen Schlauheit, die unter seiner Körpermasse verborgen war wie Silber unter der Erde. Neben ihm saß der Genosse T., ein dunkelgelbes Angesicht mit schwarzem Schnurrbart und breiter, schwarzer Fliege am Kinn, einem Zwicker auf der starken Nase und mit dunklen Augen, die eine Art unstillbaren Hungers zu verraten schienen. Ihm gegenüber stand der augenblicklich leere Stuhl des dritten Genossen. Er war der Unruhigste von allen, und die Zartheit seiner Glieder, die Blässe seiner Haut rechtfertigten seine Unruhe.

In dem Augenblick, in dem Friedrich eingetreten war, hatte er gerade gesprochen, nun trommelte er mit dürren Fingern auf der schwarzen Fensterscheibe, als telegraphierte er Morsezeichen an die Nacht. Ein dünner, verschämter Schifferbart lief um sein schmales Angesicht wie ein fahler Rahmen um ein Porträt. Seine Augen waren hell und hart, wenn er die Brille abnahm. Hinter den Gläsern sahen sie nachdenklich und weise aus. Es war R., mit dem Friedrich damals eine schnelle Freundschaft schloß und dessen Feind er inzwischen geworden war. Der Satz, den Friedrich noch hören konnte, hatte ihm den Sprecher sofort verraten. »Ich laß mich aufhängen«, hatte er gesagt – und sich sofort verbessert: »Das heißt, man wird mich aufhängen lassen, wenn wir in fünf Jahren den Krieg haben.«

Dann blieb es eine Weile still. Savelli erhob sich, erkannte Friedrich sofort und machte ihm ein Zeichen, sich an einen beliebigen Platz zu setzen. Friedrich suchte vergeblich und ließ sich vorsichtig auf einem Stoß Bücher auf dem Sofa nieder.

Man achtete nicht auf ihn. P. stand auf. Seine mächtige Gestalt verdunkelte sofort das Zimmer. Er stellte sich hinter die Lehne seines Stuhls und sagte: »Es gibt keine andere Möglichkeit. Einer von uns wird fahren müssen. Die Situation ist so zugespitzt, daß wir über Nacht die Bescherung erleben können. Dann ist die Verbindung unterbrochen und vor allem das Geld drüben und unrettbar. Berzejew ist Offizier, er wird mit sich selbst zu tun haben. Eine Desertion wird ihm schwerfallen. Ich habe eine direkte Nachricht. Er schreibt, daß er während der Manöver unaufhörlich gezittert hat. Als er zurückkam, war Lewicki in Kiew, Gelber in Odessa. In Charkow kein Mensch.«

»Sie werden selbst fahren müssen«, unterbrach ihn Savelli.

»Machen Sie Ihr Testament!« rief R.

»Genosse R. ist ängstlich wie immer«, sagte Savelli sehr leise.

»Ich leugne es nicht«, erwiderte R. lächelnd, und man sah dabei seine zwei Reihen überraschend weißer, gleichmäßiger Zähne, die man hinter seinen schmalen Lippen nicht vermutet hätte. Von den Zähnen ging ein gefährlicher Glanz aus, so daß der zarte und friedliche Charakter des Gesichts verschwand und selbst die Augen böse wurden.

»Ich habe nie behauptet, daß ich ein Held bin, und werde nie mein Leben riskieren. Savelli läßt mir übrigens keine Gelegenheit.«

Alle lachten, mit Ausnahme des Schwarzhaarigen. Er schüttelte den Kopf, sein Zwicker zitterte, und während er der baumelnden Lampe, die ihm jetzt die Aussicht nahm, einen Stoß gab, daß sie noch stärker zu pendeln begann und einem großen, aufgeregten Falter glich, klopfte er mit der andern Hand auf den Tisch und sagte unwillig: »Mach keine Witze.«

Als sie aufbrachen, drückten sie Friedrich die Hand wie einem alten Bekannten.

»Ich habe Sie einmal auf dem Ring gesehen«, sagte Savelli zu ihm. »Was wollen Sie jetzt machen? Arbeiten Sie? Ich meine nicht, ob Sie lernen.« Er meinte, ob Friedrich für die Sache arbeite. Friedrich gestand, daß er nichts tat. Savelli sprach von Krieg. Er könnte in einer Woche ausbrechen. In Serbien arbeitete der russische Generalstab. Im Café im neunten Bezirk, in dem sie verkehrten, erschienen seit einigen Wochen verdächtige Gäste. Ob Friedrich auch einmal hinkäme?

»Ich werde wieder bei Ihnen sein, oder im Café«, sagte Friedrich.

»Guten Tag!« sagte Savelli, als nähme er Abschied von einem Mann, der ihn um Feuer gebeten hatte.

R. war ohne Zweifel der interessanteste Mann neben P., dem Dr. T. und Savelli. Eine Anzahl junger Männer versammelte sich um ihn und bildete seinen »Kreis«. Sie gingen durch die späten und stillen Nächte, R. sprach zu ihnen, sie hingen an seinen Lippen.

»Sagt«, begann er, »ob diese Welt nicht still ist wie ein Friedhof. Die Menschen schlafen in den Betten wie in Gräbern, morgens erwachen sie, lesen einen Leitartikel, tauchen einen mürben Kipfel in Kaffee, die Schlagsahne fließt über die Ränder der Tassen. Dann schlagen sie behutsam mit dem Messer ans Ei, aus Respekt vor dem eigenen Frühstück. Die Kinder wandern mit Ranzen und baumelnden Schwämmen in die Schulen und lernen von Kaisern und Kriegen. Seit langem schon stehn die Arbeiter in den Fabriken, kleine Mädchen kleben Hülsen, große Männer schneiden Stahl. Längst schon exerzieren Soldaten auf den Wiesen. Trompeten schmettern. Indessen wird es zehn Uhr, vor den Ämtern fahren die Hofräte und die Minister vor, unterschreiben, unterschreiben, telegraphieren, diktieren, telephonieren; in den Redaktionen sitzen Stenographen, nehmen auf, geben's den Redakteuren, die vertuschen und offenbaren, verhüllen und enthüllen. Und als ob den ganzen Tag nichts geschehen wäre, schrillen am Abend die Glockenzeichen, und die Theater füllen sich mit Frauen, Blumen und Parfüm. Und dann schläft die Welt wieder ein. Wir aber wachen. Wir hören die Minister kommen und gehn, die Kaiser und Könige im Schlaf stöhnen, wir hören, wie der Stahl in den Fabriken geschliffen wird, wir hören die Geburt der Kanonen und das leise Rascheln des Papiers auf den Schreibtischen der Diplomaten. Wir sehen schon das große Feuer, aus dem die Menschen ihre kleinen Sorgen und ihre kleinen Freuden nicht mehr retten können ...«

Nun arbeitete Friedrich – wie er und seine Freunde zu sagen pflegten – »für die Sache«. Er gewöhnte sich, den Enthusiasmus, ohne den er nicht leben konnte, aus der Entsagung und aus der Anonymität zu beziehn. Auch der Unerbittlichkeit, vor der er sich so gefürchtet hatte, entlockte er noch einen Reiz, der Hoffnungslosigkeit noch einen Trost. Er war jung. Und also glaubte er nicht nur an die Wirkung eines Opfers, sondern auch an den Lohn, der dem Opfer entblüht wie die Blume dem Grab. Dennoch gab es Stunden, die er seine »schwachen« nannte und in denen er sich eine private Hoffnung auf einen Sieg der Idee erlaubte, den er noch erleben sollte. Aber er gestand es nur, wenn er mit R. zusammenkam.

»Machen Sie sich nichts daraus!« sagte R. »Ich glaube nur an die Uneigennützigkeit der Toten. Wir alle wollen noch eine gute Stunde erleben und eine süße Rache.«

»Nur Savelli nicht!« sagte Friedrich.

»Sie täuschen sich«, erwiderte R. nicht ohne Gehässigkeit, wie mir damals schien. »Ihr kennt den Savelli nicht. Man wird ihn einmal verstehn, aber es wird zu spät sein. Er spielt einen Mann, dem sein eigenes Herz nicht mehr gehört, der es der Menschheit geschenkt hat. Aber man täuscht sich: Er hat keins. Ich ziehe einen Egoisten vor. Der Egoismus ist ein Symptom der Menschlichkeit. Unser Freund aber ist unmenschlich. Er hat das Temperament eines Krokodils im Trockenen, die Phantasie eines Pferdeknechts, den Idealismus eines Iswoschtschiks.«

»Und alles, was er bis jetzt getan hat?«

»Ein grober Irrtum, die Menschen nach ihren Taten zu beurteilen. Überlassen Sie das den bürgerlichen Historikern! Zu Handlungen kommt man unschuldig wie zu Träumen. Unser Freund hätte ebensogut Pogrome veranstalten können, wie er Banken beraubt hat!«

»Und weshalb bleibt er in unserm Lager?«

»Weil er zu wenig begabt ist, sagen wir: zu wenig beweglich, um sich von dem Zwang seiner Vergangenheit zu befreien. Männer seiner Art bleiben auf dem Weg, den sie einmal eingeschlagen haben. Er ist kein Verräter. Aber er ist unser Feind. Er haßt uns wie der russische Bauer den intellektuellen Städter. Er haßt besonders mich.«

»Warum Sie besonders?«

»Weil er auch Ursache dazu hat. Seien wir gerecht: Ich bin kein Russe. Ich bin ein Europäer. Ich weiß, daß mich von unsern Genossen noch viel mehr trennt als etwa uns alle, die Intellektuellen, von Proletariern. Ich habe Pech: Ich habe eine westliche Bildung. Obwohl ich radikal bin, liebe ich die Mitte. Obwohl ich den großen Tumult vorbereite, liebe ich das Maß. Ich kann mir nicht helfen.«

Der Elan der Formulierung war es, dem R. sich auslieferte. Und Friedrich ahmte ihn nach. Beide begannen, sich in Widersprüchen zu überbieten. Von beiden konnte man damals eine Äußerung hören, die zu jener Zeit verblüffend war und die heute fast selbstverständlich klingt: »Der Zar ist kein Herr mehr, er ist ein Bourgeois. Mit ihm beginnt in Rußland das demokratische Zeitalter, das Zeitalter einer kleinbäuerlichen Demokratie – und ihr werdet sehen, Savellis Freunde werden sie fortsetzen. Wenn der Zar uns nicht aufhängt, werden sie es tun.« Es war, als ob R. es sich vorgenommen hätte, Friedrichs Pathos, seine romantische Begeisterung für alle Requisiten geheimen Verschwörertums planvoll zu zerstören. In R.s Gesellschaft bekam sogar die Gefahr einen lächerlichen Zug. »Es ist nicht zu leugnen«, sagte er in den Sälen, in denen es nach Bier, Pfeifentabak und Schweiß roch, »daß man leichter für die Massen sterben kann als mit ihnen leben.« Dann trat er auf das Podium, forderte eine schärfere Haltung der Partei, bedrohte die herrschende Klasse, schrie nach Blut und rief: »Es lebe die Weltrevolution!«

Der Polizeikommissär pfiff, die Beamten stürzten in den Saal, die Versammlung war aufgelöst. Im Nu verschwand R. Den Fäusten der Polizisten setzte er sich nicht aus.

Es scheint, daß Friedrich einen andern Weg genommen hätte, wenn er nicht R.s Freund geworden wäre. Denn schließlich war es R., der Friedrich veranlaßte, nach Rußland zu gehn, der den Ehrgeiz des Jüngeren weckte, den naiven Ehrgeiz, beweisen zu wollen, daß man kein »feiger Intellektueller« war. Es kam aber auch noch etwas anderes hinzu.

Ich habe den Verdacht, daß Friedrichs freiwillige Fahrt nach Rußland, die schließlich mit einem Zwangsaufenthalt in Sibirien endete, die törichte Folge einer törichten Verliebtheit war, die er damals für aussichtslos hielt und deren Wichtigkeit er selbstverständlich übertrieb. Aber uns steht nicht das Recht zu, nach den privaten Gründen einer Tat zu forschen, die Friedrich im Dienst seiner Idee vollbringen wollte. Wir begnügen uns mit der Aufzeichnung einiger Ereignisse.

An die Frau im Wagen dachte er nicht mehr – oder er bildete sich ein, daß er sie vergessen hatte. Aber durch einen Zufall sah er sie eines Tages wieder – und er erschrak. Denn es war wie die Begegnung mit einem lebendig gewordenen Bild, das man aufbewahren ließ in einem bestimmten Saal eines bestimmten Museums, oder wie die Begegnung mit einem vergessenen Gedanken, der in einer tieferen, verhüllten Region der Erinnerung geruht hat. Er wußte nicht mehr, wer sie war, als sie ihn in einem Korridor der Universität nach dem Hörsaal 24 fragte. Er erkannte sie erst, nachdem sie verschwunden war. Wie ein ferner Stern hatte sie einige Sekunden gebraucht, um seine Netzhaut zu treffen. Er folgte ihr. Im verdunkelten Raum las jemand über irgendeinen Maler, zeigte jemand irgendwelche Lichtbilder, und die Dunkelheit war wie ein zweiter, enger Raum im Saal. Sie schloß gleichsam dichter sie und ihn zusammen ein.

Er wartete. Er hatte kein Wort gehört, kein Bild gesehen. Er sah, daß die Tür aufging und daß sie den Saal verließ.

Er ging hinter ihr in einer Distanz, die ihm durch die Anbetung vorgeschrieben und zugemessen zu sein schien. Er hatte Angst, daß eine Seitengasse sie verschlucken, ein Wagen sie entführen, ein Bekannter sie erwarten könne. Sein zärtliches Auge erhaschte den fernen braunen Schimmer ihres Profils zwischen dem Pelzrand des Kragens und dem dunklen Hut. Der gleichmäßige Rhythmus ihrer Schritte teilte dem weichen Stoff der Jacke, den Hüften und dem Rücken zarte Wellenbewegungen mit. Vor einem kleinen Laden in einer stillen Seitengasse blieb sie stehen und legte eine zögernde, nachdenkliche Hand um die Klinke. Sie trat ein. Er ging näher. Er sah durch die Scheibe. Sie saß am Tisch, wandte ihm das Gesicht zu und probierte Handschuhe. Sie hatte die Linke aufgestützt, ihre Finger waren aufgerichtet in geduldiger Erwartung. Sie streifte das neue Leder über, schloß die Hand zur Faust und öffnete sie wieder, strich mit der rechten Hand zärtlich über die linke und entfaltete das ganze reizvolle, spannende Spiel der Gelenke und Finger.

Sie verließ den Laden. Er hatte keine Zeit mehr, sich zu entfernen. Ihr erster Blick fiel auf ihn, und da er unwillkürlich den Hut zog, blieb sie stehen, als wollte sie ihn erkennen, als dächte sie nach, ob sie das gleichgültige Lächeln aufsetzen sollte, das man den Bekannten widmet, die man vergessen hat. Endlich, da er sich nicht rührte, wandte sie sich zum Gehn. Er trat einen Schritt näher. Sie wurde sichtlich verlegen. Die Lust zu fliehen ergriff ihn zugleich mit der Furcht vor der Lächerlichkeit. Die Überlegung, daß er im nächsten Augenblick etwas sagen müsse, wurde überholt von dem stillen Eingeständnis, daß er nichts zu sagen wisse. Das weiche Oval des braunen Gesichts verwirrte ihn in der Nähe; wie der erschrockene, dunkle Blick und die zarte, bläuliche Haut der Lider; und selbst das schmale Päckchen, das sie in der Hand hielt. Wenn sie nur nicht fortwährend lächeln wollte, dachte er. Ich muß sie sofort darüber aufklären, daß ich nicht zu ihren Bekannten gehöre. Also sagte er, den Hut in der Hand:

»Ich kann nichts dafür, daß Sie erschrocken sind. Die Situation ist stärker gewesen als ich. Ich bin Ihnen gefolgt ohne eine Absicht. Sie haben den Laden früher verlassen, als ich berechnen konnte. Ich habe Sie gegrüßt, ohne Sie zu kennen. Ich habe Sie also irregeführt, aber ohne es zu wollen. Ich bitte Sie um Verzeihung.«

Während er sprach, wunderte er sich über die Ruhe und die Präzision seiner Worte. Ihr Lächeln verschwand und erschien wieder. Es war wie ein Licht, das kommt und geht.

»Ich hab's gut verstanden«, sagte sie.

Friedrich verneigte sich, sie versuchte, sich ebenfalls zu verbeugen, und beide lachten.

Er war überrascht, als er erfuhr, daß sie nicht verheiratet war. Er verstand jetzt nicht mehr, warum er sie für eine verheiratete Frau gehalten hatte. Zweitens war es nicht ihr Wagen, in dem sie an jenem Augusttag gefahren war. Der Wagen gehörte ihrer Freundin, der Frau G., zu der sie damals eingeladen war. Ob sie studiere? Nein, sie besuche nur die Vorträge des Professors D., der zu den Bekannten ihres Hauses gehörte. Ihr Vater, wie alte Herren manchmal seien, erlaube ihr kein Studium. Bestimmt hätte sie es durchgesetzt, wenn ihre Mutter leben würde. Ihre Mutter wäre gut gewesen. Und eine hurtige Trauer wehte über ihr Gesicht.

Sie blieb vor einem Standplatz für Wagen, sie mußte ins Theater, hatte eine Verabredung. Schon sah Friedrich einen Kutscher vom Bock springen und die Decken von den Rücken der Pferde streifen.

»Ich möchte lieber mit Ihnen gehen, wenn Sie Zeit haben«, sagte Friedrich.

Sie lächelte. Er schämte sich. »Dann gehen wir«, sagte sie, »aber gleich.«

Nun war es vorbei, er konnte nicht mehr ruhig sprechen. Es war nur noch die Rede von gleichgültigen Dingen, vom harten Winter und vom Professor D., von der Langeweile öffentlicher und privater Bälle, von der Sparsamkeit der reichen Leute und von der schlechten Beleuchtung der Straßen. Sie verschwand im Theater.

Er ergab sich einer bunten Planlosigkeit, einer Art von Ferien. Er trat in das Vestibül, in dem sie verschwunden war. Es war eine Viertelstunde vor Beginn der Vorstellung. Man hörte die Wagen vorfahren, die Pferde festlich wiehern, das schnalzende Aufschlagen ihrer Hufe und den gemurmelten Zuspruch der Kutscher. Im Vestibül verbreitete sich der Duft von Parfüm, von Puder, von Kleidern, ein Gewirr von Begrüßungen. Viele Männer warteten hier, an die Wände gelehnt, zogen die Hüte, tief und weniger tief, nickten nur oder lächelten beim Nicken. In den Mienen und an der Haltung der Wartenden konnte er den Rang der Eintretenden ablesen. Die Menschen standen wie lebendige Spiegel in den Ecken. Aber sie hatten selbst ebenfalls Rang und Charakter und konnten immer wieder an der Art, in der man ihnen erwiderte, die Stellung bestätigt finden, die sie in der Welt einnahmen. Die schönen Frauen schienen niemanden zu sehen, indessen sie doch alle Anwesenden prüften mit dem flinken und unauffälligen Blick, mit dem Kommandanten das marschbereite Regiment noch ein letztes Mal approbieren, bevor der Herr General ankommt. Den schönen Frauen entging keiner von den Anwesenden. Sie vergaßen selbst den Portier nicht und nicht den Polizisten. Ihre Augen verstreuten schnelle Fragen und bekamen langsame und schmachtende Antworten. Offiziere in allen Arten von Blau und Braun, alle in glänzenden Lackstiefeln und schmalen, schwarzen Hosen, verbreiteten ein angenehmes Geläute und eine harmlose Buntheit. Zum erstenmal empfand Friedrich gegen sie keinen Haß und sogar eine gewisse Solidarität mit dem Polizisten, dem es zu verdanken war, daß die Harmonie dieser schönen Wirrnis nicht durch Verbrecher oder Betrunkene gestört wurde. Niemand ahnt hier, was ich bin. Sie halten mich für einen kleinen Studenten, denkt er. Wenn der Blick einer Frau ihn streifte, fühlte er Dankbarkeit für das ganze Geschlecht. Diese Wesen haben Instinkt, sagt er sich. Die Männer sind grob. Auf einmal bedauert er die Damen der Gesellschaft. An der Seite törichter Leutnants und brutaler Geldverdiener vertrauern sie ihr Leben, verwelkt ihre Schönheit. Sie bedürfen ganz anderer Männer. Selbstverständlich denkt er an sich.

Eine schrille Glocke fiel durch das Haus wie ein fröhlicher Schrecken. Die Bewegungen der Menschen wurden hastiger, das Gewirr lauter. Die Türen flogen auf, und drei Minuten später war das Vestibül leer. Der Polizist setzte sich auf einen leeren Sessel in der Ecke. Das Fenster an der Kasse klappte eine unsichtbare Hand von innen zu. Die silbernen Bogenlampen vor den Eingängen erloschen. Im Vestibül ging eine Vorstellung zu Ende, eine andere begann eben auf der Bühne. Die Kutscher traten ein, es kamen kleine Männer von der Straße, die aussahen wie Briefträger in Zivil. Sie versammelten sich um den Portier und verhandelten mit ihm. Es waren Unteragenten und fliegende Billettverkäufer. Der Polizist wandte sich ab, um sie nicht sehen zu müssen. In diesem Vestibül duftete nicht mehr das Parfüm der Frauen. Die armen Menschen verbreiteten den Geruch von Gulasch, alten Kleidern und Regen. Es war, als ob die Armen, die sich jetzt im Vestibül versammelten, nach der Art der Puppen in den Wetterhäuschen auf dem entgegengesetzten Ende der gleichen Stege standen, an denen auch die Reichen festgenagelt waren, und als brächten bestimmte Gesetze bald die Glücklichen und bald wieder die Elenden vor den Theatern der Welt zum Vorschein.

Friedrich verließ das Theater. Es war zeitig, er sollte noch seine Freunde im Café aufsuchen. Aber gerade sie hätte er heute nicht sehen können. Er schämte sich vor ihnen. Sie müssen mir ansehen, sagte er sich, daß ich verliebt bin. R. wird mich sofort als einen »Romantiker« entlarven, eine Bezeichnung, die in seinem Munde einen Klang hat wie das Wort »Vatermord«.

Nein, er konnte die Genossen nicht sehen. Savelli z. B. verliebte sich nicht, der Genosse T. liebte nur die Revolution. Der Ukrainer hatte seine ganze kolossale Körperlichkeit der Idee unterworfen, wie man ein Volk einem Herrn unterwirft. Und was R. betrifft, so leugnete er selbstverständlich die Möglichkeiten einer Liebe. Nur er, Friedrich, hat Platz für alles in seiner Brust, für Entsagung und Ehrgeiz, Revolution und Verliebtheit.

Es blieb ihm nichts übrig, als die schlecht beleuchtete Treppe zu Grünhut hinaufzusteigen, denn er konnte auch nicht allein bleiben. Er roch den Gestank der Katzen, die in unerklärlicher Panik vor ihm auseinanderstoben, hörte die Stimmen durch die Türen, die dicht nebeneinander in den Korridoren standen, mit Nummern versehen wie in einem Hotel. Die Tür der Hebamme trug die Aufschrift: Stark klopfen, Glocke läutet nicht. Er hörte den leichten Schritt Grünhuts.

»Lange nicht gesehn«, sagte Grünhut. Und gleich darauf: »Pst, es sind Kunden drin.«

Er schrieb seine Adressen. Er konnte es jetzt bequem bis zu vierhundert im Tag bringen. Ob Friedrich noch schreibe?

Nein, er arbeite jetzt, hätte noch Geld für zwei Monate und gedenke, bald etwas anderes zu finden.

Nun begannen Grünhuts alte Klagen gegen die Welt. Schließlich kam noch einmal wie immer die Frage: »Was halten Sie von einem anonymen Brief an den Mann, von dem ich Ihnen erzählt habe?«

Er wollte nicht nur Friedrichs Rat, er gedachte, einen originellen Brief zu schreiben, zu zweit, jedes Wort von einer anderen Hand. Die beeidigten Sachverständigen kannte er schon. Vor jeder komplizierten Sache blieben sie ratlos. Ein zweiter mußte dabeisein, und nicht nur der Schrift wegen. Man mußte eventuell auch ein Rendezvous ausmachen. Immerhin, zwei verwickelten nach Grünhuts Ansicht die Anonymität so sehr, daß kein Mensch sich mehr auskennte.

Friedrichs Widerspruch beleidigte ihn. Sein unerschütterlicher Glaube an die verbrecherische Natur des jungen Mannes wandelte sich in einen verletzten Respekt vor dem Jungen, der nach Grünhuts Meinung wahrscheinlich weit wichtigere und ertragreichere Verbrechen plante.

Verschiedene Geräusche kamen aus dem Zimmer der Hebamme. Wasser, gemurmelte Worte einer tiefen Frauenstimme, ein Sesselrücken, ein metallener Gegenstand neben Glas und Holz.

»Hören Sie?« sagte der Kleine. »Am Abend im Frühling, im Hotel und im Chambre séparée hören Sie ganz andere Dinge. Da singen die Nachtigallen, da geigt ein Zigeuner, da knallt ein Champagnerpropfen. Wo sind sie jetzt, die Nachtigallen? Frau Tarka hat mir angedeutet, wer da drinnen ist. Die Frau eines Professors, Folgen einer Liaison mit einem Bildhauer. Übrigens ein guter Bekannter von mir. Hat mir einige Geschäfte vermittelt. Ein äußerst produktiver Mann, hält sich für dämonisch wie jedes Schwein. Die meisten Geschäfte hat Frau Tarka den Bildhauern zu verdanken und den Malern.

Man läßt sich soviel porträtieren heutzutage. Man lebt sich aus in den Ateliers. Denken Sie, eine Frau kann einem Atelier widerstehn? Dieser schönen Unordnung unter dem blauen Himmel hoch oben im letzten Stock, wo nur Gott durch das gläserne Dach hineinschaut. Man liegt da und sieht hinauf. Man sieht die weißen Wölkchen wandern, einen Zug von Vögeln dahinstreichen, sehnt sich und sehnt sich wieder. In der Ecke die Leinwand. Ein Zeugnis, daß auch eine andere hier nackt war. Und der Maler redet etwas. Alles, was er weiß, hat er aus pornographischen Werken und aus Sittengeschichten. Sein Auge begeilt sich am Umriß und klebt an der Fläche. ›Welch eine Linie‹, sagt er, ›gnädige Frau, verbindet Ihren Hals mit dem Ansatz der Brust!‹ Das ist, verstehen Sie mich, wenn's ein Oberleutnant sagt, eine Frechheit, und der Herr Gemahl schießt sich mit ihm im Wald beim Morgengrauen. Wenn's ein Maler sagt, ist das ein künstlerisches Urteil. Die sogenannten Kenner machen keine Komplimente, sondern sagen sachliche Meinungen. Sie erstrecken sich auf den ganzen Körper. ›Welch ein reizender Schenkel!‹ sagt er sachlich, die Palette noch in der Hand. Manche sprechen von der Renaissance. Der Bildhauer z.B., der von Zeit zu Zeit zu Madame hierherkommt, mit dem unterhalte ich mich manchmal. D.h., er unterhält sich. Lauter falsches Zeug aus der Sittengeschichte. Einmal gibt er mir einen Auftrag. Pornographische Stiche, weil ich zufällig einen Buchhändler kenne, geh ich hin und besorg's. Die Vermittlung ist er mir schuldig geblieben, das Geld dem Buchhändler auch. Der geht hin, macht einen Lärm. ›Kommen Sie morgen‹, sagt der Meister. Am nächsten Tag gibt er ihm lächelnd das Buch zurück. Mir erzählt er dann paar Wochen später, er hätte die Bilder nur für diesen einen Nachmittag gebraucht, eines Mädchens wegen aus guter Familie. Und ich habe nur eine Bluse aufgemacht. Ich bin eben kein Künstler. Unverkennbar der Fortschritt der Zeit. Die Frage der Kunst hätten wir schon. Die Emanzipation der Frauen ebenfalls. Merken Sie, wie beides zusammentrifft? Es lockern sich die sogenannten Familienbande. Die Töchter der Hofräte lassen sich porträtieren und studieren Germanistik. In Bibliotheken tut sich was. Und ich – vor vielen Jahren allerdings – heute bekommt man dafür schon Auszeichnung. Mein Staatsanwalt lebt noch. So eine Anklage wird er nie mehr erleben. Mein Verteidiger war damals schon ein Anhänger der Theorie von der Dämonie. Er sagte einen Blödsinn von unwiderstehlichem Zwang, Vererbung und so. Der Wahrheit die Ehre. Mein Vater war ein harmloser Mann, hatte eine Wechselstube und schwere Sorgen und nicht die geringste Beziehung zur Sittlichkeit.«

Im Nebenzimmer wurde es still, eine Tür ging, ein Schlüssel knarrte. Grünhut hielt Friedrich noch ein paar Minuten zurück.

»Bis sie unten sind«, sagte er. »Ich liebe keine Indiskretionen.«

X

Da er seinem Versprechen gemäß, das er seiner sterbenden Frau gegeben hatte, nicht heiraten durfte, ohne Frau nicht leben konnte, sein Kind aber mit den Gepflogenheiten eines rüstigen Witwers nicht vertraut machen wollte, entschloß sich Herr Ludwig von Maerker, damals noch Bezirkshauptmann in einem Ministerium, seine Tochter in ein Kinderheim und später in ein Mädchenpensionat zu schicken, wo sie mit sozial gleichgestellten Waisenkindern standesgemäß erzogen werden sollte. Nachdem er also Hilde untergebracht hatte, nahm er eine Hausdame auf, mit der er nur in den Zirkus und in Varietés ging. Die Theater blieben ihr verschlossen. Sie nannte es ein Unrecht und leitete daraus das Recht ab, Herrn von Maerker das Leben zu verbittern und größere Machtansprüche im Hause zu stellen. Sie überwachte jeden Schritt und jede seiner Ausgaben. Und wenn er sich über die Freiheitsbeschränkung beklagte, antwortete sie mit jener bitteren Bissigkeit, die ebensogut eine Ohnmacht wie einen Totschlag ankündigen konnte: »Ich soll nicht dieses kleine Recht haben? Ich, eine Frau, die man nicht einmal ins Theater mitnimmt?« Einmal im Jahr entrann Herr von Maerker seiner Haushälterin. Er fuhr in die Schweiz seine Tochter besuchen. Sie wuchs ihm über den Kopf, bald war sie ein Backfisch. Er fand sie schön und bedauerte in seinen geheimsten Sekunden, daß er ihr Vater war und nicht ihr Verführer. Längst war sie von ihrer eigenen Phantasie verführt. Obwohl Herr von Maerker allerhand französische Literatur über Nonnenklöster und Mädchenpensionate gelesen hatte, glaubte er wie die meisten Männer an die Verderbtheit aller Frauen mit Ausnahme ihrer eigenen und ihrer nächsten. Die Haltlosigkeit beginnt erst bei den Cousinen.

Es war viel von der Aussicht die Rede, Hilde bald nach Hause zu nehmen. Und ehe er es sich versah, hatte Herr von Maerker graue Haare an den Schläfen, wurde seine Hausdame alt und runzlig, schwand ihre Hoffnung auf eine Ehe mit ihrem Freund und auf die Möglichkeit einer gemeinsamen Loge in dem Theater, erblühte Hilde, wie man sagt, zu einer Jungfrau, kehrte sie in das Haus ihres Vaters zurück; begann sie, ein eigenes Leben zu führen.

Die Zeit warb hartnäckig für die Freiheit des weiblichen Geschlechts; Herr von Maerker, der inzwischen Ministerialrat geworden war und der die Unfreiheit des männlichen so genau kannte, keineswegs. An den Ansichten seiner Tochter ermaß er halb verbittert und halb verschämt, daß er zur alten Generation gehörte, denn die Menschen schämen sich, alt geworden zu sein, als wäre es ein geheimes Laster. Vor der offensiven Frische seiner Tochter zog er sich schweigsam zurück. Er litt und wurde sogar allmählich weise. Er gehörte zu jener Gattung von Durchschnittsmännern, die erst in vorgerückten Jahren Vernunft bekommen, weil sie so lange hatten schweigen müssen, und denen nichts übrigbleibt, als nachdenklich zu werden. Wenn Hilde im Namen aller Töchter der Welt ausrief: »Unsere Mütter waren verkauft und verraten!«, so empfand Herr von Maerker diesen Satz als eine Lästerung seiner toten Frau und als eine Grobheit seiner Tochter. Er wunderte sich, woher Hilde soviel übergesunde Empfindungslosigkeit und schockierende Rhetorik hernahm. Er wußte noch immer nichts von seiner Tochter.

Sie war nicht anders als die Mädchen ihrer Zeit und ihres Standes. Sie verwandelte die devote Romantik ihrer Mutter in eine martialische des Amazonentums, forderte die Anerkennung der bürgerlichen Rechte und nahm, unterwegs gewissermaßen, auf dem Weg zu ihnen, die Freiheit der Liebe mit. Mit dem Ruf »Gleiches Recht für alle!« stürzten sich um jene Zeit die Töchter der guten Häuser ins Leben, in die Hochschulen, auf die Eisenbahn, auf die Luxusdampfer, in die Seziersäle und in die Laboratorien. Für sie wehte der bekannte frische Wind durch die Welt, den jede junge Generation zu spüren glaubt. Hilde war entschlossen, sich nicht einer Ehe auszuliefern. Ihre »intimste Freundin« hatte den Verrat begangen, den steinreichen Herrn G. zu heiraten, sie besaß Wagen, Pferde, Lakaien, Kutscher, Livreen. Aber Hilde, die den Reichtum ihrer Freundin gerne mitgenoß, die Wagen und Livreen bei Einkäufen in Anspruch nahm, behauptete: »Das ganze Glück Irenes kann mir gestohlen werden, sie hat ihre Freiheit verkauft.« Die Männer, zu denen sie so sprach, fanden sie charmant, außergewöhnlich klug, reizend eigenwillig. Und da sie außerdem noch eine Mitgift und ihr Vater Beziehungen hatte, dachte der und jener daran, sie zu heiraten, trotz ihrer prinzipiellen Weigerung, und altmodisch, wie Männer schon sind.

Nur dem und jenem von ihren Bekannten hätte ihr Vater sie geben mögen. Keineswegs jedem, mit dem sie verkehrte, weniger aus Interesse als aus einem Bedürfnis, ihre Freiheit zu manifestieren. Sie bildete einen sogenannten Kreis. Durch ihren Vater kannte sie hoffnungsvolle, junge Beamte und Offiziere, durch den Professor D. ein paar Dozenten und Hörer der Kunstgeschichte. Durch ihre reich verheiratete Freundin, deren Mann einen Mäzen spielte, einen Musiker, zwei Maler, einen Bildhauer und drei Schriftsteller.

Diese ganze Jugend, die noch nicht ahnte, daß sie bald in einem Weltkrieg dezimiert werden sollte, benahm sich so, als hätte sie unaufhörlich Ketten zu sprengen. Die jungen Beamten sprachen von den Gefahren, die dem alten Reich drohten, von der Notwendigkeit einer weitgehenden Autonomie der Nationen oder einer starken zentralisierenden Faust, einer Auflösung des Parlaments, einer sorgfältigeren Auswahl der Minister, einem Bruch mit Deutschland, einer Annäherung an Frankreich oder aber einer noch engeren Verbindung mit Deutschland und einer Provokation Serbiens. Die wollten den Krieg vermeiden, jene ihn heraufbeschwören, aber beide dachten, es handelte sich um einen kleinen, heiteren Krieg. Die jungen Offiziere machten für alles das langsame Avancement verantwortlich und die Dummheit des Generalstabs. Die Dozenten, von der Sanftheit junger Theologen, verbargen unter einem Schatz von Wissen einen Hunger nach Geltung und Mitgift. Die Künstler gaben zu verstehen, daß sie eine unmittelbare Beziehung zum Himmel hatten, spotteten über die Autorität, vertraten den Olymp, das Kaffeehaus und das Atelier gleichzeitig. Jeder war kühn, und doch rebellierte jeder nur gegen seinen eigenen Vater. Hilde hielt jeden für eine Persönlichkeit und für einen guten Kameraden zugleich. Sie bildete sich ein, reine Kameradschaft zu halten, aber wenn ihr einer kein Kompliment machte, begann sie, an seiner Persönlichkeit zu zweifeln. Zwar hielt sie nichts von der altmodischen Liebe, aber sie brach den Verkehr mit einem Mann ab, der ihr nicht zu erkennen gab, daß er in sie verliebt sei.

Sie buchte die Begegnung mit Friedrich unter ihren »merkwürdigen Erlebnissen«. Seine sichtbare Armut war eine neue Nuance in ihrem Bekanntenkreis. Sein weitreichender Radikalismus unterschied ihn von den kleinen Rebellen. Sie ging doch ein wenig aufgeregt das nächstemal in die Vorlesung.

»Ich möchte Sie begleiten«, sagte er. Natürlich, dachte sie, aber sie sagte nur: »Wenn es Ihnen Spaß macht.« Und da es regnete, stellte sie sich vor, wie sie mit ihm in sein Zimmer gehen würde oder in ein Café. Er hat aber wahrscheinlich kein Geld, überlegte sie, und von nun an hörte sie nicht mehr, was er sagte. Er versuchte auf der Straße, wo die Nässe, der Wind und die Regenschirme Verwirrung unter den Menschen stifteten, manchmal nach ihrem Arm zu greifen. Ihr Arm erwartete seine Hand. Man sieht, einen wie geringen Einfluß die Emanzipation eigentlich auf Hilde ausgeübt hatte.

Sie erreichten das kleine Café, wo er Stammgast war und wo er ohne Verlegenheit schuldig bleiben oder Geld borgen konnte. Als wäre es ihm erst soeben eingefallen, sagte er: »Wir sind naß, kommen Sie.« Sie fühlte eine leise Ahnung von dem Glück eines Mädchens, das der Geliebte ins Zimmer führt.

Jetzt saßen sie in der Ecke. Hier ist er Stammgast und zu Hause, kombinierte sie flink, und schon nahm sie sich vor, ihn hier gelegentlich zu überraschen. Manchmal berührten sich ihre Hände auf der Tischplatte, wichen schnell voneinander zurück und empfanden selbständige Scham, Sehnsucht, Neugier, als hätten sie eigene Herzen. Ihr Ärmel streifte ihn. Ihre Füße berührten sich. Ihre Teller stießen zusammen, bekamen Leben. Jeder Bewegung, die einer von beiden machte, verlieh der andere einen verborgenen Sinn. Ihr Armband liebte er ebenso wie ihre Finger, ihre schmalen Ärmel wie ihren Arm. Er fragte sie nach ihrer Mutter, weil er sie wieder traurig sehen wollte. Aber sie wurde es nicht. Sie beschrieb ihm nur die Photographie, die sie von der Toten besaß, und versprach, sie ihm zu zeigen. Die Zeit im Pensionat, glaubte er, wäre streng und trübe gewesen. Ihr fielen wieder die geheimen nächtlichen Gespräche ein, die sie längst vergessen und in der Rubrik »Kindereien« tröstlich untergebracht hatte. Erinnerungen bedrängten sie. Sie sehnte sich nach einer seiner zufälligen und erschrockenen Berührungen. Sie wollte nach seiner Hand greifen und wurde rot. Sie erinnerte sich an die deutliche Zudringlichkeit eines Malers und übertrug sie jetzt auf Friedrich. Was er sagte, machte sie ungeduldig, aber sie dachte gleichzeitig: Er ist klug und merkwürdig.

»Es ist spät«, sagte sie, »ich muß nach Hause.«

Er hatte gerade von den Vorgängen bei der Hebamme sprechen wollen, eine Illustration zum Verfall der Gesellschaft geben, ein Symptom ihres Untergangs. Sie versöhnte ihn durch ein Lächeln. Er tröstete sich mit der Länge des Weges. Draußen begann sie, von ihrer Jugend zu sprechen. Es war dunkel. Die Laternen brannten trübe, spärlich und feucht. Die Mauern schienen doppelte Schatten zu werfen. Plötzlich nahm sie seinen Arm, wie um ihm mehr zu erzählen. Vielleicht fragt er, dachte sie. Aber er fragte nicht. Sie begann:

»In der Nacht schliefen wir vier in einem großen Zimmer, jeder in einer Ecke. Links am Fenster stand mein Bett. Mir gegenüber schlief die kleine Gerb. Ihr Vater war ein deutscher Finanzbeamter, aus Hessen, glaube ich. In der Nacht kam sie in mein Bett. Wir waren damals sechzehn Jahre alt. Sie erzählte mir, daß ihr Vater, ein Kadettenschüler, sie sozusagen aufgeklärt habe. Das ist doch furchtbar, nicht?«

Friedrich verstand nicht, wonach sie gefragt werden wollte. »Ich glaube«, sagte er, »daß es Ihnen nicht so furchtbar vorkäme, wenn Sie bedenken wollten, daß 60 % aller proletarischen Kinder zwischen zwölf und sechzehn nicht mehr intakt sind. Haben Sie einen Begriff davon, wie es in den Massenquartieren aussieht?« Sein alter Zorn! Mit einem bitteren Eifer begann er wieder und nahm ihr jede Lust zu Geständnissen. In einem guten Pensionat, wo nur vier Mädchen in einem Zimmer schlafen, hat man keine Ahnung von einer Arbeiterwohnung. Er schilderte ihr eine. Er erklärte, was ein Bettgeher sei, ein Obdachlosenheim, das Leben der Verbannten und der politisch Verurteilten.

Sie tröstete sich. Welch eine Bekanntschaft! dachte sie stolz. Sie fragte ihn nach seiner Jugend. Er erzählte von seiner Tätigkeit an der Grenze. »Ich beneide Sie«, sagte sie. »Sie sind frei und stark. Wollen Sie zu mir hinaufkommen? Mittwoch nachmittag?«

Aus dem dunklen Hausflur leuchtete ihr Lächeln wie ein Licht.

Die meisten jungen Männer erschienen ihr langweilig wie ihr Vater. Sie sehnte sich danach, ein Mann zu sein, und verachtete die Männer, die mit ihrer Männlichkeit nichts anzufangen wußten. Sie hätte Friedrich glatt wie den Oberleutnant gewünscht und zudringlich wie den Maler, und zum erstenmal nach langen Jahren weinte sie im Bett, nackt der Finsternis preisgegeben, ein armes Mädchen ohne eine Spur von Emanzipation.

Am Morgen sah sie das Wochenprogramm durch mit der vagen Absicht, das Leben zu reformieren. Es war Sonntag. Montag kam die Näherin, Dienstag ging sie mit Frau G. ins Theater, Mittwoch Gäste, Donnerstag Vortrag, Freitag die Tante, Samstag zwei Herren vom Ministerium zum Abendessen und nachmittags eine Stunde Porträt vor dem Maler. Sie wollte Frau G. dazu einladen, aber die Freundin hatte keine Zeit, mußte mit ihrem Mann einen längst vorbereiteten Ausflug machen, zu seinen Verwandten, drei Stunden Eisenbahn. Innerhalb der nächsten fünf Minuten vergaß sie den Ausflug, sah in der Zeitung nach, was es am Samstag für Aufführungen gab, wurde rot, verwickelte sich, kam schnell auf ein anderes Thema. Zum erstenmal mischte sich in ihren Abschied eine Feindseligkeit, die auch ein beabsichtigt herzlicher Händedruck nicht vergessen ließ und nicht die übliche Umarmung, die diesmal sogar eine Sekunde länger dauerte als sonst. Sie hält mich für ihre Rivalin, kombinierte Hilde schnell. Ihre »beste Freundin«.

Sie trat in dem kleinen Kaffeehaus ein, um Friedrich zu überraschen, fand ihn nicht und hinterließ ihm eine Einladung für Samstag nachmittag.

Er kam und traf den Maler. Er kannte den auffälligen Mann schon vom Sehen. Er haßte den markanten Schädel voller Bedeutung, die breite, weiße Stirn, die buschigen Brauen, die ihr Besitzer jeden Tag zu besprengen schien wie Wiesenbeete. Sie beschatteten seine leeren Augen derart, daß in ihnen die dunkle Tiefe rätselhafter Seen zum Vorschein kam. Er haßte den tiefen, weichen und betont legeren Kragen, aus dem ein massives Doppelkinn dem Kinn wie zu dessen Unterstützung entgegenkam. Er haßte die sogenannten guten Köpfe im allgemeinen. Sie verwendeten einen großen Teil ihrer Energie darauf, noch bedeutender auszusehen, als die Natur es beabsichtigt hatte, und es war, als ob sie jeden Morgen nach dem Aufstehn ihre Talente an den Spiegel abgegeben hätten.

Hilde gab dem Maler den Vorzug. Sie nahm es Friedrich übel, daß sie seinetwegen eine schlechte Nacht verbracht hatte. Sie warf ihm vor, daß er an einem trüben und regnerischen Abend anders erscheinen konnte als an einem hellen Nachmittag. Außerdem war er jetzt verstockt und stumm. Er sah zu, wie der Maler im Laufe einer halben Stunde zehn Skizzen anfertigte, mit fliegenden Fingern und einem drohenden Blick, der von Hilde zum Papier sprang und wieder zurück. Hilde war unruhig. Obwohl sie keinen Zug zu verändern schien, gingen doch plötzlich Veränderungen unter ihrer Haut und unter ihren Zügen vor, und nur an den Augen konnte man sehen, wie ein Licht erlosch und sich wieder entzündete.

Friedrichs Stummheit brachte den Maler außer Fassung. »Ich muß Sie allein haben«, sagte er leise und so, als wollte er, daß Friedrich verstünde, er sagte ein Geheimnis. Friedrich stand auf, der Maler warf einen Blick gegen den Plafond. Er hatte die Fähigkeit, die Welt mehr mit den Brauen als mit den Augen zu sehen. Er packte mit hastiger Resignation seine Blätter zusammen. Da Hilde fürchtete, daß er beleidigt wäre, bat sie ihn zu bleiben. Aber sie ließ Friedrich gehen, und er verschwand, stumm und verstockt und mit dem Entschluß, ihr einen deutlichen Brief zu schreiben, ihr klarzumachen, daß sie ein unwürdiges, verlogenes Leben führte, daß sie anders werden müßte, daß sie mit dieser Bürgerlichkeit und dieser falschen Rebellion aufhören müßte. Alles dies schrieb er in der Hast eines Menschen, der sich vor einer nahen Gefahr retten will. Als er zur vierten Seite gelangte, überlegte er. Er wollte den Brief vernichten, aber er erinnerte sich, daß in allen Büchern Verliebte vorkamen, die Briefe zerrissen. Er hätte keinesfalls lächerlich werden wollen. Und er schickte schnell den Brief ab.

R. kam an seinen Tisch: »Schon lange verliebt? Es ist wahr, daß Sie sich verliebt haben, schämen Sie sich nicht. Es ist eine Energie wie die Gesundheit z. B., aber ebenso wie man die Gesundheit nicht dazu verwenden darf, noch gesünder zu werden, dürfen Sie nicht die Liebe mit ihrer Liebe nähren. Wandeln Sie sie um. Stecken Sie sie in eine Leistung. Sonst ist sie eine Schmockerei.«

Eine Broschüre war ins Italienische zu übersetzen, in einer Woche der 1. Mai. Versammlungen. Da und dort sein. Ein paar Worte sagen. P. bedroht von der Ausweisung. Savelli nach Friedrich gefragt.

»Ja, ja«, sagte Friedrich, »ich werde sofort anfangen.« Er begann zu arbeiten. Er hatte nicht die Liebe in eine Leistung zu stecken, höchstens die produktive Traurigkeit eines Verliebten.

Eines Abends, während er schrieb, kam Hilde ins Kaffeehaus. Er spielte ihr und sich selbst Gleichgültigkeit vor. Sie sollte nicht glauben, daß er ein bürgerlicher Porträtmaler war. Nein, er hatte zu arbeiten an der Erlösung der Welt. Keine geringere Sache. Er spürte einen bösen Triumph darüber, daß sie ihre Jugend, ihre Eleganz, ihre Schönheit in den grauen, kleinen Raum gebracht hatte.

Hilflos saß sie neben ihm, seinen großen Brief in der Hand. Sie hatte sich vorgenommen, über jeden Satz mit ihm zu sprechen. Er bat sie zu warten, er müßte einen Artikel schreiben. Fulminant, dachte er, was ich schreibe; durch die Aussicht angeregt, ihr vorzulesen, wenn sie ihn bitten würde. Sie wartete. Er war fertig. Es fiel ihr nicht ein zu fragen. Sie dachte nur an den Brief. Fast sanft begann sie: »Ich habe den Brief mitgebracht.« Ihre Sanftheit reizte ihn. »Entschuldigen Sie«, sagte er, »diesen Brief habe ich in einem wahnsinnigen Zustand geschrieben. Betrachten Sie ihn nicht mehr als einen Brief, der an Sie gerichtet ist.« Sie hielt noch das Papier in der Hand. Er griff danach und begann, es zu zerreißen. Sie hätte seine Hand festhalten wollen und schämte sich. Ihre Augen füllten sich mit warmen Tränen. Ich weine schon wieder, dachte sie, entrüstet über ihren Rückfall in eine überholte Vergangenheit.

Es war nur ein kleiner Augenblick, er sah nicht auf sie. Er spielte mit Überzeugung einen Harten, Hochmütigen, und seine Hände zerrissen mechanisch den Brief. Jetzt waren es fünfzig

Papierchen. Sie lagen wie kleine, weiße Leichen auf der dunklen Marmorplatte. Der Kellner kam, wischte sie mit der Hand in die andere und trug sie weg. Begraben, fiel ihr ein.

Er wollte etwas Versöhnliches sagen. Nichts Versöhnliches kam. Über ihnen beiden waltete schon das ewige Gesetz, das die Mißverständnisse zwischen den Geschlechtern regelt.

Schon stand sie wieder, fremd in diesem Café aus einer anderen Welt. Schon ging sie. Er sah sie noch einmal durch das Fenster vorbeigehn. Und er wußte nicht mehr, daß nur eine Scheibe sie von ihm trennte. Ihm war, als gäbe es überhaupt keine Möglichkeit mehr, dieses Café zu verlassen. Als wäre die Tür in diesem Augenblick vermauert worden und sein Platz für ewige Zeiten hier, an diesem Tisch. Er rührte sich nicht. Fünf Minuten später trat er hinaus. Sie war nicht mehr zu sehn.

Von nun an dachte er daran, eine »weite und gefährliche Reise« zu unternehmen. Ein Schmerz ohne Grund begleitete seine Arbeit, gab seinem Eifer eine goldene Wärme, seinen Worten einen wehen Nachhall und zeichnete die ersten scharfen Züge in sein Angesicht. Er schien schweigsam geworden zu sein. Sein heller Blick kam aus einer weiten Ferne und sichtete ein weites Ziel. Er wollte wegfahren und nicht mehr zurückkehren.

»Ich bin ein Armer«, sagte er einmal zu R., »auf der Seite der Armen. Die Welt ist nicht gut zu mir, ich will nicht gut zu ihr sein. Ihre Ungerechtigkeit ist groß. Ich leide unter ihrer Ungerechtigkeit. Die Willkür tut mir weh. Ich will den Mächtigen weh tun.«

»Wenn ich gerecht sein wollte, wie z. B. Savelli«, antwortete R., »würde ich Ihnen sagen, daß Ihr Platz unter den Heiligen der katholischen Kirche ist und nicht unter den anonymen Helden der Partei. Ich habe mit T. über Sie gesprochen. Wir sind uns darüber einig geworden, daß Sie im strikten Sinne des Wortes unzuverlässig sind. Wenn Sie persönlich enttäuscht sind, möchten Sie die Minister aufhängen. Sie gehören zu den unsterblichen europäischen Intellektuellen. Augenblicklich haben Sie ein Herz für das Proletariat, mit dem Sie verkehren. Aber warten Sie, Sie werden in den traurigen Augen der jungen Männer, vor denen Sie jetzt Vorträge halten, eines Tages den blanken Haß der menschlichen Kanaille sehn. Haben Sie schon je daran gedacht? Sooft mir ein Arbeiter die Hand gibt, fällt es mir ein, daß seine Hand mich einmal unbarmherzig schlagen könnte wie die Hand jedes Polizisten. Ihre Methode ist falsch, es ist meine eigene auch, deshalb darf ich es Ihnen sagen, und deshalb dürfen Sie mir es glauben. Uns würde die Erkenntnis mehr nützen, daß die Armen nicht besser sind als die Reichen, die Schwachen nicht edler als die Starken und daß im Gegenteil erst die Macht die Voraussetzung einer Güte sein könnte.«

»Ich will wegfahren«, sagte Friedrich.

»Ganz richtig«, erwiderte R., »Sie müssen sich der Gefahr aussetzen. Gehen Sie nach Rußland. Auf die Gefahr hin, nach Sibirien zu kommen. Auch T. war dort, K. war dort, ich war dort. Lernen Sie das stärkste und dumpfste Proletariat der Welt kennen. Sie werden sehn, daß es durch das Unglück keineswegs edel geworden ist. Es ist grausam von mir, einem jungen Mann diesen Rat zu geben, aber Sie werden geheilt werden von jeder Illusion. Von jeder. Und Sie werden sich nie mehr verlieben, um nur ein Beispiel zu nennen.«

Er begann seinen nächsten Vortrag mit der Mitteilung, daß er sich entschlossen habe wegzufahren, daß ihn ein anderer vertreten werde. Er erblickte in einer der letzten Reihen Hilde in einem betont unscheinbaren Mantel. Welch eine Maskerade, dachte er zornig. Er glaubte, an ihrer Anwesenheit schuldig zu sein. Er fühlte sie wie einen Verrat, den er an den Menschen beging, vor denen er sprach. Er begann, den Leitartikel eines bürgerlichen Blattes vorzulesen. Es war die Rede vom Willen der Zentralmächte, der Welt den Frieden zu sichern, und von den Anstrengungen eben dieser Welt, in einem Krieg zu verbrennen. Er zog ein russisches Blatt hervor, ein französisches, ein englisches, und er bewies seinen Zuhörern, daß alle das gleiche schrieben. Tief über dem Pult, vor dem er stand, hing die Lampe und blendete ihn. Wenn er in den kleinen Raum blicken wollte, sah er die Wände in einem grauen Dunkel. Sie verloren ihre Festigkeit. Sie wichen wie Schleier immer weiter zurück, von dem Klang seiner Worte auseinandergeweht. Gesichter, die ihm aus der Dunkelheit entgegenleuchteten, verzehnfachten sich. Er horchte auf seine eigene Stimme, auf den klingenden Nachhall seines Wortes. Er stand da wie am Rande eines dunklen Meeres. Die besten Worte kamen ihm aus der Erwartung der Hörer entgegen. Es war ihm, als spräche er und hörte gleichzeitig, als erzählte er und ließ sich gleichzeitig erzählen, als klänge er und hörte gleichzeitig klingen.

Es war noch einen Augenblick still. Die Stille war eine Antwort. Sie bestätigte ihm seine Kraft wie ein stummes Siegel.

Als er wieder unten stand, war Hilde verschwunden. Er ärgerte sich, daß er sie gesucht hatte. Ein paar Leute drückten ihm die Hand und wünschten ihm gute Reise.

Für morgen abend war seine Abreise festgesetzt. Er hatte noch mehr als vierundzwanzig Stunden Zeit. Savelli hatte ihm Geld, Briefe und Aufträge mitgegeben. Er sollte sich zuerst bei Frau K. melden und bei ihr wohnen. Bei der ersten sicheren Gelegenheit, die sich ergeben würde, mit einem Teil des Geldes zurückkommen, das man hier dringend erwartete. Er hatte einen Koffer voller Zeitungen, sie lagen in den Taschen, in den Ärmeln, im Unterfutter fremder Anzüge, die man ihm mitgegeben hatte.

Er fürchtete sich nicht. Ein Strom Ruhe erfüllte ihn wie einen Sterbenden, der ein langes und gerechtes Leben hinter sich weiß. Er konnte untergehn, namenlos, vergessen, aber nicht spurlos. Ein Tropfen im Meer der Revolution.

»Ich habe einen herzlichen Abschied von R. genommen«, erzählte er mir. »Dieser R., den alle unzuverlässig nennen, den eigentlich niemand leiden kann, weiß mehr als die andern. Er vergißt nicht die Gebrechen der Menschen über der Gesinnung. Er kennt die verborgene Vielfalt, aus der wir alle zusammengesetzt sind. Man traut ihm nicht ganz, denn er ist vielseitig. Er traut sich übrigens selbst nicht, seiner unbestechlichen Vernunft nicht.«

Er ging zu Grünhut Abschied nehmen.

»Wohin reisen Sie?«

Es war ein paar Augenblicke still. Grünhut ging zum Fenster. Es war, als sähe er nicht auf die Straße, sondern nur in die Fensterscheibe, die aufgehört hatte, durchsichtig zu sein.

»Was fällt Ihnen ein?« schrie Grünhut mit weinerlicher Stimme. »Ich frage nicht, zu welchem Zweck Sie fahren, ich kann es mir denken. Aber warum Sie?« »Ich weiß es selbst nicht genau.«

Zurück zur Fensterscheibe.

Ich sehe ihn zum letztenmal, dachte Friedrich.

Seine Gedanken, die er schon dem Tod entgegengerichtet hatte, machten plötzlich kehrt.

»Sie wissen nicht, Sie wissen nicht«, sagte Grünhut. »Sie sind jung. Glauben Sie vielleicht, daß Sie noch zweimal in die Lage kommen werden zu sagen: Ich fahre weit weg? Glauben Sie, das Leben ist unendlich? Es ist kurz und hat ein paar armselige Situationen zu verschenken, und die muß man zu schätzen wissen. Zweimal können Sie sagen:

Ich will, einmal: Ich liebe, zweimal: Ich werde, einmal: Ich sterbe. Das ist alles. Sehn Sie mich an. Ich bin gewiß kein beneidenswerter Mann. Aber ich will nicht sterben. Ich kann vielleicht doch noch einmal sagen: Ich will, oder: Ich werde. Keine große Aussicht vorhanden, aber ich warte. Ich will für niemanden und für nichts leiden. Der winzige Schmerz, den Sie fühlen, wenn Sie sich in den Finger stechen, ist immer noch gewaltig im Verhältnis zu der Kürze Ihres Lebens. Ja, und zu denken, daß es Menschen gibt, die sich die Hand abhacken lassen und sich die Augen ausstechen lassen für eine Idee, für eine Idee! Für die Menschheit, im Namen der Freiheit. Es ist entsetzlich.

Ich verstehe schon, daß Sie nicht zurückkönnen. Man begeht irgendeine Tat, man muß sie einfach begehn. Dann macht man uns verantwortlich, man gibt uns eine Order für eine sogenannte Heldentat, und man wirft uns in den Kerker für ein sogenanntes Verbrechen. Wir können nichts verantworten. Wir sind höchstens verantwortlich für das, was wir unterlassen. Wollte man uns *dafür* zur Verantwortung ziehn, so bekämen wir hundertmal am Tag Hiebe und säßen hundertmal im Kerker und würden hundertmal aufgehängt.«

Er ging wieder zur Fensterscheibe. Und den Rücken zu Friedrich gewendet, sagte er ganz leise: »Also gehn Sie, und kommen Sie zurück. Ich habe schon manchen gehn gesehn.«

Im Nebenzimmer bei der Frau Tarka hörte man plötzlich Stimmen.

»Still«, flüsterte Grünhut, »bleiben Sie ganz still sitzen. Eine neue Kundschaft. Gestern war der Maler hier. Ich wußte schon, daß heute jemand kommen würde. Bleibt nicht lang. Erste Konsultation. Bleiben Sie hier, bis sie fort ist.«

Bald hörte man die Tür. »Schnell, ehe die Madame hereinkommt«, sagte Grünhut. Ein flüchtiges Handschütteln, als hätte Grünhut vergessen, daß es ein Abschied für immer war.

XIII

Zwei Tage später saß er beim alten Parthagener in der Herberge »Zur Kugel am Bein«. Es hatte sich nichts verändert. Kapturak brachte immer noch Deserteure. Man trank Schnaps und aß gesalzene Erbsen. Bei Chajkin versammelten sich die Rebellen. Der Jurist hoffte immer noch, Abgeordneter zu werden.

Kapturak kam am nächsten Morgen. »Sie sind also nicht Bezirkshauptmann geworden. Ja, wir fahren schon. Die Koffer nehme ich mit. Erwarten Sie sie in der Grenzschenke.« Es war Feiertag, die Beamten von der Grenze saßen schon mit den geflüchteten Soldaten, tranken und sangen. Hinter der Theke der Wirt mit offenem Mund und glotzenden Augen.

Friedrich trat hinaus. Die feuchten Sterne glitzerten. Ein Wind zog sacht dahin. Man roch die weite Ebene, aus der er kam.

Ein kleiner, rundlicher Mann mit einem schwarzen Bärtchen stand plötzlich neben Friedrich.

»Schöne Nacht«, sagte er, »nicht wahr?«

»Ja«, sagte Friedrich, »eine schöne Nacht.«

»Ich verhafte Sie, mein lieber Kargan«, sagte der Mann freundlich. Er hatte eine rundliche, weiße, fast weibliche Hand mit kurzen Fingern.

»Pascholl!« kommandierte er.

Zwei Männer, die plötzlich zum Vorschein kamen, nahmen Friedrich in die Mitte.

Er fühlte nur den Wind wie einen Trost aus der unermeßlichen Ferne.

Zweites Buch

Es war Abend. Das Wasser plätscherte leise und zärtlich um den Dampfer, der auf der Wolga dahinschwamm. Im Zwischendeck hörte man das harte, regelmäßige Stampfen der Maschinen. Die schaukelnden Laternen wischten Lichter und Schatten über die zweihundert Menschen, die sich hier niedergelassen hatten, jeder auf dem Platz, wo er zufällig stehengeblieben war, als er das Schiff betreten hatte. An den stillen Stationen schwiegen die Maschinen, und man hörte die tiefen Rufe der Schiffer, der Lastträger und den schnalzenden Anschlag des Wassers an Holz.

Die meisten Gefangenen lagen ausgestreckt auf dem Boden. Hundertzwanzig von den zweihundert Passagieren des Zwischendecks waren gefesselt. Sie trugen Ketten an den Gelenken der rechten Hand und des rechten Fußes. Die nicht Gefesselten sahen neben den Geketteten fast wie Freie aus. Manchmal erschien ein Polizist, ein neugieriger Matrose. Die Gefangenen kümmerten sich weder um ihre Wächter noch um ihre Besucher. Obwohl es ganz früh am Abend war und in einer halben Stunde das Essen verteilt werden sollte, schliefen die meisten, müde von den langen Märschen, die sie bis jetzt zurückgelegt hatten. Der Staat führte sie auf dem billigen und langsamen Wasserweg, nachdem er sie lange hatte wandern lassen. Übermorgen sollten sie in Eisenbahnen verfrachtet werden. Sie sammelten einen großen Vorrat an Schlaf.

Manche unter ihnen kannten sich schon aus. Sie machten diesen Weg nicht zum erstenmal. Sie besaßen Erfahrungen, richteten sich praktisch ein und erteilten den Neulingen Ratschläge. Unter ihren Kameraden erfreuten sie sich einer gewissen Autorität. Mit den Gendarmen verband sie eine Art intimer Feindschaft.

Man rief sie zum Essen wie zu einer Hinrichtung. Sie stellten sich hintereinander auf, zwischen ihnen klirrten die Ketten. Es sah aus, als wären sie alle an einer einzigen langen aufgeschnürt. Mit regelmäßigem, plätscherndem Aufschlag fiel ein Löffel in den Kessel, dann vernahm man das leise Gurgeln eines leise zurückfließenden Suppenstrahls, dann fiel eine feuchte Masse auf hartes Blech. Schwere Füße scharrten, eine Kette schlürfte klirrend, und immer wieder löste sich aus der Reihe ein anderer, als wäre er abgefädelt worden. Der niedrige Raum erfüllte sich mit dem Dampf, der aus zweihundert Blechgeschirren und Mündern stieg. Alle aßen. Und obwohl sie selbst die Löffel zu den Lippen führten, sah es aus, als würden sie von fremden Armen gefüttert, die nicht zu ihren Körpern gehörten. Ihre Augen, die weit früher gesättigt waren als ihre Eingeweide, hatten schon den stieren Blick der Sattheit, der auch die Hausväter am Familientisch kennzeichnet, jenen Blick, der schon in die Gefilde des Schlafes vordringt.

»Wenn ich die Menschen während der Fütterung betrachte«, sagte Friedrich zu Berzejew, einem früheren Oberleutnant, »bin ich überzeugt, daß sie nichts mehr nötig haben als eine Kugel am Bein, einen Löffel in der Rechten und ein Blechgeschirr in der Linken. Das Herz ist so nahe dem Darm, Zunge und Zähne grenzen so hart an das Gehirn, die Hände, die Gedanken niederschreiben, können so gut ein Lamm erwürgen und einen Bratspieß drehen, daß ich ratlos vor den Menschen stehe wie vor einem legendären Drachen.«

»Sie sprechen wie ein Dichter«, erwiderte Berzejew, lächelte und zeigte zwischen dem schwarzen Bart zwei Reihen leuchtender Zähne, die wie ein Beweis für Friedrichs Behauptung aussahen. »Ich kann solche Worte nicht finden. Aber ich habe auch gesehn, daß der Mensch rätselhaft ist, und vor allem: daß man ihm nicht helfen kann.«

Beide erschraken sie. Waren sie nicht hier, weil sie ihnen helfen wollten? Sie wandten sich voneinander ab.

»Gute Nacht«, sagte Berzejew.

Draußen wurde die Wache abgelöst.

Nach vier Tagen wurden sie ausgeschifft, in eine große Halle geführt und einwaggoniert. Sie waren erfrischt, als sie wieder das Land betraten, und ihre Ketten hatten einen hurtigeren Klang. Noch unter den rollenden Rädern der Eisenbahn fühlten sie die Erde. Durch die vergitterten Fenster des Zuges sahen sie Gras und Felder, Kühe und Hirten, Birken und Bauern, Kirchen und blauen Rauch über Schornsteinen, die ganze Welt, von der sie getrennt waren. Dennoch war es ein Trost, daß sie nicht untergegangen war, daß sie sich nicht einmal verändert hatte. Solange die Häuser standen und das Vieh weidete, erwartete die Welt die Wiederkehr der Gefangenen. Die Freiheit war nicht wie ein Eigentum, das jeder einzelne verloren hatte. Sie war ein Element wie die Luft.

Gerüchte wirbelten durch die Waggons. In der Erinnerung an die Botschaften, die man in den letzten Gefängnissen gehört und ausgetauscht hatte, nannte man sie »Latrinenneuigkeiten«. Die einen sagten, der ganze Transport würde geradewegs nach Wjerchojansk kommen, was von den Kennern als Irrsinn bezeichnet wurde. Adrassjonow, der Unteroffizier, hatte einem der »Alten«, den er schon zum zweitenmal transportierte, gesagt, daß sie nach Tjumen kommen würden, in eines der größten Gefängnisse, in den Tjuremnij Zamok, das Zentralgefängnis für Verbannte. Die Erfahrenen, die schon dort gewesen waren, begannen, die Schrecknisse dieses Kerkers zu schildern. Zuerst schauderten sie bei ihren eigenen Worten und machten die Zuhörer schaudern. Aber allmählich, während sie erzählten, wurde die Begeisterung, die sie nur aus dem Erzählen bezogen, stärker als der Inhalt ihrer Rede und die Neugier der Zuhörer größer als der Schrecken. Sie saßen da wie Kinder, die Märchen von gläsernen Palästen hören. Panfilow und Sjemienuta, zwei alte, weißbärtige Ukrainer, schilderten die Einzelzellen sogar mit einer Art Wehmut, und vergeßlich, wie das menschliche Herz ist, und weil der Weg noch allen unendlich vorkam und das Ziel trotz der Versicherungen der Erfahrenen noch ungewiß blieb, glaubten alle für ein paar kurze Stunden nicht, sie selbst führen dem Elend der Gefängnisse entgegen, sondern ganz andre, Fremde.

Friedrich und Berzejew nahmen sich vor, möglichst nahe beieinander zu bleiben. Berzejew hatte Geld. Er wußte, wie man bestach, Listen und Namen austauschte, und während die anderen »Politischen« über die Bauern, die Anarchie, Bakunin, Marx und die Juden diskutierten, berechnete er, wem er eine Zigarette und wem er einen Rubel geben sollte.

Obwohl sie langsam fuhren, stundenlang auf Güterbahnhöfen standen, schien ihnen doch die Eisenbahnfahrt kürzer, als sie gedacht hatten. Noch einmal rasselten die Ketten, noch einmal verlas man die Namen. Sie standen auf dem letzten Bahnhof und nahmen Abschied von den reizvollen Einrichtungen der Eisenbahn, von ihren technischen Spielzeugen, von grünen Signalen und roten Fähnchen, von den schrillen Glöckchen aus Glas und den harten Glocken aus Eisen, vom unermüdlichen Ticken des Telegraphen und vom sehnsüchtig geschwungenen Glanz der Schienen, vom keuchenden Atem der Lokomotive und dem heiseren Schrei, den sie zum Himmel schickte, vom Ruf der Schaffner und vom Winken der Stationsbeamten, vom Brunnen und von einem Gartenzaun, vom kargen Büfett dieser verlorenen Station und von dem Mädchen, das hinter den Flaschen stand und einen Samowar bediente. Besonders von diesem Mädchen. Friedrich betrachtete sie, als wäre sie die letzte europäische Frau, die er sich ansehn durfte und sich gut merken müsse. Er erinnerte sich an Hilde wie an ein Mädchen, mit dem er vor zwanzig Jahren gesprochen hatte. Manchmal konnte er sich nicht mehr ihr Gesicht vorstellen. Es schien ihm, daß sie in der Zwischenzeit alt und grau geworden war, eine Großmutter.

Sie stiegen in Wagen, machten alle fünfundzwanzig Kilometer halt, wechselten die Pferde. Nur der Kutscher blieb auf dem ganzen Weg der gleiche. Ein großer Teil des Transports war zurückgeblieben und sollte tatsächlich in eines der großen Sammelgefängnisse eingeliefert werden. Sie bestanden nur noch aus einigen Gruppen. Friedrich und Berzejew, Freyburg und Lion saßen in einem Wagen. Ohne daß es alle sahen, drückte Friedrich Berzejews Hand. Sie schlossen ein verschwiegenes Bündnis.

Wenn einer von den Gefangenen die Mütze abnahm, sah man die linke kahl rasierte Hälfte seines Schädels, und sein Angesicht bekam den närrischen Ausdruck eines Irrenhäuslers. Einer erschrak vor dem andern, aber jeder verhüllte sein Entsetzen unter einem Lächeln. Nur Berzejew war es gelungen, den Friseur zu bestechen. Er hatte den ganzen Schädel kahl rasiert.

Die Gefangenen sangen ein Lied nach dem andern. Die Soldaten und die Kutscher sangen mit. Manchmal sang ein einzelner, dann war es, als sänge er mit der Kraft aller. Seine Stimme verrauschte im vielstimmigen Refrain, der wie ein Rückkehr aus dem Himmel zur Erde war. Am schönsten sang Komow, ein Weber aus Moskau, bei dem man eine Geheimdruckerei entdeckt hatte. Er fuhr in die Gefangenschaft für fünfzehn Jahre.

III

Eines Morgens begannen sie die Wanderung. Quer in eine wüste Fläche Landes gestellt war der Zug von Menschen mit Bündeln, Ketten, Stecken in den Händen.

Von den fünfzig Männern, die in Gruppen zu acht, sechs und zehn, von spitzen Bajonetten auf langen Gewehren bewacht, dahinschritten, verrieten nur die ältesten Müdigkeit. Der Vorschrift gemäß durfte jeder nur fünfzig Pud Gepäck mitnehmen. Einige, die sich noch auf dem letzten Bahnhof geweigert hatten, ihre Bagage zu verringern, warfen jetzt mit den überflüssigen Dingen auch die nützlichen fort. Die Soldaten sammelten alles ein, sie ließen es in den Jurten zurück, an denen sie vorbeikamen und die sie auf dem Rückweg wieder besuchten. Nur Berzejew warf nichts weg. Sein umfangreiches Gepäck trugen die Soldaten. Er konnte ihnen ein gutes Wort sagen, eine Zigarette in den Mund stecken und zuschnalzen wie Pferden.

Wenn sie schon lange schweigsam dahinmarschiert waren, befahl Berzejew: »Singen!« Sie sangen. Aber sie stockten schon nach der ersten Strophe. Den Refrain mußte jetzt erst eine zaghafte Stimme nach einer zagen Pause anfangen, es dauerte lange, bis die anderen einfielen. Die Melodie belebte nicht mehr die schweren Füßen. Sie kamen der Verbannung immer näher. Die Verbannung selbst kam ihnen entgegen. Weit hinter sich hatten sie die Eisenbahn zurückgelassen, Pferde, Wagen und Menschen. Der Himmel wölbte sich über die flache Erde wie eine runde Decke aus grauem Blei, festgelötet an den Rändern. Unter dem Himmel eingeschlossen waren sie. Im Kerker wußte man wenigstens, daß sich ein Himmel noch über den Mauern wölbte. Hier aber war die Freiheit selbst ein Gefängnis. An dem Himmel aus Blei gab es keine Gitter, die einen andern, einen Himmel aus blauer Luft ahnen lassen konnten. Die Größe des Raumes schloß noch mehr ein als eine Zelle.

Allmählich zerfielen sie in immer kleinere Gruppen. Tränen in den Augen und in den Bärten, nahmen sie voneinander Abschied. Friedrich, Berzejew und Lion blieben zusammen. Am ersten Tag sprachen sie noch von dem und jenem, mit dem sie gemeinsam gesungen hatten. Sobald sie zu dritt eines der Lieder anstimmten, das noch vor einigen Tagen allen Kehlen entströmt war, erinnerten sie sich an die andern, deren Stimmen sie nie mehr hörten sollten. Die Lieder waren eine Art klingender Bündnisse und Freundschaften gewesen. Sie hatten Fremde zueinandergebracht mit der Kraft gemeinsam vergossenen Bluts und gemeinsam erlittener Schmerzen. Dann vergaß man allmählich die Verschwundenen. Und nur manchmal erwachte in der Erinnerung ein Gesicht, das keinen Namen mehr trug, eine Träne in einem schwarzen Bart, der zu keinem Gesicht mehr gehörte, und ein Wort erklang, dessen Sprecher nicht mehr zu erkennen war.

Sie wurden weit und regellos herumgeführt, sie sahen die menschenleeren Ufer des Obi. Die zwei kleinen Siedlungen Hurgut und Narym erschienen ihnen wie große und belebte Städte. Sie übernachteten in Narym. Sie lernten, die Wanzen mit den Fäusten absammeln und in großen Kübeln ertränken; auch die schmalen, weißen Reihen Läuse von den Wänden in Papiertüten locken und verbrennen. Sie begannen, die einsam verstreuten Gefängnisse, in denen sie rasten durften, wie gastliche Heime zu schätzen. Sie sahen ferne Waldbrände, kauften durch Tausch bei chinesischen Händlern aus Tschifu sibirische Hafenhandschuhe und Stiefel aus Rentierfellen. Sie hörten die Legende der Jakuten vom Fluß Indigirka und vom Flüßchen Dogdo, das Gold auf dem Grunde führt.

Der Winter kam. Sie gewöhnten sich an 67 Celsiusgrade unter Null und an die matten Fensterscheiben aus Eis in den Jurten. Und sie erwarteten die vierzig sonnenlosen Tage in der Stadt Wjerchojansk, der Stadt mit den dreiundzwanzig Häusern.

Nach dem Gesetz sollte ihr Bestimmungsort zehn Werst von einer Stadt, zehn Werst von einem Fluß und zehn Werst von einer Landstraße entfernt sein. Es gelang ihnen dennoch, an einen Fluß zu kommen, an den Fluß Kolyma. Er ist größer als der Rhein, nur drei Städte sind an ihm gelegen. Die eine hatte neun Einwohner, die andere hundert Einwohner in dreißig Militärbaracken. Friedrich, Berzejew und Lion entschlossen sich für die dritte Stadt, Sredni Kolymsk. Dort gab es weit auseinanderliegende Hütten und nur drei Häuser mit gläsernen Fenstern. Aber es war in einem Umkreis von vielen Meilen der einzige Ort mit einer Kirche, einem Turm und

Glocken; Glocken, die man in der zivilisierten Welt gegossen hatte und deren Klang war wie eine Muttersprache.

Nicht immer verdienten die sibirischen Beamten des Zaren den schlechten Ruf, den sie bei der Bevölkerung, unter den Verurteilten und selbst bei ihren vorgesetzten Behörden genossen. Manche, die sich nicht ohne Grund selbst als Verbannte betrachteten, waren entschlossen, das Los der Gefangenen eher zu teilen als zu verschärfen. Viele fingen an, ihr Schicksal an den Verurteilten zu rächen, aber sie wurden nach einigen Jahren mürbe, denn sie sahen, daß ihre Strenge ihnen nichts einbrachte. Der Ehrgeiz, die Eitelkeit und die Furcht erloschen, weil die maßgebenden Vorgesetzten so weit entfernt waren. Andere wieder ließen sich bestechen und lebten mit einem schlechten Gewissen weiter. Einem schlechten Gewissen, das Gewalthaber ebenso nachsichtig machen kann wie Brutale.

Berzejew war mit dem Oberst Lelewicz befreundet, einem Polen, der das Kommando über ein Infanteriedetachement in Sibirien übernommen hatte, um eine Gelegenheit zu haben, seinen verbannten Landsleuten zu helfen. Er verfügte über so gute Beziehungen zu Petersburg, daß er seine Gesinnung nicht wie andere Offiziere und Beamte hinter einer martialischen Zarentreue zu verhüllen nötig hatte. Mit seiner Hilfe richteten sich Friedrich, Berzejew und Lion in einem der drei Häuser ein, die mit Fensterscheiben ausgerüstet waren. So blieben sie in einer ständigen und privaten Nachbarschaft der Behörde und durften mit den Beamten Karten spielen und politische Gespräche führen. Einmal in der Woche kamen Zeitungen, zehn Tage alt. Die Nachrichten, die sie in dieser Wüste verbreiteten, glichen den Sternen, die wir noch am Himmel leuchten sehn, während sie schon vor Jahrhunderten erloschen sind. Lion meinte, es sei gleichgültig, wann man die Zeitungen lese. Denn schon die Übermittlung eines Geschehens verändere es und dementiere es sogar. Deshalb erschienen uns alle Berichte in den Zeitungen so unwahrscheinlich.

Lion behauptete, er sei nur wegen seiner Verwandtschaft mit einem bekannten Revolutionär des gleichen Namens verbannt worden, würde aber wahrscheinlich bald freikommen. Er war in der Tat ein milder Gegner des Staats, für Einführung der konstitutionellen Monarchie, für eine Modernisierung der Bürokratie nach westlichem Muster und für eine Regelung der politischen Fragen im Innern nach genauer angewandten ökonomischen Gesetzen. Zwischen zwei Fingern hielt er den Zwicker, der an einem breiten, schwarzen Band festgeknüpft war, drohte mit ihm, zeichnete mit ihm verschlungene Ornamente in der Luft, und nur, wenn er zuhören mußte, setzte er ihn auf den unteren Teil seiner Nase, als wollte Lion seinen Gegner durch das Glas besser betrachten, indessen er ihn doch nur über den Rand der Gläser hinweg ansah. Alles, was mit den Vorgängen der Natur zusammenhing, war ihm fremd und unheimlich. Vor Hunden hatte er denselben Respekt wie vor Wölfen und Bären. Er merkte kaum den Wechsel der Jahreszeiten, und es ließ ihn gleichgültig, ob man 20 oder 60 Grad zählte.

Er verkündete unaufhörlich den Krieg. »Die Sozialdemokraten in Deutschland«, rief er, »haben endlich ihre kaisertreue Gesinnung offenbart. Herr Stücklen sagt: Wir Sozialdemokraten lieben das Land, in dem wir geboren sind, wir sind bessere Patrioten, als man glaubt. Noske: Wir haben niemals den Gedanken erwogen, daß man die Grenzen des Reiches ohne eine bedeutende Verteidigungsarmee offenlassen kann. Weil die Sozialdemokraten aus Prinzip für Vermögensabgabe sind, stimmen sie für Militärkredite. Sie stimmen also für die Möglichkeit, in vier Tagen eine halbe Million Mann gegen die französische Grenze zu werfen. Die Vertreter der Internationale bewilligen einundeinhalb Milliarden dem Kriegsminister. Das ist der Krieg, meine Herren«, schloß Lion, indem er die Zeitung durch die Luft schwang wie eine Fahne.

Berzejew und der Beamte Efrejnow waren für Deutschland, mißtrauisch gegen Frankreich. Berzejew verteidigte den deutschen Arbeiter. Schließlich verglich er sogar den Zaren mit dem deutschen Kaiser. »Immerhin«, sagte er, »schickt der Kaiser niemanden nach Sibirien.«

Efrejnow, der alles Schlimme in Rußland auf den westlichen Einfluß bezog, dem die Gesellschaft, die Intelligenz und der Zar selbst erlagen, fühlte sich gekränkt. Sein blonder Bart, seine breiten Schultern zitterten. »Da seht ihr«, rief er, »wie ihr alle einander gleicht. Ihr glaubt, Rußland sei irgendwo der Welt ähnlich, auch nur in einem einzigen Punkt. Nicht wahr. Rußland ist Orient, und alles andere ist verfaulter, zerfallender Westen. Ob Ihr deutscher Kaiser, Berzejew, oder Ihr deutscher Arbeiter, es ist alles gleich. Mit einem Kaiser, der mit Parlament und Demokratie regiert, beginnt schon der Sozialismus. Der Kaiser, die Republik, der Marxismus, alles okzidentale Begriffe. Der Zar in Rußland ist demokratischer als ein sozialistischer Parlamentarier. Er ist souverän vom Willen des Volkes und der Erde, die es bebaut. Der Zar ist die Frucht des russischen Bauernvolkes. Er besorgt die Angelegenheiten des Staates, für die das Volk keine Zeit hat. Seit wann stammt denn eure Unzufriedenheit? Seitdem ihr nach dem Westen schaut und ihn um seine Zivilisation beneidet. Da verhandelt Witte mit den amerikanischen Juden. Da schickt man den anglomanischen Snob Iswolski in die Welt, damit er berichtet, welche Krawatten man in London und Paris trägt. Und so vernichtet man die alte, heilige Autokratie des Zaren.«

Lion hatte schon längst unruhige Schleifen mit dem Zwicker in die Luft gezeichnet. »Sie glauben«, schrie er, »daß wir uns vom Westen abschließen können? Gegen die Wirtschaft der Welt ist nichts zu machen.

Rußland bleibt nicht ein Bauernvolk. Es industrialisiert sich. Die Industrie aber diktiert die politische Form. Zwei Drittel unserer Industrie sind in ausländischem Besitz. Eisen und Petroleum werden durch uns so langsam gewonnen, daß sie nicht einmal für unsere schwache Produktion reichen. Unsere Kohlengruben liefern nur 2250 Millionen Pud gegen 18 Milliarden in Deutschland und 32 Milliarden in den Vereinigten Staaten. Das durchschnittliche Einkommen eines russischen Untertanen beträgt 53 Rubel im Jahr, eines Franzosen 233, eines Engländers 273, eines Amerikaners 345. Nur 16 Rubel durchschnittlich spart der Russe im Jahr. Unsere Staatsschulden betragen 9 Milliarden, das sind 2 Rubel 80 Kopeken pro Kopf. England aber, das nach Ihrer Ansicht zum verfaulten Okzident gehört, hat ein Staatsbudget von 160 Millionen Pfund Sterling und unterstützt seine Landwirtschaft noch mit 170 Millionen jährlich.«

Man konnte nichts gegen Lions Zahlen, die er ohne das geringste Schwanken hersagte wie ein Gedicht. Während er sie aussprach, zeichnete er sie flink in die Luft, als schriebe er mit einer Kreide auf einer Tafel. Efrejnow schüttelte den Kopf. Er meinte, die Statistik sei ebenso wie der Marxismus ein Produkt des Westens und die Zahlen Verbrechen wie Attentate. Lion wäre noch mit mehr Recht als die andern nach Sibirien verschickt worden. Er sah zu dem Heiligenbild in die Ecke, und das rote Lämpchen leuchtete ihm einen linden, guten Trost ins Herz.

V

Friedrich entzündete die dünne Kerze aus durchsichtigem Paraffin. Von dem Fußboden kam der gefrorene Atem der Erde ins Zimmer wie ein vertikal gerichteter, steiler Wind. Rings um das Haus sang die ruhige und wehende Kälte. Sie erinnerte an den Gesang von Telegraphendrähten. Friedrich stellte sich vor, daß vor dem Haus in der Finsternis, durch die man nicht sehen konnte, die blankgehobelten, hohen Stangen stünden mit den weißen Blüten des Porzellans an den Spitzen, durch Drähte verbunden mit der lebendigen Welt, deren verlorene Stimme sie in die klare, tröstliche und vertraute Monotonie eines Kinderliedes verwandelte. Wenn er sich schlafen legte, huschte durch seinen ersten Schlummer eine hurtige Vorstellung, weniger als ein Gedanke und mehr als ein Traum, daß er einem Morgen mitten in der lebendigen und bewegten Stadt entgegenschliefe. Berzejew sprach noch lange zu ihm und erwartete keine Antwort. Er liebte seinen stillen und jüngeren Kameraden, dessen dünnes und scheues Angesicht und den Mut, mit dem er in die Revolution gegangen war. Er hat keine Überlegung, stellte Berzejew fest. Sein Leichtsinn hindert ihn, Situationen vorauszusehen. Aber sobald sie kommen, erträgt er sie mit Ausdauer. Er ist leicht begeistert und leicht enttäuscht. Aber der Mißmut wie der Enthusiasmus sind nur physiologische Erscheinungen. In Wirklichkeit ist er traurig, gleichmäßig traurig. Und laut sagte Berzejew:

»Dieser arme Efrejnow ist durch Lion aus der Fassung gebracht. Er ist zu ahnungslos, um Argumente zu finden. Ich hätte sie ihm gegeben. Die Schulden Rußlands sind ja eben eine Folge hastiger Bemühungen, es dem Westen gleichzutun. Vielleicht wäre Rußland gesund und reich ohne die dumme Aspiration, die eine gewisse Schicht seiner herrschenden Klasse hat, zivilisiert zu sein und in den mondänen Bädern des europäischen Westens als gleichwertige Europäer angesehen zu werden. Recht haben eigentlich die finsteren Agrarier neben uns, den konsequenten Revolutionären. Ihnen fehlt nur die Einsicht. Alles, was in der Mitte zwischen der konsequenten Reaktion und der konsequenten Revolution liegt, ist in Rußland töricht. Die bürgerliche Klasse ist entstanden, noch ehe Platz für sie war. Jetzt verlangt sie ihre Industrie. Der Zar ist ratlos. Er verwandelt sich in einen Kaiser nach altem westlichem Muster, etwa nach dem heutigen deutschen. Die Autokratie macht der Bürokratie Platz, und die Beamten sind die Vorhut der Bourgeoisie. Zuerst kommen die Söhne des Adels und der reichen Bürger in die Ämter, d. h. in die große Stadt. Und die Stadt ist die Feindin des Landes. Die Intelligenz kommt nach. Sie ist der Vorposten der Revolution. Die halb revolutionären Ideale der Intelligenz sind den Instinkten des russischen Volkes fremd. Näher war ihnen schon die Grausamkeit der agrarischen Autokratie. Du siehst also die unmittelbare Nähe einer Explosion. Den Agrarier macht der intellektuelle Bürokrat ohnmächtig. Er kann den Zaren stürzen, aber nicht das Volk regieren. Seine Herrschaft wird ein bedeutungsloser Zwischenakt sein. Wir haben dann die Macht. Rußland kann nicht eine Bürgerrepublik werden, es muß eine proletarische werden. Nur ein Krieg, und das alte Rußland hat aufgehört. Und der Krieg kommt; wir werden nicht lange mehr in Sibirien bleiben.«

Mehl war unerschwinglich. In dieser Gegend konnten die Hausfrauen nur dreimal im Jahr backen. Das Brot war seltener als das Fleisch. Zum erstenmal fühlte Friedrich die unmittelbare Beziehung zwischen Sonne und Erde. Zum erstenmal verstand er den einfachen Sinn des Gebets, das man an den Himmel richtet um das tägliche Brot. An dem brotlosen Tisch, an den er sich zweimal täglich setzte, gedachte er der Bäckerläden in den lebendigen Städten. Er schloß die Augen. Er stellte sich die verschiedenen Farben des Mehls und die verschiedenen Formen der Brote vor.

»Wovon träumst du?« fragte Berzejew.

»Von Broten. Wenn ich mir die Welt vorstelle, von der wir abgeschlossen sind, denke ich an ganz lächerliche Dinge, z. B. flache Streichhölzer für die Westentasche und runde Pappendeckel für Biergläser, Tintenfässer, die man durch Druck aufklappen kann, Papiermesser aus Zelluloid und an ganz gewöhnliche Sachen, wie z. B. eine Ansichtskarte. Ich erinnere mich an eine, sie hing im Schaufenster des Papierhändlers an der Ecke der Straße, in der ich gewohnt habe. Sie war alt, vergilbt, seit Jahren hing sie in der Vitrine. Es war ein armer, kleiner Papierhändler und eine häßliche Karte. Sie hatte einen breiten Goldrand, von Fliegen schwarz betupft. Sie stellte ein bekanntes Bild vor. Auf der Erdkugel, die im Weltraum schwebt – der Weltraum war, wenn ich mich recht erinnere, übrigens blaßblau –, sitzt eine Frau mit verbundenen Augen auf dem Nordpol.«

»Ja, ja«, sagte Berzejew. »Ich habe das Bild auch gesehn. Warte nur, ich glaube, die Frau hielt etwas in der Hand, und sie trug ein wäßriges, blaues Kleid. Aber an den breiten, goldenen Rahmen erinnere ich mich nicht.«

»Doch«, beharrte Friedrich, »es war ein breiter, goldener Rahmen – und von Fliegen betupft – , und an der Ecke war ein gelber Briefkasten. Man konnte einen Brief zukleben und hineinstecken und noch hören, wie er hineinfällt: dumpf, wenn der Kasten leer ist, und raschelnd, wenn schon Briefe drinnen sind.«

»Laß uns lieber vom Brot reden«, sagte Berzejew. »Du bringst mich davon ab. Es gab also zunächst einmal zwei wichtige Unterschiede, weiß und schwarz. In Frankreich aß ich einmal, ich war mit meinem Vater dort und vierzehn Jahre alt, harte, weiße, lange Brotstangen mit goldbrauner Rinde. Aber das russische Landbrot, schwarz und rötlich, mit ganz groben, weichen Körnern, ist mir das liebste.«

»Ich erinnere mich«, fuhr Friedrich fort, »wie es duftete, wenn man an einem Bäckerladen vorbeikam.«

»Besonders in der Nacht!« rief Berzejew.

»Ja, in der Nacht, wenn es Winter war, schlug einem plötzlich aus den Kellern eine Wärme entgegen, so etwas wie eine animalische Wärme.«

»Eine brötliche Wärme!« jubelte Berzejew.

»Und des Morgens im Sommer, wenn ich sehr früh erwachte und auf die Straße ging, liefen die weißen Bäckerjungen mit verhüllten Körben. Aus den Körben roch es. Dabei hörte man die Vögel singen, weil die Straßen noch still waren.«

Sie schwiegen lange.

Plötzlich sagte Berzejew: »Wie dumm man wird!«

»Nein, nicht dumm!« schrie Friedrich, »sondern menschlich. Wir waren Ideologen, keine Menschen. Wir wollten die Welt umgestalten, und wir sind von Ansichtskarten abhängig, und wir müssen Brot essen.«

»Weil nicht alle Brot haben«, sagte Berzejw leise, »sitzen wir hier. Wie einfach ist das doch. Man braucht keine Theorie und keine Nationalökonomie. Weil nicht alle Brot haben – sehr simpel und eigentlich dumm.«

R. hätte das schon formuliert, dachte Friedrich. R. hätte etwa gesagt: Wir wollen helfen. Aber wir sind nicht dazu geboren. Die Natur hat uns für unsere Ohnmacht mit einer zu starken Liebe begabt, sie übersteigt unsere Kräfte. Wir gleichen einem Menschen, der nicht schwimmen kann, einem Ertrinkenden ins Wasser nachspringt und untergeht. Aber wir müssen springen. Manchmal helfen wir den andern, aber meist gehn wir beide unter. Und es ist unbekannt, ob man im letzten Augenblick eine Seligkeit empfindet oder einen gewissen bitteren Zorn.

»Als ich vierzehn Jahre alt war«, begann Berzejew, »nahm mich mein Vater auf Reisen mit. Ich sah zum erstenmal fremde Bahnhöfe, und das war eigentlich das Schönste. Erinnerst du dich noch an Bahnhöfe?«

Sie dachten beide an den Bahnhof, den sie zuletzt gesehen hatten.

»Hast du das Mädchen gesehn?« fragte Friedrich.

Und Berzejew wußte sofort, welches Mädchen gemeint war.

»Ja«, sagte er, »sie stand hinter dem Büfett und gab mir ein Glas Tee. Sie hatte die Zöpfe in zwei runden Scheiben über den Ohren geflochten.«

»Und rote Wangen.«

Sie sprachen von dem fremden Mädchen wie von einer verlorenen Geliebten.

»Es gab aber noch etwas außer den Bahnhöfen, als ich vierzehn Jahre alt war«, begann Berzejew wieder, »nämlich in unserem Kupee eine Frau, mit der sich mein Vater unterhielt. Er traktierte sie mit Schokoladebonbons, hob ihre schweren Koffer aus dem Gepäcknetz, stellte sie wieder hinauf, führte die Dame in den Speisewagen, und zum Kellner sagte er: ›Einen Tisch nur für drei, der vierte Sessel fehlt, verstanden?‹ ›Ja, Euer Ehren‹, sagte der Kellner. Denn mein Vater war ein hoher Beamter, ein Gutsbesitzer und ein Herr. Man sah es ihm sofort an. Ich ging oft und gern in den Korridor. Dort fühlte man besser, daß man fuhr. Wenn man steht, bewegt sich der Zug schneller, und dann kommt man sich auch etwas freier vor und ist dem Zugbegleiter näher. Wenn eine Station kommt, steigt man schnell aus. Und auch das Klosett ist schön. Ich ging oft dorthin, und wenn jemand heftig an der Tür rüttelte, so blieb ich um so länger drinnen. Wie ich nun einmal ins Kupee zurückkehre, fährt die Dame auf, stößt einen Schrei aus, und mein Vater sieht durch das Fenster in die Landschaft. Ich setzte mich in die Ecke, deckte mich mit dem Mantel zu und tat, als ob ich schlief. Dann ging mein Vater hinaus, ich spürte, wie er über meine Beine stieg. Im nächsten Augenblick nimmt die Dame den Mantel von meinem Gesicht und küßt mich schnell auf den Mund und setzt sich wieder hin. Damals dachte ich, sie küßt mich, damit ich nicht böse sei oder zu Hause etwas erzähle. Aber in Nizza trafen wir sie wieder. Sie hatte sich mit meinem Vater verabredet, und einmal, an einem Nachmittag, bestellte sie mich in ihr Zimmer. Wir wohnten in demselben Hotel. Es war schon Abend, und man läutete zum Essen, da kam ich aus ihrem Zimmer. Im Korridor erwartete mich mein Vater. Ich will an ihm vorbeilaufen, er hält mich fest und gibt mir eine Ohrfeige.

»Und dann?«

»Denke dir, und seit damals habe ich mit meinem Vater nie mehr ein Wort gesprochen bis zu seinem Tod, von dem ich erst zwei Tage später erfuhr, kein Wort! Ich begann, ihn zu hassen. Ich sah seinen fleischigen Mund unter dem würdigen, melierten Schnurrbart. Sofort als wir zurückkamen, gab er mich in die Kadettenschule. Er schrieb mir zweimal im Jahr, ich schrieb ihm auch. Es waren Briefe wie aus einem Briefsteller. Aber wenn ich zu Ostern nach Hause kam, küßten wir uns und sprachen nicht, und das ganze Jahr hatte ich ein Grauen vor dem Kuß, der mich erwartete.«

»Er hätte reden sollen«, sagte Friedrich.

»Vielleicht wäre ich auch nicht hier«, sagte Berzejew.

VI

Manchmal kam der Oberst Lelewicz selbst. Manchmal schickte er einen seiner Freunde. Er brachte Brot, Konserven, Zeitungen. In unregelmäßigen Abständen kam Len-Min-Tsin zu Besuch, der chinesische Händler, mit Zeitungen, Büchern und billiger Pornographie. Es waren Bündel von Ansichtskarten, wie sie den Fremden in den grellen Nächten der großen Städte scheue, kleine Händler mit vielverheißendem Flüstern anbieten. Der Chinese führte die Ansichtskarten in Serien durch die verlorenen Städte Sibiriens und verlieh sie wie Bücher. Er sammelte sie dann wieder bei seinen Abonnenten ab und tauschte sie gegen neue ein. Die Bilder waren abgegriffen wie alte Spielkarten von den gierigen Fingern vieler Hunderte. Efrejnow, Lion und Berzejew sahen zusammen mit unpolitischer und rein geschlechtlicher Eintracht die Karten durch. Efrejnow behielt seine Würde, während er sich in die Details vertiefte. Er runzelte die Augenbrauen, kämmte mit gespreizten Fingern seinen blonden Bart, schloß die Augenlider und sah durch eine schmale Ritze auf die Karten mit dem prüfenden Blick eines Kritikers. Gegen seinen Willen öffneten sich gleichzeitig seine behaarten Lippen in dem Maß, in dem sich seine Lider schlossen. Seine Zunge kroch neugierig zwischen die Zähne, er begann zu lächeln, sein Angesicht löste sich und bekam trotz dem mächtigen Hals, auf dem es saß, und trotz dem Bart, der es umrahmte und eingepackt hielt, einen knabenhaften Ausdruck. Lion hielt den Zwicker mit der Hand hart vor den Augen und wippte unaufhörlich mit einem Fuß, wobei sein Körper in ein zartes, schlitterndes Beben geriet. Berzejew war rot unter dem Braun seines regelmäßigen Gesichts und sah aus, als wäre nicht seine Haut gerötet, sondern als käme die rote Hautfarbe seines zweiten, inneren Menschen durch die braune des äußeren zum Vorschein. Ungeduldig, wie er war, wollte er rascher blättern als die andern, die gründlichere Naturen zu sein schienen.

Das ist mein Freund, denkt Friedrich. Er ist treu, er hat eine schöne Leidenschaft, er ist gütig, klug und vorsichtig. Man kann sich auf ihn verlassen. Er kann ein Regiment kommandieren. Der Hunger unterwirft ihn nicht, aber eine Ansichtskarte. Wenn ich ihm jetzt die Bilder wegnehme ... Er trat zum Tisch und nahm das Päckchen, das vor Berzejew lag. Berzejew erhob die Hand, um seine Karten vor dem Zugriff zu retten. Aber er senkte sie nicht, er hielt sie eine Weile in der Luft wie zum Schwur. Plötzlich lachte er laut.

»Du hast mir leid getan«, sagte Friedrich.

»Es war vielleicht lächerlich«, sagte Berzejew. Sie sprachen nicht mehr davon.

Aber einige Tage später erzählte Berzejew unvermittelt: »Ich habe mit Efrejnows Frau geschlafen. Er war mit Lion in unserem Zimmer.«

Und da Friedrich nicht weiter fragte – sehr schnell und sehr ernst: »Ich wollte dich nur informieren.«

Das war alles. Aber als hätte das Abenteuer Berzejews der Erinnerung irgendeine neue Tür geöffnet, begann Friedrich, an die Millionen ferner Frauen zu denken mit der Sehnsucht, mit der er an den Geschmack, den Geruch, die Form des Brotes gedacht hatte. An hundert kleine Begebenheiten ohne Bedeutung und ohne Folgen erinnerte er sich. Die Plattform einer Straßenbahn, vor ihm eine Frau, den Arm hochgestreckt, die Hand an einem der ledernen Griffe, die von der Decke des Wagens herabhängen. Deutlich die Linie ihrer gestreckten Brust und ihres Halses. Das Gesicht sieht er nicht mehr. Er hörte das zarte Trippeln eines jungen Mädchens durch eine schmale und stille Gasse, das Echo, das ihren Schuhen entgegenkommt wie eine zärtliche Antwort der Steine. Der taubengraue, schmale Schuh Hildes auf dem roten Samt des Wagens.

Grau auf Rot. Es waren die Farben seiner Liebe. Er dachte an sie wie ein Patriot an die Fahne seines Lebens. Der kleine Handschuhladen, die geduldige Erwartung der aufgereckten Finger und das zarte Spiel der Hände. Das schmale Armband zwischen dem Ärmel und dem Rand des Handschuhs. Die Wärme, die seiner Hand entgegenkommt, wenn er den Arm streift. Viele flüchtige Berührungen, absichtlich gewollte, absichtlich vorgetäuschte, kaum geborene Ahnungen einer Berührung, andre, die wie Schatten über die Körper gehuscht sind. Er zerreißt den Brief. Sie weint. Er erinnert sich nicht deutlich, ihre Tränen zu sehen. Er glaubt nur, sie gehört zu haben. Hilde geht durch die Tür des kleinen Kaffeehauses, hinter der halb verhängten

Fensterscheibe noch einmal ihr Umriß auf der Straße. Sie verliert sich in der Stadt. Er tritt hinaus, sie ist nicht mehr da. Warum hat er je daran gezweifelt, daß er sie liebt. Er hat sich geschämt vor seinem Gewissen, vor R., vor seinem Ehrgeiz.

Er spricht seit Wochen nur mehr das Notwendigste. Die ewigen Diskussionen hört er wie einen verworrenen Lärm ohne Sinn. Proletariat, Autokratie, Finanz, herrschende Klasse, Militarismus. Simple Formeln, man mußte sich ihrer bedienen, um zu handeln. Aber sie umfaßten nur einen geringen Teil dessen, was sie zu enthalten vorgaben. Das Leben steckt in den Begriffen wie ein ausgewachsenes Kind in zu kurzen Kleidern. Eine einzige Stunde Leben besteht aus tausend unerklärlichen Regungen der Nerven, der Muskeln, des Gehirns, und ein einziges, großes, leeres Wort will sie alle ausdrücken.

Es gab in dieser Zeit nur ein Wort, das einen Inhalt hatte: Flucht!

Man konnte fliehen. Ihm war, als wäre er aus seinem eigenen Leben seit Jahren ausgezogen und als lebte er in einem fremden. Irgendwo wartete sein eigenes wie ein gutes, zu Unrecht verlassenes Haus. Fliehen, dem bleiernen Himmel entweichen, dem brotlosen Tisch. Die Idee hängt nur noch wie ein roter Kinderballon in der Luft. Das Leben ist kurz. Sechzig Jahre Freiheit sind weniger als zehn Jahre Sibirien.

»Was ist dir?« fragte Berzejew.

Der Tag ist noch lang. Aber am frühen Abend kommen Wolken, der Mond zerstreut sie. Am Morgen sind sie wieder da und betten die rote Sonne ein. Sie kann nur mit Mühe aufstehn. Sie bereiten sich auf den Winter vor. Die Tscheldony sagen, er würde früher kommen als gewöhnlich, und schon sehen sie den Winter. Der Chinese wird ausbleiben, die Zeitungen werden seltener, man muß sich mit Kerzen und Öl versorgen.

»Ich muß fliehen«, sagt Friedrich.

»Unmöglich jetzt, wir werden frei.«

»Verlaß dich auf mich, ich denke jeden Tag daran.«

In diesem Augenblick stößt Lion hastig die Türe auf. Er schwingt eine Zeitung.

Der österreichische Thronfolger ist erschossen.

VII

In dieser Nacht schlafen sie ruhig, als wäre es eine ganz gewöhnliche Nacht.

Indessen bereitete sich in Europa der Krieg vor. In den Kasernen bliesen die Trompeten Alarm. An allen Straßenecken der großen und der kleinen Städte klebten große Plakate. Die Züge rollten grün bekränzt aus den Bahnhöfen, und die Männer haben bunte Röcke und Mützen und Gewehre. Alle Frauen weinen.

Eines Tages erschien der Oberst Lelewicz mit einigen Freunden in Kolymsk. Nichts Auffälliges war daran. Kleinere Trupps waren schon durchgezogen. Efrejnow freute sich. Die Zeitungen kamen schneller, wie gedrängt von der Eile der Nachrichten, die sie enthielten. Die Gegend wurde geradezu belebt.

Lelewicz nahm Abschied von seinem Freund.

Auf dem Tisch Berzejews ließ er ein blaues Paket liegen. Berzejew sah es nicht. Er stand an der Tür. Er begleitete den Obersten. Lelewicz stieg in den Sattel. Er winkte zum letztenmal. Berzejew kehrte ins Zimmer zurück. Er erblickte das Paket, ergriff es schnell und lief hinaus, dem Obersten nach. Er schrie, Lelewicz schien nicht mehr zu hören. Er war nur noch ein kleiner, schwarzblauer Fleck am Horizont. Friedrich hielt Berzejew fest. »Das ist für uns!« sagte er mit aufgerissenen Augen, blaß, atemlos und ohne Stimme.

Als Efrejnow am nächsten Morgen erwachte, waren Friedrich und Berzejew verschwunden.

Sie fürchteten die Aufmerksamkeit der Spitzel eher auf sich zu lenken, wenn sie zusammenblieben. Sie beschlossen also, sich für einige Tage zu trennen, sich dann wieder zu treffen und in Etappen die Reise bis zur ersten größeren Stadt zurückzulegen. Der früher Angekommene sollte auf den anderen warten. Der später Angekommene später wegfahren. Fing man einen von ihnen, so wußte der andere, daß er sich vorläufig nicht zeigen dürfe. Sie waren jeden Augenblick bereit, der Polizei in die Arme zu fallen. Aber jeder von den beiden zitterte mehr um den andern als um sich. Die beständige Sorge befestigte ihre Freundschaft mehr, als wenn sie jede Gefahr gemeinsam hätten bestehen müssen, und schenkte ihnen der Reihe nach alle Arten und Grade der Liebe, die das Verhältnis der Freundschaft bestimmten: Sie wurden einander Väter, Brüder und Kinder. Immer, wenn sie sich nach einigen Tagen trafen, fielen sie sich in die Arme, küßten sich und lachten. Auch wenn keinem von ihnen unterwegs eine wirkliche Gefahr begegnet war, so blieb jeder doch von den Gefahren erschüttert, von denen er sich eingebildet hatte, daß sie den andern bedrohen. Und obwohl ihre Trennung den Zweck hatte, wenigstens einen vor der Verhaftung zu bewahren, nahmen sich doch beide im stillen vor, sich freiwillig zu stellen, wenn dem anderen etwas zustoßen sollte.

Sie erreichten endlich das europäische Rußland. Sie sahen die kriegerische Begeisterung des Landes. Es waren die letzten heiteren Augenblicke des Zaren, wie es später schien, gleichsam von einem bewußten Willen der Weltgeschichte hervorgerufen, um ein todgeweihtes System zu täuschen. Die Radikalen fielen den Konservativen in die Arme, und wie immer, wenn fremde Menschen sich in einer Gefahr verbinden und Gegner sich versöhnen, glaubte man auch damals an eine wunderbare Wiedergeburt des Landes, weil den Menschen das Wunder einer Verbrüderung genügt, damit sie an ein noch unwahrscheinlicheres glauben. So vertraut ist der menschlichen Natur die Feindschaft und so fremd die Versöhnung. Man gründete in der Eile patriotische Vereinigungen. Man erfand hundert neue Namen und Abzeichen. Man marschierte durch die Straßen und zertrümmerte deutsche Schilder.

»Wie rätselhaft«, sagte Friedrich zu Berzejew, als sie in ihrem Hotelzimmer saßen, »daß die einzelnen, aus denen doch die Masse gebildet ist, ihre Eigenschaften aufgeben, selbst ihre primären Instinkte verlieren. Der einzelne liebt sein Leben und fürchtet den Tod. Zusammen werfen sie das Leben weg und verachten den Tod. Der einzelne will nicht zum Militär gehn und Steuern zahlen. Zusammen rücken sie freiwillig ein und leeren ihre Taschen aus. Und das eine ist so echt wie das andere.«

»Mich interessiert es zu wissen«, sagte Berzejew, »wie lange diese Begeisterung anhalten wird und ob man sie nicht in ihr Gegenteil verkehren kann. Ferner interessiert es mich zu sehn, ob es in den anderen Ländern ebenso oder ähnlich aussieht. Lion hat recht gehabt. Die deutschen Sozialdemokraten marschieren.«

Nach den Papieren, die ihnen Lelewicz verschafft hatte, sollten sie als Einjährige in ein Artillerieregiment in Wolynien einrücken. Folgende Auswege hatten sie: Entweder sie rückten ein und warteten auf eine Gelegenheit, in Gefangenschaft zu geraten und dann wieder aus der Gefangenschaft zu fliehen. Oder sie verbargen sich vorläufig im Land und warteten eine Gelegenheit ab, mit Hilfe ihrer Freunde ins Ausland zu kommen und als Zivilgefangene interniert zu werden. An eine dritte Möglichkeit dachten sie damals noch nicht. Der Zufall half ihnen.

In Charkow erfuhren sie nämlich von einem Hotelportier, der zu dem gleichen Regiment einzurücken hatte, daß es sich schon im besetzten Gebiet, auf österreichischem Boden, befand. Sie konnten also hinfahren, sich nicht melden, sondern unter die Bevölkerung einer der besetzten Städte mischen und mit Hilfe von Friedrichs alten Verbindungen an der Grenze brave und okkupierte Bürger spielen.

Also befindet er sich noch einmal vor der Herberge »Zur Kugel am Bein«. Sie steht immer wieder auf seinem Weg. Er läßt Berzejew in der großen, leeren Schenkstube warten und geht die Treppe hinauf, die zum Zimmer des alten Parthagener führt.

Friedrich sieht durchs Schlüsselloch, die Tür ist verschlossen. Auf dem grünen Kanapee schläft der alte Parthagener, wie immer am Nachmittag von zwei bis vier. Er schläft, wie um den Krieg zu widerlegen. Die alten Möbel stehen noch im Zimmer. Eine entfaltete Zeitung liegt auf dem Tisch, bewacht von der blauen Brille. Friedrich überlegt, ob er den Alten wecken soll. Es scheint gefährlich zu warten. Jeden Augenblick kann eine Patrouille die Schenke betreten. Er klopft. – Der Alte springt auf. »Wer dort?« – Es ist immer noch derselbe Ruf. Er öffnet die Tür. »Ah, Sie sind es! Wir haben Sie schon lange erwartet. Kapturak weiß seit einer Woche, daß Sie zusammen mit ihrem Genossen Berzejew geflüchtet sind. Sie sind lange fort gewesen, armer junger Mann! Sie müssen viel mitgemacht haben! Aber nun sind Sie da! Haben Sie es eigentlich nötig gehabt?«

Es hat sich also nichts geändert! denkt Friedrich. Kapturak und Parthagener haben mich erwartet, als wäre ich hinübergegangen, eine »Partie« abholen. Und zu Parthagener: »Kapturak ist also hier?« »Und weshalb nicht! Er ist als Feldscher eingerückt. Haben Sie die große Fahne vom Roten Kreuz nicht auf unserem Dach gesehn? Wir sind sozusagen ein Spital ohne Kranke. Kapturak ist gleich in der ersten Woche mit der siegreichen Armee einmarschiert. Ein ganz gewöhnlicher Feldscher! Aber eigentlich bei der Spionage. Mit Beziehungen zum Armeekommando. Er bringt uns gesunde Soldaten, und wir behandeln sie nach verschiedenen Rezepten. Wir geben ihnen Zivilkleider und Papiere, Einspritzungen, Betäubungsmittel, Lähmungserscheinungen und Sehstörungen. Leider bin ich ganz allein. Meine Söhne sind eingerückt. Grad in dieser Zeit. Nicht daß ich Angst um ihr Leben hätte! Ein Parthagener fällt nicht im Krieg! Aber ich bin ein alter Mann und kann die vielen Deserteure nicht bewältigen.«

Es kamen immer mehr Deserteure zu Parthagener. Die Furcht vor einem Krieg, der erst hätte ausbrechen sollen, hatte sich in die weit größere Furcht vor einem Krieg, der schon da war, verwandelt. Der Alte saß in seiner Herberge und verkaufte Heilmittel gegen die Gefahr wie ein Apotheker Pulver gegen Fieber.

»Und wo ist Ihr Freund?« fragte der Alte.

»Er wartet unten.«

Parthagener setzte die Brille auf und strählte mit einem Kamm seinen schönen, weißen Bart vor dem Spiegel. Dann wendete er sich wieder um. Bis jetzt hatte er gleichsam privat gesprochen. Nunmehr wurde er der offizielle Herbergsvater, bereit, einem Fremden zu bieten, was er hatte: eine stille Würde und einen seelischen Komfort.

Am Vorabend, in der Dämmerung, kommt Kapturak. Er trägt eine Uniform und sieht viel friedlicher aus als in ruhigen Zeiten. Damals war er ein Abenteurer. Heute, mitten im großen Abenteuer, ist er ein braver Mann, der seinen bürgerlichen Beruf nicht aufgegeben hat. Es war still in der Schenke. Man hört manchmal den schweren Schritt einer Patrouille, die ihre Runde durch die Stadt macht. Man könnte vergessen, daß hier der Krieg zu Hause ist, nachdem er sich so lange vorbereitet hatte, hier, an dieser Grenze, die seine Heimat ist. Der alte Parthagener sitzt über einem großen Buch und rechnet. Berzejew schläft; den Kopf auf der Tischplatte. Man sieht von ihm nur sein wirres, braunes Haar.

»Sie bleiben zusammen mit ihm?« fragt Kapturak. Der Blick, den er in Berzejews Richtung schickt, ist körperlich wie ein ausgestreckter Zeigefinger.

»Er will über Rumänien, den Balkan, Italien nach der Schweiz. Ich möchte gerne über Wien.«

»Sie fahren beide morgen!« entscheidet Kapturak. »Als Schweizer Rotes Kreuz. Ich werde den Abmarsch vorbereiten.«

Sie schliefen im Gastzimmer. Ein paarmal erwachte Friedrich von fernen Schüssen, die mit langem Echo durch die stille Nacht knallten, und von dem fernen, blassen Schimmer der Scheinwerfer, die den Horizont und die Fenster für kurze Sekunden erhellten. Er sah sich im Traum einen schmalen Weg zwischen Feldern entlanglaufen. Der Weg führte in einen Wald. Es war Nacht. Ein breiter Streifen Licht aus einem Scheinwerfer huschte über die Felder hin, um den schmalen Pfad zu finden, auf dem Friedrich lief. Der Pfad hatte kein Ende. Man sah die dunkle Masse des Waldes ganz nahe. Aber der Weg machte unerwartete Biegungen, wich einem Stein und einer Wasserlache aus, und sooft Friedrich sich entschloß, ihn zu verlassen und geradewegs über die Felder zu laufen, verschwand der Wald vor seinen Blicken. Ein nackter, von weißen Scheinwerfern schamlos entkleideter Himmel lag flach und endlos über der Welt. Hastig suchte er wieder nach dem trügerischen Weg, und er lief, sorgfältig trotz aller Eile, einen Fuß vor den andern, um nur nicht seitwärts zu treten und den Wald vor den Augen zu verlieren.

Am Morgen geht er noch einmal durch die kleine Stadt. Die Läden sind geschlossen. An den Fenstern der niedrigen Häuser zeigt sich niemand. Auf dem quadratischen Marktplatz lagern Soldaten. Die Pferde wiehern. Aus riesigen Kochkesseln duftet es warm und fett. Die Trainwagen rollen unaufhörlich und scheinbar zwecklos über die holprigen Steine. Auf der steinernen Schwelle eines Hauses, dessen Tor geschlossen ist, sitzt ein Soldat. Er hält einen Sack zwischen den Knien, beugt seinen Kopf über ihn und sieht hinein. Wie Friedrich vorbeigeht, schließt er mit einem erschrockenen Griff den Sack und hebt den Kopf. Er hat ein blasses, breites Gesicht mit fahlen Brauen über schmalen, hellgrauen Augen. Seine Mütze liegt schief auf seinen Haaren und drückt ein Ohr zusammen. Seine gelbe Uniform aus harter Leinwand ist zu schmal, und seine breiten Schultern füllen noch ein oberes Stück der Ärmel aus. Er erinnert so an einen Irren in der Zwangsjacke. Ein langsamer Schrecken überzieht sein Gesicht. Seine viel zu kurzen Lippen, die sich niemals ganz schließen können, enthüllen das Zahnfleisch über den langen gelben Zähnen. Es sieht aus wie Lachen und Weinen, wie Freundlichkeit und Zorn. »Ich hab dich erschreckt!« sagt Friedrich. Der Soldat nickt. »Was hast du da im Sack? Fürchte dich nicht!« Der Soldat öffnet schnell und läßt Friedrich hineinblicken. Friedrich sieht silberne Löffel, Ketten, Leuchter und Uhren. »Was machst du damit?« Der Soldat zuckt die Schultern und legt den Kopf auf die Seite wie ein verlegenes Kind. Schließlich fleht er: »Gib mir deine Uhr!« »Du hast ja so viele!« sagt Friedrich, »ich habe keine.« »Laß mich sehen!« fleht der Soldat. Er steht auf und steckt die Hände in Friedrichs Taschen. Er findet Papiere, Bleistifte, eine alte Zeitung, ein Messer, ein Taschentuch. »Nein, du hast keine!« sagt der Soldat, »da, nimm dir eine!«, und er öffnet den Sack. »Ich brauche keine Uhr!« sagt Friedrich. »Doch! Du mußt nehmen!« beharrt der Mann und steckt ihm eine Uhr in die Rocktasche.

Friedrich entfernt sich. Der Soldat läuft ihm nach, den schlenkernden Sack in der Hand. »Halt!« ruft er. Und als Friedrich stehnbleibt: »Gib mir doch die Uhr wieder!« Er nimmt sie mit einer zitternden Hand entgegen. Offiziere kamen vom Frühstück, mit klirrenden Sporen, gegürteter Taille, mit der kriegerischen Eleganz, die aus dem Offizier ein Muster der Männlichkeit macht und ihm zugleich eine Ähnlichkeit mit weiblichen Mannequins verleiht. Sie wiegten sich in den Hüften, an denen die Pistolen wie Schmuckstücke in Etuis hingen. Die Soldaten in den Straßen grüßten. Und die Offiziere erwiderten lustig und leger. Wie sie so dahingingen, zwischen grüßender Ehrfurcht, stummer Dienstbereitschaft, verliebter Ergebenheit, erinnerten sie an gefeierte Damen der Gesellschaft, die durch einen Ballsaal schreiten.

Sanitätswagen kamen, aus denen man Verwundete mit weißen Verbänden herauszog wie Gipsfiguren aus Schubladen; ein sterbendes Pferd lag in der Straßenmitte, um das sich niemand kümmerte, ein Offizier ritt vorbei. Er ragte bis an den Rand der Häuser und schien wie ein blauer Gott die Welt zu visitieren.

Sie reisten noch an diesem Tag nach Rumänien. Berzejew fuhr weiter über Griechenland und Italien nach der Schweiz, Friedrich über Ungarn nach Wien. Sie sollten sich in Zürich treffen. Sie fuhren mit Rote-Kreuz-Binden und mit Legitimationen aus Kapturaks Fabrik als Mitglieder einer Schweizer Krankenkommission.

X

In Rumänien trennte sich Friedrich von seinem Freund. Es war mir damals, als ich erfuhr, daß er nach Wien ging, unerklärlich, weshalb er nicht mit Berzejew zusammen den Umweg über Italien nach der Schweiz gemacht hatte. Und noch als ich im Felde den ersten Brief nach langer Zeit von Friedrich erhielt – ich zitiere auf einer der folgenden Seiten eine kennzeichnende Stelle –, nahm ich an, daß er etwas Wichtiges, vielleicht im Auftrag seiner Partei, in Österreich zu erledigen habe. Aber er hatte dort nichts zu tun. Ich begriff nicht, daß ein Mann, der mehr als ein Jahr in sibirischer Gefangenschaft gelebt hat, in eine Stadt zurückkehrt, um einen Bekannten oder selbst eine Frau wiederzusehn. Dennoch scheint Friedrich keinen anderen Grund gehabt zu haben. Savelli war nicht mehr in Wien. Der ukrainische Genosse P. lebte seit einem Jahr in einem Konzentrationslager für Zivilgefangene in Österreich. R. war nach der Schweiz übersiedelt – einen Monat vor dem Ausbruch des Krieges noch. Friedrich konnte ohne Militärpapiere nicht einmal sicher durch die Straßen gehn. Alle Menschen waren – wie man weiß – die Schatten ihrer Dokumente geworden. Den Jahrgang Friedrichs hatte man längst einberufen. Er mußte jedem Polizisten auf der Straße verdächtig erscheinen. Die großen Mobilisierungsplakate, auf denen er genannt war, klebten verwelkt und zerfetzt an den Wänden, nur noch Bestätigungen dafür, daß die Angehörigen dieses Jahrgangs gefallen waren und schon zu vermodern anfingen. Friedrich, dem eine bestimmte Staatsbürgerschaft nicht nachzuweisen war, konnte verhaftet werden und in ein Lager kommen. An der Grenze und unterwegs hatte er erzählt, daß er aus Rumänien komme, um einzurücken. Man hatte es ihm geglaubt, es gab viele seinesgleichen im Zug. Ein Gendarm, der die Papiere kontrollierte, erzählte es ihm. Die Männer kamen aus fernen Ländern, um ein Gewehr zu nehmen. Auch hier waren die Züge mit Laub geschmückt. Die Soldaten sangen andere Lieder und trugen andere Farben und Mützen als in Rußland. Vor einem Monat waren sie alle in Zivil, drüben und hier, kaum zu unterscheiden. Woher konnten sie denn alle auf einmal singen? Sie hatten nie gesungen, wenn sie in den Zügen gesessen waren, als Reisende in Parfüms, als Advokaten, als Beamte, die in Urlaub gingen oder wieder zu ihrem Dienst zurückkehrten. Hatten Sie keinen Respekt vor dem Tod? Achteten sie ihn nur, wenn er mit den feierlichen Abzeichen auftrat, die sie ihm in regelmäßigen Zeiten und auf regelrechten Friedhöfen, in Sarghandlungen und Leichenbestattungsunternehmungen zu verleihen liebten?

»Ich wurde mir langsam klar über meinen alten Zorn gegen die Autorität«, schrieb mir Friedrich später ins Feld. »Ich rebellierte nur gegen die vorläufige, gegenwärtige Autorität. Denn sie ruht nicht auf legaler Voraussetzung. Ebensowenig wie dieser Buchhalter, der jetzt singend in den Krieg zieht, ein Held ist, sowenig ist der Polizist ein Polizist, der Minister ein Minister, der Kaiser ein Kaiser. In friedlichen Zeiten sieht man es nicht. Aber jetzt enthüllen die hunderttausend Advokaten und Oberlehrer, die sich plötzlich in Offiziere verwandelt haben, die Ungesetzlichkeit auch der Berufsoffiziere. Es ist kein Zweifel, die Gesellschaft gibt sich zu erkennen, obwohl sie sich verkleidete.

Ich war in dem Verein der jungen Arbeiter, den Sie ja kennen. Die Donnerstagabende finden immer noch statt. Ich las das Programm im Hausflur. Dies die Titel der Vorträge: ›Die Mittelmächte und der Krieg‹. ›Der Sozialismus und Deutschland‹. ›Der Zarismus und das Proletariat‹. ›Der mitteleuropäische Gedanke und die Freiheit der Völker‹. Ich suchte den Vorsitzenden, einen jungen Metallarbeiter. Er war trotz seiner Jugend vom Militärdienst vorläufig befreit, weil er in einer Munitionsfabrik arbeitete und wegen seiner besonderen Kenntnisse. ›Oh, Genosse!‹ sagte der junge Mann erfreut. Er trug ein Abzeichen im Knopfloch, dessen Form ich kaum erkennen konnte und das gleichzeitig ein Kreuz war, ein Stern und ein Hammer. Ein Zeichner, der in der Munitionsfabrik beschäftigt war, hatte es entworfen, und es war behördlich geschützt worden als ein Abzeichen der Hinterlandshelden, wie die Metallarbeiter genannt werden. ›Wie herrlich, daß Sie entronnen sind!‹ sagte der Junge. ›Wann rücken Sie ein? Wollen Sie noch vorher einen Vortrag bei uns halten? Wir sind jetzt wenige. Die meisten sind eingerückt!« Wie er so sprach, hatte er die Fröhlichkeit eines Festkomiteepräsidenten. Auf seinem Tisch lagen

Stöße von rosa Feldpostkarten, stand ein Aschenbecher, den er selbst aus einer der Granaten, die er erzeugen half, hergestellt hatte. An der Wand hing einer der bekannten Drucke, die Karl Marx darstellten, und eine rote Fahne, mit Bindfaden umwickelt, lehnte in einem Winkel. Sie erinnerte an einen zusammengerollten Sonnenschirm, wie ihn die Blumenhändler über ihre Stände an heißen Sommertagen aufspannen. Und weil es draußen schneite, schien es mir in einem Anfall merkwürdiger Verwirrung, daß die Fahne wirklich ein Schirm war.«

Er erinnerte sich an Grünhut wie an eine Medizin, die man schon ein paarmal mit Erfolg benutzt hat. Grünhut war ein verlorener Mann, er geriet auch durch einen Krieg nicht mehr aus seiner Verbannung. Und da die Gesellschaft Krieg führte, schloß Friedrich mit der Konsequenz eines Menschen, der noch keinen Krieg erlebt hatte, müßten die Vorbestraften normal sein.

Grünhut sprang auf. »Kommen Sie, kommen Sie«, sagte er und zog Friedrich zum Tisch und zündete die Gaslampe an, die eine surrende, grüne Kälte zu verbreiten anfing. Dennoch versuchte er, sich an der Flamme die gefrorenen Hände zu wärmen.

Friedrich erzählte von seiner Flucht. Grünhut ging im Zimmer herum und rieb sich die Hände. »Welch ein Heldentum!« sagte er. »Sie verdienten eine Auszeichnung, noch bevor Sie ins Feld gehn! Das muß man in der Zeitung veröffentlichen! Welch ein Held! Welch ein Held!« Und er begann, von der bevorstehenden Belagerung der Stadt Paris zu sprechen, von dem Zug Hindenburgs nach Petersburg, von einer Marschkompanie, die gerade heute unter seinem Fenster zur Bahn vorbeigegangen war, und von seiner Aussicht, endlich rehabilitiert zu werden. Er nannte jetzt seine alte, unglückliche Geschichte einen »tragischen Fall«. Er hatte ein Gesuch an das Regiment gerichtet, in dem er als Einjähriger Vorjahren gedient und Feldwebel mit Offiziersprüfung geworden war. Er hatte noch eine Abschrift, zog sie aus der Tasche und begann vorzulesen. Es war die Rede von der außergewöhnlichen Zeit, vom Vaterland und vom Kaiser, von einer »jugendlichen Verirrung« und von der Sehnsucht, als Ehrenmann und Soldat zu sterben und ein verlorenes Leben durch einen schönen Tod wiedergutzumachen. Trotz seinem Alter wollte er an die Front.

Er wischte sich den Schweiß von der Stirn, obwohl seine roten Hände verrieten, daß er fror. Er hatte Hitze und Frost zugleich. Sein Kopf steckte in einem andern Klima als sein Körper. Vorläufig, so erzählte Grünhut, wären keine Adressen zu schreiben. Ein großer Schneider, der Uniformlieferungen hatte, gab ihm sogenannte Heimarbeit. Er holte sich jeden dritten Tag in der Werkstatt zwanzig Paar Militärhosen und hundertfünfzig Knöpfe und lieferte die Hosen mit den angenähten Knöpfen wieder nach drei Tagen ab. Er lieferte nur gute Arbeit. Andere begnügten sich damit, einen Faden durch je ein Knopfloch zu ziehn. Wenn so ein Soldat dann das erstemal seine Hosenträger anknöpfte, riß er sofort. Die Leute hatten kein Gewissen. Grünhut aber nähte die Knöpfe so vorsichtig an, daß sie wie Eisen hielten. Während man bei allen anderen Heimarbeiten Stichproben machte, glaubte man ihm aufs Wort. Auch bekam er einen höheren Lohn. Nur ging es jetzt nicht gut. Frau Tarka verlor allmählich ihre Kundschaft. Die Männer rückten ein, die Frauen wurden Pflegerinnen. Sie lernten allmählich vorsichtig sein und Schwangerschaften vermeiden. Es war Übung. Die geschlechtlichen Dinge konnten kein Geheimnis mehr bleiben. Und die Angst der Mädchen vor den Vätern wurde auch mit der Zeit geringer. Frau Tarka setzte ihm also zu. Sie verlangte mehr Geld fürs Zimmer. Man konnte jetzt so gut an Flüchtlinge aus dem Osten vermieten. Er vertröstete sie mit seiner Aussicht auf die Rehabilitierung.

»Wollen wir zum Essen gehn?«

Ja, sie gingen in die Ausspeisung.

Das Wetter hatte umgeschlagen, es wehte ein warmer Wind und verwandelte den Schnee in Regen. Die Leichtverwundeten und die Rekonvaleszenten gingen an Stöcken, mit schwarzen und weißen Binden, manche an den Armen dunkelblauer Pflegerinnen. Die Lampen waren reduziert worden, in den Schaufenstern wurden die Lichter zeitig ausgelöscht, manche Läden hatten geschlossen, weil ihre Inhaber eingerückt waren. Die herabgelassenen eisernen Türen erinnerten an Gräber, und die Zettel, die den Grund für die Abwesenheit der Kaufleute angaben, an Tafeln auf Grüften. In manchen Straßen war es so finster, daß man die Sterne zwischen den zerrissenen Wolken sah. Es war ein Einbruch der Natur unter die Häuser und Laternen. Die Fensterreihen blieben blind. In den Scheiben spiegelten sich der Himmel und die Wolken.

Der schwach erleuchtete Raum der Ausspeisung schien heller und freundlicher als im Frieden. Jetzt saßen mehr Frauen als Männer an den langen Tischen. Sie sprachen von Söhnen und Männern, zogen zerknüllte Feldpostbriefe aus verborgenen Taschen und alte Zeitungen. Ein paar grauhaarige Männer, die Grünhut mit einem kurzen Schweigen begrüßten, sprachen von der Politik. Grünhut, den die Alten Herr Doktor nannten, erklärte ihnen die strategische Lage der verbündeten Armeen und tröstete sie über den Vormarsch der Russen in Galizien mit dem Hinweis auf Napoleon, der im Jahre 1812 gerade dem Vormarsch sein Unglück zu verdanken hatte. »Ich habe mich gestern freiwillig gemeldet!« sagte er, wie als einen letzten und endgültigen Beweis für seine Behauptung, daß der Sieg der Mittelmächte sicher sei. Die Alten schüttelten die Köpfe. Wie alt er sei? fragten sie. »Zweiundfünfzig!« sagte Grünhut mit der gleichen Betonung, mit der er vorher »dreißigtausend Gefangene« gesagt hatte.

An der Wand hing, Friedrich bemerkte es auf einmal, ein großer, bunter Öldruck vom Kaiser im Krönungsornat. Das Porträt war im Frieden schon vorhanden gewesen, aber so hoch an der Wand und so verstaubt, daß er es immer für eine Landschaft gehalten hatte. Jetzt hing es also an einer sichtbaren Stelle und war wie ein erneuerter Treueschwur der Bettler und Armen, die hierherkamen.

XI

Friedrichs Geld reichte noch ungefähr einen Monat. Berzejew hatte mit ihm die Barschaft geteilt. Friedrich erwartete den Brief seines Freundes aus Zürich. Er hatte keine Legitimation, die ihn vor der Polizei rechtfertigen könnte. Er wohnte in seinem alten Kabinett beim Schneider, den man vorläufig wegen allgemeiner Körperschwäche zurückgewiesen hatte. Dieses Glück machte ihn menschenfreundlich. Er warnt Friedrich vor der Frau und empfiehlt ihm, ihr zu sagen, daß er jeden Tag eine telegraphische Einberufung erwarte.

Friedrich fürchtete die Nachbarn, eine anonyme Anzeige, den Blick eines Polizisten und sogar Grünhut, den Patrioten.

Er will Hilde wiedersehn. Er schreibt ihr, bittet sie, ins Kaffeehaus zu kommen. Er wartete in der Ecke, ihm gegenüber saß ein alter Herr, eine Zeitung vor dem Gesicht. Man sah nur seine schneeweißen, in der Mitte gescheitelten Haare. Er rührte sich nicht. Er legte die Zeitung nicht weg und blätterte sie auch nicht um. Es war, als ob er eingeschlafen wäre, aber durch die geschlossenen Lider weiterläse. Ein volles Wasserglas, das er nicht berührt hatte, stand auf seinem Tisch, von einem Blatt der Zeitung überdacht. Er hielt vielleicht eine ganz alte Zeitungsnummer, eine, die den Ausbruch des Krieges mitgeteilt hatte. Er konnte sie nicht mehr weglegen. An der Wand rechts hing ein langer, schmaler Spiegel, den man nie ganz gesehen hatte, weil er immer vom Rücken eines Gastes verdeckt gewesen war. Man hatte nur flüchtig im Vorbeigehn hineinschauen können. Jetzt konnte Friedrich zum erstenmal sein Gesicht sehn, obwohl er saß. Im ganzen Raum brannten nur zwei Lampen. Die Wand, an der sich der Spiegel befand, lag noch im Dunkelgrau des vergehenden Tags, und der Spiegel schien sehr weit von dem beleuchteten Teil des Zimmers entfernt zu sein. Er enthielt das Abbild einer der brennenden Lampen wie verkleinert in seiner unberechenbaren Tiefe. Friedrich erblickte sein Gesicht wie das eines Fremden. Wenn er, ohne seinen Kopf zu wenden, den Blick seitwärts schickte, konnte er sein Profil sehn, und er erschrak, denn er erkannte sich kaum. Sein Mund war schmal, die Unterlippe schob sich vor und zog das Kinn mit sich empor. Die Haare gingen aus, die Stirn wölbte sich schimmernd und weiß, und an den Schläfen war die erste Ahnung von einem silbernen Glanz zu sehn. Die Nase senkte sich sachte und traurig über den Mund.

Hinter den Fenstern lag schon die Nacht, als Hilde eintrat. Er ging ihr entgegen. Er sah lange in ihr Gesicht, so wie er eben in den Spiegel gesehn hatte. Er wollte auch bei ihr Veränderungen finden, Schatten der Zeit. Aber ihr glattes, dunkles Angesicht hatte die Monate vorüberwehn lassen wie harmlose, streichelnde Sommerwinde. Die Zeit fand auf ihren Wangen keinen Platz, eine Spur zu hinterlassen. Ewig war der dunkle Glanz der Augen, der Schimmer der zarten, silbernen Schutzhärchen auf ihrer Haut, der rote Schwung der Lippen, das anmutige Zögern des Körpers, der vor jeder Bewegung nachzudenken schien, als hätten die Glieder Gehirn und die Nerven Vernunft. Friedrich wartete jetzt auf den ersten Klang ihrer Stimme wie auf ein Geschenk. Er wollte sie sehen und hören zugleich. Der Kellner kam, von ihr begrüßt wie eine Rettung. »Was soll ich bestellen?« fragte er. Und er hörte wieder ihre Stimme.

Sie war über seine Schicksale unterrichtet gewesen. Sie war noch oft in dieses Kaffeehaus gekommen. Einmal hatte sich R. an ihren Tisch gesetzt und ihr von Friedrich erzählt. Aber nun war ja Krieg. Und er hatte einen doppelten Grund, gegen den Zarismus zu kämpfen. Die Sache der Freiheit wurde jetzt so großartig identisch mit der Sache des Vaterlandes, daß alle Standesunterschiede und Klassengegensätze aufgehoben waren. Sie wußte es gut. Sie fand endlich Gelegenheit, das Volk kennenzulernen, denn sie pflegte jeden Vormittag die Verwundeten im Spital. Und schließlich kam die unausweichliche Frage: »Wann rücken Sie ein?«

»Nächste Woche«, sagte er mechanisch.

Ob er morgen nachmittag kommen werde? Ein Teil ihrer alten Freunde sei noch da, manche freilich in Uniform.

»Nein!« sagte er. Aber schon sah er einen Schatten auf ihrem Angesicht, und es rührte ihn, daß sie traurig war und ihn vermissen würde.

»Ja!« verbesserte er sich. »Ich komme.«

Er sah schon im Vorzimmer der Herrschaften von Maerker, daß sich das Vaterland in Gefahr befand. An den Kleiderrechen zu beiden Seiten des Spiegels hingen Offiziersmützen und blaue Mäntel mit Metallknöpfen, und in den Fächern, die in friedlichen Zeiten für Regenschirme bestimmt waren, lehnten zwei Säbel. Als Friedrich seinen Hut dem Dienstmädchen übergab, glaubte er zu sehen, daß sie ihn mit einer leisen Geringschätzung auf einen ziemlich entlegenen Haken hängte, neben zwei dunkle, verlorene Zivilmäntel. Das Dienstmädchen hatte eine ferne Ähnlichkeit mit einer Marketenderin.

Die meisten Freunde des Hauses waren eingerückt. Der Herr von Maerker selbst war Hauptmann und vorläufig Bahnhofskommandant geworden. Er ging zweimal im Tag zur Bahn und beobachtete die abfahrenden Marschkompanien und die ankommenden Verwundetentransporte mit einem leidenschaftlichen Interesse. Die ungewohnte Bewegung tat ihm wohl. Seit Jahrzehnten war er täglich nur durch zwei bestimmte Straßen gegangen. Der Aufenthalt auf einem Bahnhof, den er nur zweimal im Jahr, bei seiner Abreise in die Ferien und bei seiner Rückkehr, flüchtig hatte passieren können, verschaffte ihm die angenehme Täuschung, daß er sich nach Jahren einer gleichförmigen Büroarbeit mitten im aufgeregten Leben befand. Seinen Beziehungen zum Kriegsministerium verdankte er verschiedene Kenntnisse von Vorgängen in der Politik und im Großen Hauptquartier und das beruhigende Gefühl, daß er, solange es ging, in Wien auf einem der Bahnhöfe bleiben würde. Er dachte allerdings nicht einen Augenblick daran, daß die Protektionen, die er genoß, nicht ganz mit der Liebe zum Vaterland übereinstimmten. Ihm fehlte das Verständnis für den engen Zusammenhang zwischen Patriotismus und Lebensgefahr. Er gab sich keine Rechenschaft darüber, daß der Tod und nicht die Abwechslung die unmittelbare Folge des Krieges war. Er wußte kaum – wie übrigens viele seiner Standesgenossen –, daß die Wendung »Gefallen auf dem Felde der Ehre« auch das unwiderrufliche Ende des Gefallenen bedeutete.

Die Hausdame Herrn von Maerkers ging jetzt mit der tröstlichen Aussicht herum, nach dem Sieg die Ehefrau ihres Dienstgebers zu werden. Der Krieg hatte sofort in den ersten Monaten ein paar gesellschaftliche Vorurteile umgestoßen, die immer noch – trotz ihrer Torheit – moralischer gewesen waren als der Krieg. Man sah ein neues Zeitalter kommen. Weil man gezwungen war, Proletariern den aristokratischen Charakter von Helden und Rittern anzudichten, bildete man sich in der Gesellschaftsklasse des Herrn von Maerker ein, man wäre demokratisch geworden. Einige kleine Mädchen, sogenannte »Verhältnisse« der Söhne aus der Aristokratie und der hohen Finanz, hatten das Glück, durch eine hastige Kriegstrauung die legitimen Gattinnen ihrer Prinzen zu werden, statt, wie es im Frieden üblich gewesen war, einen Wäscheladen oder ein Handschuhgeschäft als friedliche Abfertigung zu bekommen. Durch die Vermittlung ihrer hübschen Töchter gewannen so ein paar hundert kleine Bürger Verbindungen zu den hohen Kreisen und gelangten, wenn sie einrückten, zur Sanität. Man zweifelte also nicht mehr an einer patriotischen Einheit. Alle Damen waren Pflegerinnen oder entfalteten sonst eine lebhafte Wohltätigkeit. Man ging sogar so weit, Kleidungsstücke an fremde Kriegswitwen zu verschenken, die man sonst der Hausnäherin gegeben hätte, um ihren eventuellen Ansprüchen auf Lohnerhöhung zuvorzukommen. Man tauschte die goldenen Eheringe in eiserne um, wenn man auch die Edelsteine zu behalten entschlossen war. Auch Uhrketten, besonders wenn sie unmodern waren, tauschte man um. Wo man hinsah: Eisen. Manche Söhne befanden sich zur Zufriedenheit ihrer Eltern in Lebensgefahr. Auch den Taugenichtsen, die das Geld verschwendet hatten, verzieh man jetzt, da sie Helden waren und nicht mehr imstande zu verschwenden. Die Mütter der Toten trugen ihren Schmerz wie Generäle ihren goldenen Kragen, und der Tod der Gefallenen wurde eine Art Auszeichnung der Hinterbliebenen. Aber auch die Angehörigen der Helden, die einen ungefährlichen Dienst ausübten, waren stolz, als wenn sie einen Toten zu beklagen hätten, und in dem bekannten allgemeinen »Ernst der Zeit« verwischten sich die Nuancen zwischen den Müttern der Dahingeschiedenen und den Müttern der Lebendigen. Es war eben alles tragisch, und jeder bildete sich ein zu opfern. Schon klebten die Aufforderungen zur ersten Kriegsanleihe neben denen zur dritten Musterung an allen Wänden. Der Porträtmaler war in Uniform, wenn auch in einer phantastischen und in der Eile von irgendeiner Militärbehörde erfundenen. Man war nicht hinreichend auf die Teilnahme der Künstler am Krieg vorbereitet gewesen. Das Kriegspressequartier konnte so viele Maler und Schriftsteller, Historiker und Journalisten, Theaterkritiker und Dramaturgen nicht fassen. Die Journalisten trugen Ledergamaschen und Revolver und eine Armbinde, auf der in goldenen Lettern das Wort »Presse« eingestickt war. Die Theaterkritiker kamen ins Kriegsarchiv und durften Zivilkleider tragen, um nicht als Unteroffiziere auftreten zu müssen. Die Maler waren ihrer eigenen Phantasie überlassen. Sie fertigten die Porträts der Armeeführer an, malten Lazarettwände freundlich und heiter aus und schrieben Tagebücher oder Briefe, die sie dann als Gäste der Literatur veröffentlichten. Auch sie kamen zu ärztlichen Untersuchungen, hatten aber gewöhnlich verschiedene Krankheiten, die sie am Schießen verhinderten. Einige Dramaturgen begannen, Regimentsgeschichten zu schreiben.

Im Hause des Herrn von Maerker, wo Hilde die Vermittlung mit der Literatur, der Kunstgeschichte und der Kunst herstellte, versammelten sich nicht nur die Kämpfer, sondern auch die Maler und Schreiber. Friedrich las in ihren Blicken eine Schätzung und eine Neugier. Mit seiner revolutionären Gesinnung und seinen sibirischen Erfahrungen und mit der Bereitschaft, gegen den Zarismus zu kämpfen, die man bei ihm ohne weiteres voraussetzte, paßte er in die Vorstellungen von der Identität der Freiheit und der vaterländischen Sache. Er bewies schon allein durch seine Anwesenheit diese Identität.

Der Schriftsteller G., einer der kultivierten Satiriker, die eine dekadente Haltung, vornehme Allüren und hohe Schulden mit einem zarten Sprachgefühl zu verbinden wußten, war in ein Gespräch mit dem jungen Baron K. über die französische Literatur der Aufklärung vertieft. Er vermied Gespräche über Aktualitäten. Er war nämlich ein Skeptiker, und er hätte den allgemeinen Optimismus gestört. Wenn er seine Meinung gestand, war es mit dem bequemen Dienst und mit der Zivilkleidung vorbei. Um aber dennoch nicht als ein Mann ohne jede Beziehung zum Vaterland zu erscheinen, sagte er: »Gerade der Krieg ist die Zeit, in der man sich besinnt. Niemals habe ich so viel und so ungestört lesen können. Ich lese jetzt Franzosen. Es bereitet mir ein besonderes Vergnügen, unsere Feinde besser kennenzulernen. Sie sind grausam und klug. Es ist die sogenannte ›raison‹, die das ganze Volk bewegt. Nur bin ich mir natürlich klar, daß man mit diesem gesunden Menschenverstand ein sparsames Kleinbürgertum, aber keine heldenhafte Nation heranbildet. Für große Gelegenheiten ist ein holder Wahn gut.«

Hilde lächelte und tauschte einen Blick mit dem Schriftsteller. Sie begriff, daß er für sie gesprochen hatte und nicht zum Oberleutnant. Sie schätzte die Kavallerie gering. Denn während die Schriftsteller und die »Geistigen« – dieses Wort wurde immer häufiger gebraucht – selbst die äußerst einfachen Schlachtenberichte in einer Art besprachen, daß von ihrer Tatsächlichkeit nichts übrigblieb als ein zartes Echo, das Hilde angenehm war, nannte der Oberleutnant Namen, Zahlen, Kilometer und Divisionen, die sie langweilten. Und obwohl er nichts anderes sagte, als was die anderen auch hätten sagen können, wenn sie es nicht umgedichtet hätten, schien es, als wäre er der einzige, der wüßte, was der Krieg sei.

Neben diesem Oberleutnant blieb von allen anwesenden Männern nur noch Hildes Vater ein geeigneter Gegenstand ihrer Mißachtung. Der Ministerialrat nahm erst seit dem Krieg an den Veranstaltungen seiner Tochter teil, so sehr hatte ihn das große Ereignis verändert. Von allen Gruppen der Gesellschaftsklasse, die keine Offiziere und keine Ministerialbeamten, keine Diplomaten und keine Gutsbesitzer hervorbrachte, war ihm jene am meisten verhaßt, die er die »Boheme« nannte und von der er kindische Vorstellungen hatte. Auch jetzt noch, da er, von der Kriegsbegeisterung revolutioniert, sich der allgemeinen Täuschung ergab, daß die Unterschiede aufgehoben seien und daß ein Maler in einem Reiseanzug und in Reithosen, der ein Etappenlazarett und einen Etappenkommandanten malte, zum Troß der Heroen gehöre; auch jetzt noch zuckte er unmerklich zusammen, wenn der Maler P., sobald etwas Spannendes erzählt wurde, seinen Fuß in die Hände nahm, als bedürfte er dieser Kombination, um besser zuhören zu können, oder wenn der Theaterkritiker R. mitten in einer stillen Minute zwischen den Zähnen ein Streichholz zerbrach. In seiner Ahnungslosigkeit, die er einer weltfremden Jugend in einer feudalen Anstalt verdankte, begriff Herr von Maerker nicht, daß diese Männer nicht die freien Formen einer künstlerischen Gesinnung, sondern die schlechten einer kleinbürgerlichen Erziehung besaßen. Er hielt es für eine Art, künstlerisches Temperament zu äußern.

Friedrich sah sich um. Der Kriegsberichterstatter, der eben von der Front zurückkam, sprach mit einem Leutnant, einem Juristen in Zivil, über die glänzende Ausstattung der Truppen. Nächstens wollte er nach Belgien gehn und den Siegesmarsch beschreiben. Ein liberaler Abgeordneter in mittlerem und damals noch nicht dienstpflichtigem Alter erklärte einem Einjährigen, den es nichts anging, daß der Krieg dem Klerikalismus eine endgültige Niederlage bereiten werde und daß die konfessionslose Schule eine Frage von Wochen sei. Der ironische Schriftsteller sprach jetzt mit Hilde. Er hatte den jungen Kavalleristen stumm sitzen lassen, und obwohl sich ihre Stühle berührten, war doch der Literat von dem Offizier durch eine Welt getrennt, eine Welt, in der es von französischen Werken der Aufklärung nur so wimmelte. Der Schriftsteller trug jetzt das Lächeln um den Mund, das er anlegen und abnehmen konnte wie eine Schnurrbartbinde und dessen er sich bediente, um auf Frauen Eindruck zu machen. Sein Anzug, seine Haltung, seine Krawatte, seine Frisur waren das sorgfältige Werk eines ganzen Vormittags gewesen. Sein elegantes Zivil, für das er eine besondere Erlaubnis in der Tasche hatte, trug er aus skeptischem Protest. Aber es war aufreizend wie ein Unrecht gegenüber der ganzen uniformierten Welt. Die Peinlichkeit, die allein der Knoten seiner Krawatte verriet, war eine Demonstration gegen die Verwirrung einer ganzen Epoche. Der Blick voll zärtlicher Kritik, mit dem er die Bewegungen Hildes verfolgte und hinter der Stirn zu notieren schien, enthielt die melancholische Entsagung eines kritischen Genies, der sich der Zensur ergeben hatte und die vielen Witze im tiefsten Innern verbergen mußte, die ihm zu jedem Schlachtbericht eingefallen waren. Friedrich haßte ihn noch mehr als den Maler.

Er sah Hilde an. Eine leichte Röte, die das Braun ihrer Wangen dunkler machte, verriet, daß sie sich als der Mittelpunkt eines Kreises von Auserlesenen fühlte, die sie anbeteten und die sie selbst verehrte, und Friedrich fragte sich, ob es einen ursächlichen Zusammenhang gab zwischen der Anbetung, die sie genoß, und der Verehrung, die sie zollte. Fremd und ferne und beinahe feindlich erschien sie ihm in der Mitte der anderen. Er hätte jeder Bewegung, die sie vollführte, ihren unmittelbaren Sinn nehmen wollen, um sie aus dem Zusammenhang mit dieser Welt zu lösen, und jedem Wort, das sie sagte, seine Bedeutung, damit es nur als ein harmloser Klang ihrer geliebten Stimme weiterlebe. Er liebte ihre Stimme, aber nicht ihre Worte. Er liebte ihre Augen und haßte, was sie aufnahmen.

XII

Im August erst kam der Ukrainer P. aus dem Lager zurück. Es ist inzwischen bekannt geworden, daß die russischen Revolutionäre eine Zeitlang die natürlichen Verbündeten der Zentralmächte gewesen waren. Die Freilassung P.s aus dem Lager hatte zweifellos politische Gründe. Er blieb in Wien, die Behörden wußten es und unterstützten ihn sogar. Einige Tage nach der Rückkehr P.s trat Friedrich seine Reise über Deutschland nach Zürich an. P. war die ganze Zeit, auch während seines Aufenthaltes im Lager, mit Zürich in Verbindung gestanden und mit dem Genossen Tomkin in M. in Brandenburg, einem der Mittelsmänner zwischen den Genossen und der Geheimpolizei. Er hatte sich nicht verändert. Stark und unbekümmert, wie er war, schien er die Jahre bis zum Krieg, die Not, in der er immer lebte, und die Leiden im Konzentrationslager als eine Art notwendiger gymnastischer Übung zu betrachten und zu überstehen. Er kannte keine Angst, nicht weil er mutig war, sondern weil die Masse und Stärke seiner Muskeln, die unverwüstliche Elastizität seiner Sehnen und Nerven und ein gesunder Reichtum an rotem Blut ein Gefühl der Furcht nicht aufkommen lassen konnten. Er konnte sich ebensowenig fürchten wie ein Baum. Aber er verstand wie jeder Furchtlose, daß die Angst nicht immer eine Folge der Feigheit, sondern auch eine Eigenschaft der körperlichen Konstitution und der Nerven war.

»Ihre Angst war überflüssig«, sagte P. zu Friedrich. »Wenn man Sie eingesperrt hätte, wären Sie bald freigekommen. Wir sind augenblicklich Verbündete sozusagen und stehen unter dem Schutz einer mächtigen Institution. Unsere Genossen bekommen sogar Pässe. Auch für Sie wird gesorgt sein. Sie werden jetzt nach M. fahren, hier ist eine Adresse. Sie melden sich bei dem Mann, er wird Ihnen etwas Geld und ein Papier für die Schweiz geben. Grüßen Sie die Genossen. Ich bleibe vorläufig hier. Vielleicht kann ich durch die Front nach Rußland.«

Er sagte: durch die Front nach Rußland, als handelte es sich um eine Spazierfahrt. Er war gesonnen, sich mit den Genossen ein Rendezvous zu geben, wie man sich für einen bekannten, populären Ausflugsort verabredet. Er saß mächtig und ruhig auf seinem alten Sofa, das für einen erwachsenen Mann breit und groß genug war, unter dem Gewicht und der Gewalt seines Körpers aber schmal, kurz und gebrechlich erschien.

»Sie werden, um vorläufig keine Unannehmlichkeiten zu haben, erster Klasse fahren«, sagte P. »Sie werden sich in der guten Gesellschaft höherer Offiziere und Kriegslieferanten befinden, und kein Gendarm wird es wagen, von Ihnen einen Ausweis zu verlangen. Sollte es aber dennoch geschehn, dann machen Sie einen Lärm, und schnauzen Sie alle Beamten an, die Ihnen in den Weg kommen.«

Sie gingen langsam durch die Straßen. P. hatte die feierliche Gelassenheit eines Bürgermeisters. »Wenn man so aussieht wie ich«, sagte er, »erregt man in Mitteleuropa keinen Verdacht. Die Deutschen und die kleinen Völker, die im deutschen Kulturkreis liegen, haben ein unverwüstliches Zutrauen zu breiten Schultern. Vergleichen Sie zum Beispiel die Popularität Hindenburgs mit dem Inkognito Hötzendorfs, der schmal und elegant ist. Vor den Russen hat man Respekt, obwohl sie Feinde sind. Aber die russischen Generäle haben breite Epauletten wie die deutschen. So windige Burschen wie Sie erwecken Mißtrauen.«

Um Friedrich sicher unterzubringen, begleitete ihn P. zur Bahn. Und mit der Jovialität, zu der ihn seine Natur befähigte, übergab er Friedrich der Obhut des Schaffners. »Lieber Mann«, sagte er, »mein Freund ist krank und muß angenehme Nachbarn haben.« »Ich danke sehr, Exzellenz«, sagte Friedrich so laut, daß es der Gendarm, der den Zug begleiten sollte, hören mußte. »Halten Sie sich brav«, sagte P. und empfahl sich. Der Schaffner und der Gendarm salutierten, während P. mit mächtigen Schritten den Bahnsteig verließ.

Friedrich blieb nicht allein im Kupee. Ein deutscher Oberst und ein österreichischer Major stiegen ein. Sie grüßten. Es war Krieg, und man konnte sicher sein, daß in der ersten Klasse keine gewöhnlichen Reisenden saßen. Wer jetzt in die Eisenbahn stieg und Zivil trug, war noch mächtiger als eine Uniform. Kluge Offiziere hatten sich allmählich daran gewöhnt, Zivilpersonen, denen sie in der ersten Klasse begegneten, für Vorgesetzte zu halten.

Um so unwilliger wurden sie, als der Schaffner knapp vor der Abfahrt des Zuges noch einen Reisenden hineinschob, der höchstens in Friedenszeiten in die erste Klasse gepaßt hätte. Die beiden Offiziere tauschten einen schnellen Blick miteinander. Während sich die Augenbrauen beider erstaunt hoben und gleichzeitig zürnend zusammenzogen, lächelten schon die Schnurrbärte. Beide rückten zueinander, als müßten sie sich jetzt gemeinsam verteidigen. Der also mißtrauisch empfangene Passagier schien vorläufig nichts zu sehn. Er saß sehr bequem und frei, weil sich die anderen so schmal gemacht hatten. Er war kurzsichtig, wie das dicke Glas seines Zwickers, sein ständig vorgestreckter Kopf und seine unsicher suchenden Bewegungen verrieten. Er hatte sich offenbar geeilt, um den Zug nicht zu versäumen, man hörte jetzt sein Schnaufen. Seine kurzen Beine hingen ein wenig über dem Boden, den die Fußspitzen ständig suchten. Seine runden, weißen Hände lagen auf den Knien, und die Finger trommelten unhörbar auf den weichen Stoff seiner Hose.

Ein schwarzer Spitzbart, in den sich die ersten grauen Härchen drängten, verlieh dem Herrn das Aussehn eines höheren Bankbeamten. »Ein Prokurist!« hörte Friedrich den deutschen Oberst flüstern. »Feldrabbiner!« erwiderte ebenso flüsternd der österreichische Major.

Der Mann, über dessen Beruf man noch nichts Bestimmtes wußte, sah indessen freundlich und zutraulich auf seine Reisegenossen. Sein Schnaufen hatte allmählich aufgehört. Man sah ihm an, daß er mit seiner augenblicklichen Situation zufrieden war.

Schließlich stand er auf, verbeugte sich leicht gegen den Obersten zuerst, dann gegen den Major und zuletzt nur noch mit einem abgeschwächten Kopfnicken gegen Friedrich. »Doktor Süßkind«, sagte er laut. Seine Stimme verriet mehr Sicherheit als sein Körper.

»Sind wahrscheinlich ein Herr Feldkurat und rücken ein, Hochwürden?« sagte der österreichische Major, während ein Schatten über das Gesicht des schweigsamen Obersten lief. »Nein!« sagte der Mann, der schon wieder mit baumelnden Füßen in der Ecke saß. »Ich bin Berichterstatter«, und er nannte den Namen eines liberalen Blattes. »Ah – Kriegsberichterstatter?« sagte der Major.

»Ich war jetzt in Ihrer Heimat, habe die österreichisch-ungarische Monarchie bereist«, erwiderte der Berichterstatter offiziell. »Na, hoffentlich hat's Ihnen gefallen!« meinte der Major leicht und gleichgültig.

»Leider nicht alles!« begann der Journalist, »ich hatte Gelegenheit, mit mehreren hohen Persönlichkeiten und gescheiten Männern ohne Amt zu sprechen. Es scheint mir in Österreich – bei unsern Verbündeten«, verbesserte er mit einer deutlichen Kopfneigung in die Gegend des deutschen Obersten, »an einer stärkeren Zentralgewalt zu fehlen. Die Organisation läßt viel zu wünschen übrig. Der Österreicher ist leichtblütig, und die Nationen, die er beherrscht, sind noch unzivilisiert. Auch könnte man die verschiedenen nationalen Forderungen ein wenig zum Schweigen bringen, solange wir kämpfen. Ja, meine Herren!« Welche Nationen er gesehn hätte, fragte der Major.

»Die Polen zum Beispiel«, erwiderte der Berichterstatter. In Krakau hatte er gut gegessen, aber schlecht geschlafen, aus Furcht vor Ungeziefer. Und in Budapest hatte er in einer Nacht zwei Wanzen gesehn. Die Ungarn wollten nicht mit ihm deutsch sprechen. Dabei verstanden sie alles. Ein Leutnant von den Husaren sei sehr liebenswürdig gewesen, hätte aber keine Ahnung von der Wichtigkeit der Artillerie an der Westfront gehabt. Ja!

»An der Front gibt es Läuse«, sagte der österreichische Major, als wollte er eine ganz andere Geschichte erzählen. Aber er sagte nichts mehr.

In Preßburg, erzählte der Journalist, hätte er gehört, wie Soldaten in einer Schenke einen slawischen Dialekt gesprochen hatten. »Es wird so was wie Slowakisch gewesen sein«, meinte er. »Und so selten ein deutsches Wort.«

»Vielleicht war es Tschechisch?« meinte der Major.

»Kann sein«, erwiderte der Berichterstatter, »aber ist es denn nicht alles eins?« Etwas anderes sei doch auch Tschechisch nicht.

»Ein Bayer kann einen Preußen nicht verstehn!« bemerkte der Major.

»Sie irren sich«, sagte der Berichterstatter aufgeregt, »es sind nur Dialekte.« Und er begann, die Einigkeit aller deutschen Stämme zu loben. Er sah dabei fortwährend den deutschen Obersten an. Der blickte zum Fenster hinaus.

Auf einmal wandte sich der Oberst um und sagte: »Apropos Dialekte – Sie sind doch aus Frankfurt?«

»Nein! Aus Breslau!« erwiderte der Berichterstatter mit fester Stimme und fast militärisch.

»Auch nicht übel!« sagte der Oberst und sah wieder in die Landschaft. »Sie sind ja von der Presse«, begann der österreichische Major – als hätte er jetzt erst erkannt, daß der Berichterstatter etwas mit einer Zeitung zu tun hatte. »Die siebente Großmacht, nicht?« erkundigte er sich freundlich.

Der Journalist lächelte. »Nun«, fuhr der Major fort, »Sie wissen besser als wir, wann's zu Ende ist. Was glauben Sie?«

»Wer kann es sagen!« erwiderte der Journalist. »Unsere Armeen stehen tief in Feindesland. Die Nation ist einig wie nie. Die Sozialdemokraten kämpfen wie die andern. Wer hätte dieses Wunder je für möglich gehalten! Sie fahren doch jetzt nach Deutschland? Nun, Sie werden sehn, wie bei uns alle Unterschiede zwischen den Klassen und den Konfessionen aufgehört haben. Der alte Streit zwischen Katholizismus und Protestantismus ist vorbei.«

»Wirklich?« meinte der Major. »Na, und was ist's mit den Israeliten?« Der Journalist schwieg, und der Oberst lächelte der Landschaft zu.

»Verschwindende Anzahl!« sagte der Bärtige, so als hätte er sagen wollen: Gibt's gar nicht.

»Unsere Israeliten sind sehr tapfer!« fuhr der Major beharrlich fort.

»Verzeihung!« sagte der Journalist und verließ das Abteil. Man sah ihn durch die Scheibe der Tür. Er ging rechts und dann links.

»Besetzt!« ließ sich der Oberst vernehmen. – Und als wäre das besetzte Klosett eine geographische Angelegenheit, sagte er: »Aus Breslau ist er.«

Als der Berichterstatter wieder auf seinem Platz saß, begann er, vom Kriegsausbruch in Paris zu sprechen, wo er einige Jahre lang für seine Zeitung gearbeitet hatte. Er sprach viel von den Maßnahmen der Pariser gegen die Deutschen, die in die Lager abgehn sollten. Sehr oft nannte er die Namen des deutschen Botschafters, einiger Militärattachés und der Botschaftsräte. Eine besondere Bedeutung schien er der Tatsache beimessen zu wollen, daß er das Land in demselben Zug verlassen hatte, in dem auch die Mitglieder der deutschen Botschaft gesessen waren. Und etwa zehnmal kehrte in seinen Erzählungen die Wendung wieder: »Wir, ein Dutzend deutscher Herren.« – Der Oberst sah immer noch in die Landschaft hinaus. Eine deutsche Botschaft, die mit dem Herrn Dr. Süßkind zugleich das feindliche Land verlassen hatte, ging ihn weniger an als die Mannschaftsküche eines fremden Regiments. Der Berichterstatter hatte gut von Militärattachés reden. Der österreichische Major hörte nicht mehr zu. Er zog ein Notizbuch und fragte: »Kennen Sie nicht jüdische Witze, Herr Doktor?« Und da der Berichterstatter nicht antwortete, begann der Major, aus dem Notizbuch Witze vorzulesen, die alle mit den Worten begannen: »Zwei Juden sitzen in der Eisenbahn.« Der Oberst sah den Major mit einem verzweifelten und strafenden Ernst an. Der Journalist hatte ein fixes Lächeln aus Gefälligkeit aufgesetzt, das weder stärker noch schwächer wurde, sondern bei den Pointen sowohl wie bei den Anfängen immer gleichblieb. Und nur Friedrich lachte. Einmal, als der Major eines jener jüdischen Jargonworte gebrauchte, die in den deutschen Sprachschatz der Witzbolde und der Konfektionäre bereits eingegangen sind und von dem er voraussetzen durfte, daß es allen Anwesenden verständlich war, fragte der Journalist interessiert, was es bedeute. »Wie, Sie wissen nicht, was es heißt?« fragte der Major. »Nein«, der Berichterstatter gab vor, es nicht zu wissen. Erst langsam erinnerte er sich, daß er einmal, auf einer Reise durch Ägypten, ein türkisches Wort von ähnlichem Klang gehört habe. Und er sprach von Ägypten so, als hätte dieses Land nicht schon einmal eine bedeutende Rolle in der Geschichte seines Volkes gespielt. Als wäre die Landschaft noch interessanter geworden, verdoppelte der Oberst sein Interesse für die Fensterscheibe.

Sie näherten sich der deutschen Grenze. Der Major war mit seinen Witzen zu Ende. Er blätterte in seinem Büchlein in der Hoffnung, noch eine verborgene Anekdote zu finden. Aber er fand gar nichts mehr.

Der Journalist wurde unruhig, stand auf und zog mit sichtlicher Anstrengung seinen Koffer aus dem Gepäcknetz.

»Steigen Sie aus?« fragte der Oberst, ohne von seinem Buch aufzublicken und in einem Ton, in dem er etwa gesagt hätte: Sind wir Sie endlich los?

»Jawohl, Herr Oberst!« ertönte es stramm und militärisch.

Als der Zug langsamer fuhr und die ersten Anzeichen einer nahenden Station sichtbar wurden, stellte der Journalist seinen Koffer in den Korridor, kehrte ins Kupee zurück, schlug mit einem Knall, den man ihm gar nicht zugetraut hätte, die Absätze zusammen und verabschiedete sich.

Zum Ärger des preußischen Obersten reichte ihm der österreichische Major die Hand und sagte: »Hat mich sehr gefreut!«

Der Oberst begnügte sich damit, »Gleichfalls!« zu sagen. Es klang wie ein Fluch.

Auf dem Bahnsteig stand der Journalist und begrüßte seine Frau. Sie trug einen schwarzen, breiten Reiherhut, der flach wie ein Teller auf ihrem Kopf lag. Ihre großen Ohren brannten rot in der Kälte. In der Hand trug sie einen Schirm mit einem gelben, geflochtenen Griff aus Horn.

Der Zug setzte sich langsam wieder in Bewegung.

XIII

Das ist also der Berichterstatter Süßkind, dachte Friedrich. Er kannte den Namen und die Zeitung, in der die Initialen dieses Mannes so oft und an so sichtbarer Stelle vorkamen. Zwischen dem Stil, der den Berichterstatter vor seinen Kollegen auszeichnete, und der Unterwürfigkeit, mit der er sein Judentum verleugnete, war kein Zusammenhang zu finden. »Dieser Süßkind«, sagte der Oberst, als wollte er Friedrichs Gedanken laut fortsetzen, »täte besser daran, unsichtbar zu bleiben.« Der Zug hatte Verspätung, er kam erst am frühen Vormittag in M. an. M. war eine kleine Stadt, in der es regnete. Die meisten Häuser waren dunkelrote Ziegelbauten. In der Mitte der Stadt lag ein grünes Quadrat, und in der Mitte des Quadrats erhob sich ein steiler, roter Ziegelbau. Es war eine protestantische Kirche.

Gegenüber dem Eingang der Kirche stand eine »Mädchen-und Knabenschule« aus roten Ziegeln. Rechts von der Schule erhob sich ein Finanzamt aus roten Ziegeln. Und links von der Schule lag das Rathaus mit einem spitzen Turm. Es bestand ebenfalls aus roten Ziegeln. In den breiten Schaufenstern der Läden lagen Lederwaren aus Papier, Armbanduhren für Soldaten, Romane von Ganghofer und Pulswärmer für Weihnachten im Feld.

Aus den Räumen der Knaben-und Mädchenschule kam Gesang von hellen Kinderstimmen: »In der Heimat, in der Heimat«. Manchmal rutschte schnell und schlenkernd eine dunkelgrüne Straßenbahn vorbei und verbreitete ein heftiges Klingeln. Und es regnete, dicht, langsam, eintönig von einem tiefen, dunkelgrauen Himmel aus Blei, der seit der Erschaffung der Welt nicht eine Stunde lang blau gewesen war. Es regnete. In einem leeren und großen Kaffeehaus, an dessen breiten Fensterscheiben patriotische und sprachreinigende Aufschriften klebten wie: »Sag nicht adieu, sondern auf Wiedersehn!« »Sprich nicht mit welscher Zunge!« neben Ansichtskarten mit fettgedruckten Versen von Theodor Körner, nahm Friedrich Platz. Eine Kellnerin brachte ihm einen hellen Kaffee, der an den Rändern rosa schimmerte. Er saß am Fenster und sah den Regen rinnen. Vom Rathaus schlug es zwölf, und aus der Munitionsfabrik kamen die Arbeiterinnen und die spärlichen Arbeiter. Es war ein schweigsames Volk. Man hörte nur ihre Schritte auf den nassen Steinen. Nicht einmal die jungen Mädchen sprachen. Sie gingen an der Spitze des unordentlichen Zuges, weil sie flinkere Beine hatten als die anderen. Er hatte lange Zeit. Tomkin war vor fünf Uhr nachmittags nicht zu finden.

Friedrich stieg in die Straßenbahn. Sie war leer. Eine Schaffnerin verkaufte ihm ein Billett. Sie hatte die Ohren frei gelassen und das Haar im Nacken so straff festgezogen, daß man sie für einen Mann halten konnte. An ihrem Busen hing eine Trompete aus Blech wie eine Agraffe. Die arme Frau trug einen Zwicker. Sie ging mit breiten Schritten durch den schlenkernden Wagen wie alte Seebären auf einem Verdeck bei Seesturm. Da niemand im Wagen saß, fragte Friedrich sie, ob sie sich nicht setzen wollte. Sie richtete ihren Zwicker auf ihn und sagte: »Das ist den Schaffnern verboten.« Friedrich fühlte sich durch den männlichen Plural, in den sie sich so streng einbezogen hatte, beleidigt. Und gereizt sagte er ihr: »Sie sind ja kein Schaffner!« »Ich mache Sie aufmerksam«, erwiderte sie, den Zwicker gerade auf ihn gerichtet, »daß Sie sich einer Amtsehrenbeleidigung schuldig machen. Ich werde Sie anzeigen!« In dieser Stadt, dachte Friedrich, hat Bebel gelebt. Die Frau und der Sozialismus. Dieses Land ist die Heimat des proletarischen Gedankens. Hier ist das Proletariat am stärksten organisiert.

Die Schaffnerin ging immer noch auf und ab, als hätte sie Passagiere zu bedienen. Sie wird mich anzeigen! dachte Friedrich. Und obwohl er jetzt Anlaß genug hatte, jede Begegnung mit einer Behörde zu vermeiden, entschloß er sich, im Wagen zu bleiben.

Die Straßenbahn erreichte ihre Endstation. Er blieb sitzen. Die Schaffnerin trat auf ihn zu und sagte: »Steigen Sie aus!« »Ich fahre zurück!« sagte Friedrich. »Dann müssen Sie noch eine Karte lösen!« »Selbstverständlich!«

»Das ist gar nicht selbstverständlich!« sagte die Schaffnerin. »Ich kann Sie auch ohne Billett zurückfahren lassen.« Und immer noch starrte ihn der Zwicker gerade an.

»Seien Sie freundlich zu mir!« bat er. »Ich bin im Dienst!« erwiderte sie.

Er fuhr noch einmal durch die ganze Stadt. Es stieg niemand ein. »Haben Sie immer so wenig Passagiere?« fragte er. »Fahrgäste!« verbesserte sie, ohne die Frage zu beantworten.

Er war endlich zum Schweigen gebracht. Er sah durch die trüben Scheiben, las die Schilder, die Musterungsplakate. Endlich stieg er aus und setzte sich wieder ins Kaffeehaus. Man brachte ihm ein Bier, ohne ihn zu fragen.

Und es regnete.

Er ließ sich Papier geben und schrieb einen Brief an Hilde. Es war einer der merkwürdigsten Liebesbriefe, die je geschrieben worden sind. Wir lassen ihn hier folgen:

»Verehrtes gnädiges Fräulein, ich habe nicht die Wahrheit gesprochen, als ich Ihnen erzählte, daß ich in der nächsten Woche einrücken werde. Ich werde nie einrücken. Ich bin unterwegs nach der Schweiz. Ich hatte keine Gelegenheit, Ihnen zu sagen, wie ich über diesen Krieg denke, ich will es auch gar nicht versuchen. Sie kennen genug aus meinem Leben, um zu wissen, daß ich nicht feige bin. Wenn ich Ihnen sage, daß ich nicht einrücken werde, um für Ihren Franz Joseph, die französische Kriegsindustrie, den Zaren, Kaiser Wilhelm zu kämpfen, so geschieht es nicht, weil ich für mein Leben fürchte, sondern weil ich es bewahren will für einen besseren Krieg. Seinen Ausbruch werde ich in der Schweiz abwarten. Er wird ein Krieg gegen die Gesellschaft sein, gegen die Vaterländer, gegen die Dichter und Maler, die bei Ihnen verkehren, gegen die trauten Familien, gegen die falsche Autorität der Väter und den falschen Gehorsam der Kinder, gegen den Fortschritt und gegen Ihre Emanzipation, gegen die Bourgeoisie kurz und gut. Es gibt auch noch andere, die mit mir in diesen Krieg ziehen werden. Aber nicht viele, die ein privates Schicksal so gut für ihn vorbereitet hat. Ich hätte gewiß die Familie gehaßt, auch wenn ich sie gekannt hätte. Ich hätte gewiß einer vaterländischen Phrase mißtraut, auch wenn man mich in Heimatliebe erzogen hätte. Aber meine Überzeugung ist eine Leidenschaft geworden, weil ich das bin, was Sie nach Ihrem Vokabular einen ›Heimatlosen‹ nennen. Ich werde für eine Welt in den Krieg gehn, in dem ich zu Hause sein kann.

Ich schreibe Ihnen mein Bekenntnis, weil ich ihm gleich noch ein zweites hinzufügen werde. Ich liebe Sie nämlich. Oder, weil ich den Begriffen mißtraue, die uns das bürgerliche Wörterbuch zur Verfügung stellt, und den Worten, die Ihre Gesellschaft so oft mißbraucht hat: Ich glaube, Sie zu lieben. Als ich Sie zum erstenmal im Wagen sah, waren Sie gewissermaßen noch ein Bestandteil des Ziels, das ich noch nicht genau kannte, aber mir trotzdem gesetzt hatte. Sie gehörten zu den Zielen, denen ich zustrebte. Ich wollte die Macht innerhalb der Gesellschaft erobern, der Sie angehören. Früher, als ich damals gedacht hätte, hat sich mir die Ohnmacht dieser Gesellschaft enthüllt. Selbst wenn ich nicht die Überzeugung hätte, daß man eine schlechte Welt vernichten muß, selbst wenn ich nur Egoist wäre sozusagen, könnte ich mich nicht mehr um eine Macht bemühen, die eine Fiktion wäre. Obwohl ich also heute ein anderes Ziel habe als jenes, dessen Teil Sie mir einmal zu sein schienen, habe ich doch nie aufgehört, an Sie zu denken. Ich möchte Sie vergessen und hatte auch Gelegenheit genug dazu. Daß ich es aber nicht kann, scheint mir ein Beweis dafür zu sein, daß ich Sie liebe.

Ich müßte also eigentlich trachten, Sie zu gewinnen. Aber dann müßte sich vorher einer von uns zum andern bekehren. Und das ist unmöglich. Ich will daher, wie man sagt, auf Sie verzichten. Ich gestehe, daß ich es Ihnen in der sehr vagen Hoffnung mitteile, Sie könnten mir einmal Gelegenheit geben, nicht den Verzicht überflüssig zu finden, aber wenigstens ihn zu bereuen. Und in dieser so unbestimmten und dennoch so tröstlichen Hoffnung küsse ich Ihre Hände, nach denen ich mich sehne.

Leben Sie wohl!

Ihr Friedrich«

Um fünf Uhr ging er zu Tomkin.

Es war einer von jenen Revolutionären, die R. die »herben Asketen« nannte. Ein Schneider von Beruf und von einer stumpfen Gläubigkeit. »Ich lebe hier seit fünf Jahren«, erzählte er. »Und Sie fühlen sich hier gut?« sagte Friedrich, und er dachte an den Regen, die Fabrik, die Schaffnerin, das Kaffeehaus. Tomkin verstand die Frage nicht. Er hört sie vielleicht zum erstenmal, dachte Friedrich. – »Ich habe hier Arbeit gefunden!« antwortete Tomkin endlich, als wäre er jetzt erst auf den Sinn der Frage gekommen. Und als gehörte noch die Statistik zur Antwort, fuhr er fort: »Achttausend Arbeiter leben hier. Alle sind rot organisiert, man kann sich auf sie verlassen. Die Gewerkschaften sind ordentlich. Viertausend Frauen sind organisiert, die Schaffnerinnen und städtischen Hilfskräfte mit einbegriffen.«

»Ah, so!« sagte Friedrich.

»Dieser Krieg führt zur Revolution«, sagte der Schneider. »Sie wissen es ja genauso wie ich, nicht wahr, Genosse? Wir haben vom deutschen Proletariat viel zu erwarten«, sagte er weiter. »Obwohl es in den Krieg gegangen ist?« fragte Friedrich. »Eine Sache der Oberbonzen!« sagte der Schneider. »Hier lebt einer, ich bin mit ihm befreundet. Als ich ihm sagte, daß Sie kommen, bat er mich, Sie zu ihm zu führen. Wollen Sie ihn sehn?« »Führen Sie mich zu ihm!« sagte Friedrich.

Es war einer jener Männer, deren patriotische Reden seit dem Kriegsausbruch in den bürgerlichen Zeitungen Frankreichs und Englands als Beweise für den Untergang der proletarischen Solidarität und den Triumph des Nationalgefühls angeführt wurden.

Er wohnte in drei Zimmern, deren Möbel langsam zusammengekauft worden waren, Stück für Stück, eines neuer als das andere. Zwei Söhne des Hauses waren eingerückt. Ihre Photographie, auf der sie Arm in Arm dastanden in Uniform, lehnte in einem Rahmen mit blaßblauen Vergißmeinnichtornamenten auf dem Schreibtisch des Vaters. Zu beiden Seiten des großen Spiegels, der zwischen zwei Fenstern hing wie ein drittes, das gleichsam nicht das Licht der Straße, sondern das des Zimmers aufzuhellen hatte, hing je ein Bild, darstellend die Ernte mit rotem Sonnenuntergang, hier ein Bauer mit der fliegenden Sense über dichten goldenen Ähren, dort zwei Frauen, Garben bindend und gebückt. Auf einem kleinen, zerbrechlichen Tischchen sogenannte Nippesgegenstände, ein Schornsteinfeger aus blauem Porzellan und ein Glücksschwein aus rotem Ton, eine Puppenküche mit winzigen Pfannen und ein Hirt, der Flöte spielte, die Photographie eines bärtigen Mannes in einem breiten, roten Pelucherahmen mit den gleichen blaßblauen Ornamenten aus Vergißmeinnicht, die auch den Rahmen der Soldatenphotographie zierten. Ein enormes Tintenfaß ruhte auf dem Schreibtisch. Es war aus Metall, ein bronzener Ritter in voller Rüstung hielt seinen Schild waagerecht wie ein Brett, so daß man Stahlfedern auf ihn legen konnte. Zwei Fäßchen zu beiden Seiten, mit kleinen Kirchenkuppeln an eisernen Deckeln, enthielten Tinte, das eine rote, das andere blaue. Ein Papiermesser aus Bronze lag daneben. Es hatte die Form eines Säbels. Die Stühle waren hart, wenn auch gepolstert.

Er war ein braver Mann, der sich durch Fleiß, Gesinnung und einen verdienstvollen Mangel an originellen Einfällen heraufgearbeitet hatte. Seit seinem einundzwanzigsten Lebensjahr führte er mit einer und derselben Frau eine glückliche Ehe, zum Teil nach den Anweisungen eines populären Naturheildoktors. Es war ein braver Mann mit einer leichten Neigung zu einem Bauch und mit einfachen Zügen, die ein Kind hätte nachzeichnen können. Er traktierte seine Gäste mit Zigarren aus einer Kiste, auf deren Deckel der deutsche und österreichische Kaiser aus einem kleinen, goldgerahmten Oval rotwangig und heiter in die Welt sahen.

»Sie werden in Zürich sehn, Genosse«, sagte er zu Friedrich, »wie man uns in der Welt behandelt. Über unsern Einmarsch nach Belgien können sich die Leute nicht beruhigen. Ich war seit der ersten Stunde dagegen. Aber der Krieg hat uns schnell gelehrt, den Boden der Tatsachen von der Theorie zu unterscheiden. Etwas anderes ist es im Frieden. Innerhalb einer blühenden Wirtschaft kann man Forderungen stellen. Wenn die ganze Wirtschaft aber gefährdet ist, muß man sie zu erhalten trachten, ob man Arbeitgeber ist oder Arbeitnehmer. Ich weiß, daß Sie und Ihre Genossen unsere Ansicht nicht teilen. Aber Sie haben es leichter. Sie dürfen uns, die proletarischen, aber gleichberechtigten Bürger einer westlichen, einer zivilisierten, einer konstitutionellen Monarchie nicht mit dem unterdrückten, mit der Nagaika behandelten russischen Proletarier vergleichen. Es ist klar, daß der russische Proletarier kein Patriot ist, ebenso wie daß der deutsche einer ist. Nach dem Krieg wird unser Kaiser sich mit einer rein dekorativen Aufgabe begnügen müssen wie zum Beispiel der König von England. Ein Sieg des Zaren führt nur zur größeren Unterdrückung des russischen Proletariats. Ein deutscher Sieg zur Befreiung des deutschen. Wir gehn dann mit Riesenschritten der Republik entgegen.«

Friedrich verabschiedete sich vor Mitternacht, als er die Frau des Parteiführers aus dem Schlafzimmer rufen hörte. Es regnete immer noch. Die Stadt war finster. Nicht aus einem einzigen der vielen Fenster kam ein Schimmer. Die Leute schliefen, mitten im Krieg. Gab es keine Witwe, die ihren Mann beweint? Konnten die Mütter schlafen, deren Söhne gefallen waren? Er erinnerte sich an die Nacht, in der er durch die Straßen Wiens gegangen war. Auch damals schliefen sie alle, mit wenigen Ausnahmen. Die damals gewacht hatten, waren heute im Feld, in Konzentrationslagern, in Gefängnissen oder bestenfalls in der Schweiz. Die andern schliefen. Sie schliefen, als noch Frieden war und der Krieg sich vorbereitete, sie schliefen heute. Heute wie damals bin ich der einzige Mensch ohne Schlaf in der Welt. Jeder hat seine Gruft, sein Grab, seinen Stein mit seiner Inschrift, seinen Taufschein, sein Dokument, seinen Militärpaß, sein Vaterland. Das gibt ihnen Ruhe. Sie können schlafen. Die Ziffern in den Kanzleien regieren ihr Schicksal. Es gibt keine Kanzlei in der Welt, die meine Ziffer hätte. Ich habe keine Nummer. Ich habe keine Nummer.

In dieser Stadt und in dieser Nacht war er der einzige wache Mensch. Er öffnete das Fenster und sah in die finstere Straße hinaus. Aus dem zweiten Stock, in dem sein Fenster lag, sah er dessen schwachen, rechteckigen Schimmer auf der gegenüberliegenden Mauer, und das gab ihm eine gewisse Zufriedenheit, als wäre der Schimmer sein Verdienst. Es regnete immer noch.

Es regnete auch die nächsten zwei Tage, in denen er auf seinen Paß warten mußte. »Die deutschen Behörden«, sagte der Schneider tröstend, »machen Umstände auch dort, wo sie selbst illegal werden.«

Wie schnell geht es bei Kapturak! dachte Friedrich.

Dennoch freute er sich, als er den Paß hatte und der Schneider ihm das Reisegeld lieh. Zum erstenmal, sagte er sich, habe ich ein echtes Dokument. Die Behörden selbst sind meine Komplizen geworden. Das sind die Wunder des Kriegs. Es geht doch vorwärts.

Am nächsten Tag fuhr er nach Zürich.

Er saß in der dritten Klasse und hörte die Gespräche der Soldaten. Sie sprachen von ganz gewöhnlichen Dingen: von Speck, von Fleischspeisen, von einem Stabsarzt, einem Lazarett, Zigarettenmarken. Sie haben es sich schon häuslich im Krieg gemacht. Sie leben schon bequem. Der gewaltsame und verfrühte Tod, der sie jetzt belauert, ist ihnen schon so vertraut geworden, wie ihnen der natürliche Tod in friedlichen Zeiten vertraut war, bekannt und entrückt. Der Krieg ist aus einer widernatürlichen Erscheinung eine natürliche geworden.

Auf der letzten Station vor der Grenze steckte er den Brief an Hilde in den Postkasten. Wenn er sie erreicht – bin ich schon drüben.

Er telegraphierte Berzejew seine Ankunft.

XIV

Von diesem Augenblick dachte er nur noch an Berzejew. Bald sollte er ihn sehn. Er erinnerte sich an die Entstehung dieser Freundschaft. Noch näher als gemeinsam erlittene Nöte und die gemeinsam bestandenen Gefahren auf der Flucht lagen der Erinnerung Friedrichs Worte und Bewegungen Berzejews, die mit keinem besonderen Anlaß verknüpft waren. Er erinnerte sich, wie Berzejew schlief und wie er aß, wie er sein linkes Knie zwischen die Hände nahm, wenn er sich hinsetzte und nachdenklich wurde, und wie er sich am Morgen wusch, mit einer schnellen Sorgfalt und mit einer sichtbaren Freude an Kälte und Wasser, die wie ein jeden Morgen erneuertes Bündnis des Menschen mit den Elementen war.

Es war schon Schweizer Boden, über den er jetzt fuhr. Keine kriegerischen Plakate an den Wänden der Bahnhöfe und keine Züge mit Uniformierten mehr. Es war, als käme er unmittelbar aus einer Schlacht, nicht nur aus einem Land, das Krieg führte. Jene friedliche Welt, nach der er sich in Sibirien gesehnt hatte, begann erst hier. Ihm war, als hätte der Frieden ein merkwürdiges und unbekanntes Gesicht und als wäre der Krieg ein selbstverständlicher und natürlicher Zustand gewesen. Während der ganzen Fahrt durch Rußland, Österreich und Deutschland hatte er sich an den Gedanken gewöhnt, daß der sichere Tod in Europa herrsche. Auf einmal, an einer Grenze, begann das gewöhnliche Leben. Es war, wie wenn er an die Grenze eines Regens gekommen wäre und gerade noch hätte sehen dürfen, wie plötzlich die Scheidung zwischen blauem und bewölktem Himmel, nasser und trockener Erde wäre. Auf einmal sah er junge Männer in Zivil, die längst eine Uniform hätten tragen müssen. Auf einmal sah er Männer von Frauen einen ruhigen Abschied nehmen, und er hörte, wie sie einander »Auf Wiedersehn!« sagten. Offenbar waren alle ihres Lebens sicher. An den Zeitungsständen hingen die Blätter aller Länder nebeneinander, als enthielten sie nicht blutige Nachrichten. Das ist also das Wesen der Neutralität, sagte er sich. Schon vom Zug aus fühle ich, wie der Krieg nebensächlich wird. Das Bewußtsein, daß soviel Blut fließt, begleitet nicht mehr jeden Gedanken. Ich fange an, die Gleichgültigkeit Gottes zu verstehen. Die Neutralität ist eine Art Gottähnlichkeit.

Er wird an der Bahn sein, sagte er. Und gleich darauf: Er wird nicht zur Bahn kommen, er wird mich zu Hause erwarten. Es hat keinen Sinn, jemanden an der Bahn zu erwarten. Ich bin übrigens immer noch allein angekommen. Kein Mensch hat mich je erwartet oder begleitet. Immerhin, wenn er an der Bahn ist, werde ich mich freuen.

Aber Berzejew wartete wirklich, ruhig wie immer. »Du hast also mein Telegramm bekommen?« fragte Friedrich. »Nein«, sagte Berzejew, »ich gehe seit einer Woche zu jedem Zug, der aus Deutschland kommt.« »Wen erwartest du denn?« »Dich!« sagte Berzejew.

Sie sahen einander zum erstenmal in europäischem Zivil. Zum erstenmal bemerkte jeder von ihnen am Anzug des andern ein paar kleine Kennzeichen, die wie die letzten unwiderleglichsten Beweise für die Gemeinsamkeit ihrer Gesinnung waren. »So trägst du also deinen Hut!« sagte Friedrich. »Gefällt dir nicht?« fragte Berzejew. »Im Gegenteil, ich kann es mir nicht anders vorstellen.« Und sie sprachen wie zwei junge Männer von Welt über Krawatten, Hüte, zweireihige und einreihige Röcke, als wäre kein Krieg und als säßen sie nicht hier, um die Revolution zu erwarten.

»Wenn Savelli uns hören könnte!« sagte Berzejew, »wie würde er uns verachten. Er geht auch hier noch hartnäckig ohne Kragen herum, aus Opposition gegen uns, gegen R. und mich und überhaupt gegen alle ›Intellektuellen‹. Es ist keine gewöhnliche Koketterie bei ihm, es ist geradezu ein Haß.«

Es ging übrigens allen schlecht. Sie hatten nichts, wovon zu leben. Mit Mühe brachten sie jede Woche Geld für das Flat zusammen. Savelli aß nur einmal im Tag, R. brauchte dringend ein paar Hosen. Er schrieb für eine Revue, weswegen ihn Savelli verachtete. »Und du?« fragte Friedrich. »Ich habe Geld!« sagte Berzejew. »Ich arbeite. Ich bin Theaterarbeiter geworden. Ein Schauspieler, mit dem ich mich befreundet habe, hat mich untergebracht. Es war nicht leicht. Die Schweizer Theaterangestellten sind nicht freundlich gewesen. Schließlich haben sie mich

sympathisch gefunden. Ich habe sogar Geld gespart. Wir könnten zusammen einen Monat leben, ohne einen Finger zu rühren. Du wohnst bei mir. Kein Zimmer zu kriegen. Deserteure
und Pazifisten haben die ganze Schweiz besetzt.«

Und sie nahmen ihr altes Leben wieder auf.

XV

In Zürich begann Friedrich, ein genaues Tagebuch zu führen. Ich gebe im folgenden jene Stellen daraus wieder, die mir wichtig erscheinen.

Aus Friedrichs Tagebuch.

»Heute sah ich R. wieder. Er war wie immer. Er sprach mit mir, als ob wir uns erst gestern verabschiedet hätten. Ich erinnerte mich genau an unser letztes Gespräch vor meiner Abreise nach Rußland. Er aber hatte es natürlich vergessen. Ihm verdanke ich den Entschluß, dieses Tagebuch zu schreiben. ›Was?‹ sagte er. ›Sie notieren gar nichts? Falsch! Erstens ist es eine individualistische Manifestation. Der Bleistift in der Hand und vor mir das weiße Blatt Papier. Aus einem Stückchen Papier, geschweige denn aus einem großen Bogen, strömt eine Stille aus und eine Einsamkeit. In der Wüste kann es nicht ruhiger sein. Setzen Sie sich mit einem leeren Heft mitten in ein lärmendes Kaffeehaus – Sie sind sofort allein. Zweitens ist es praktisch, weil man verschiedene Dinge nicht vergessen darf. Drittens bewahrt uns ein Tagebuch vor einer allzu heftigen Aktivität, zu der uns sozusagen unser Beruf verpflichtet. Es verhilft uns zur Distanz gegenüber den Ereignissen. Viertens schreibe ich, weil Savelli es als eine bourgeoise Sentimentalität verachten würde, wenn er es wüßte.‹

Auch ich habe eine natürliche Neigung zu Dingen, die Savelli bürgerliche Sentimentalitäten nennt. Ich habe ihn wiedergesehn. Kein Wort über Sibirien. Kein Wort über meine Flucht. Nur: ›Es ist ihnen ja ganz gut ergangen – wie Berzejew sagt.‹ Und es sah einen Augenblick so aus, als müßte ich mich entschuldigen, weil man mich verhaftet hat. Ich bin eigentlich zum erstenmal zur Überzeugung gekommen, daß er mich haßt in den Zeiten, in denen er mich nicht zu sehr verachtet. Er wiederholte mir, was er Berzejew schon gesagt hatte: Es wäre besser gewesen, wenn wir beide in Rußland geblieben wären. Es gäbe dort mehr zu tun. Ich konnte mich nicht enthalten, ihm zu sagen, daß ich ja eigentlich in Rußland nicht zu Hause wäre. ›Um so schlimmer!‹ antwortete er. Es war eine ausdrückliche nationalistische Demonstration. Ich fühlte mich in diesem Augenblick sozusagen als Europäer, wie R. sich nennt. Er meint die großen europäischen Traditionen: den Humanismus, die katholische Kirche, die Aufklärung, die Französische Revolution und den Sozialismus. Ja, er sagte letzthin, Sozialismus sei eine Angelegenheit des Westens und es sei ebenso töricht, in Rußland von Sozialismus zu sprechen wie von einem Christentum der Hottentotten. R. könnte mein älterer Bruder sein. Wir haben wahrscheinlich mehr gemeinsam als nur Eigenschaften. Mir scheint, wir haben ein ähnliches Schicksal. Wir sind beide ungläubig. Wir hassen beide dasselbe. Wir wollen aus denselben Gründen den Umsturz. Wir sind beide grausam. Es ist uns bestimmt, eine Revolution vorzubereiten, wahrscheinlich nicht, die Erfolge einer siegreichen zu erleben. Ich kann ebensowenig wie er glauben, daß sich etwas in der Welt ändert: außer der Nomenklatur. Wir hassen die Gesellschaft, persönlich, privat, weil sie uns nicht gefällt. Wir hassen die fette und die blutige Behaglichkeit, in der sie lebt und stirbt. Wären wir in einem früheren Jahrhundert geboren, wir wären sozusagen Reaktionäre, Priester vielleicht, Ratgeber, Adjutanten, anonyme Sekretäre an einem europäischen Hof. Wir beide hätten in einer Zeit geboren werden müssen, in der man sein Schicksal noch selbst bestimmen konnte, wenn man außergewöhnlich war. Die Mittelmäßigen wären noch unten.

Ich vertrete seit einer Woche den Korrespondenten eines dänischen radikalen Blattes. Ich bin verpflichtet, mich um die Gesellschaft, die Politik, das Theater zu kümmern, und ich glaube, daß ich meine Arbeit gut mache. ›Sie haben‹, meint R., der mir diese Korrespondenz verschafft hat, ›die erste Eigenschaft eines Journalisten: Sie sind neugierig.‹

Die Deserteure, die hier leben, sind von den Pazifisten nicht zu unterscheiden. Keiner von den Glücklichen, die über die Grenze gekommen sind, gesteht, daß er aus privater Liebe zum Leben geflohen ist. Als ob die Liebe zum Leben einer Entschuldigung bedürfte! Es ist eine Eigenschaft des Bürgertums, die einfachen Forderungen der Natur hinter komplizierten Idealen zu verbergen. Die Männer der vergangenen Zeiten konnten ihr Leben in einem dummen Duell verlieren. Aber sie starben für ihre eigene Ehre, und sie leugneten keinen Augenblick, daß ihnen auch das Leben lieb sei. Die Männer von heute, wenigstens die meisten Männer, die sich jetzt in neutralen Ländern befinden, geben vor, daß sie die Opfer ihrer Überzeugung sind.

Am stärksten interessieren mich jene, die mit der Erlaubnis ihres Vaterlandes in die Schweiz gekommen sind. Man kann von ihnen auch am meisten erfahren. Sie kamen hierher, um die Pazifisten ihrer Länder geheim zu bespitzeln und um offiziell Propaganda für ihre Ideale zu machen. In unserer Pension wohnen zwei: ein Deutscher und ein Franzose. Der Deutsche heißt angeblich Dr. Schleicher, der Franzose Bernardin. Der Harmlosigkeit unserer Wirtin haben sie es zu verdanken, daß sie beim Frühstück an meinem Tisch sitzen. Die Wirtin glaubte, die beiden wären durch ihre pazifistische Gesinnung miteinander verbunden und fänden Freude daran, an einem Tisch zu essen, zwei arme Opfer ihrer Vaterländer. Indessen ist jeder der bezahlte Spion seines Staates. Dr. Schleicher ist ein braver, bequemer Mann. Er steht spät auf, geht in Pantoffeln und im Schlafrock ins Klosett und verweilt dort sehr lange. Er trägt eine Brille, die seine Augen freundlich macht, sein breites Gesicht noch breiter und die wie ein zweites, goldgerändertes, gläsernes Lächeln über dem ständigen natürlichen Lächeln seiner Wangen liegt. Sooft ich an seiner Tür vorbeigehe, höre ich seine Maschine klappern. Er ist ein naiver Spitzel, der glaubt, man wäre überzeugt, er schreibe nicht Berichte für seine Vorgesetzten, sondern Liebesbriefe auf der Schreibmaschine. Bernardin ist ein Mann in den Vierzigern. Er hat die solenne, dunkle Eleganz eines Franzosen aus der Provinz, der jeden Tag aussieht, als ginge er zu einem Leichenbegängnis, nur die heitere Miene, mit der er das Essen erwartet, mildert seine Feierlichkeit. Seine Schuhe sind immer blank und oft mit dunkelgrauen Gamaschen tapeziert, seine Hosen sind immer gebügelt, sein Rock sieht aus, als wäre er eben vom Schneider gekommen, sein hoher, steifer Kragen glänzt immer weiß. Einen kleinen, schwarzen Schnurrbart, der das braune Rot seiner Wangen hervorhebt, streicht er immer mit zwei nachdenklichen Fingern. Er trägt kleine Schleifen, die wie eine bewußte Demonstration gegen die schweren, seidenen und gestrickten Binder Dr. Schleichers sind. Die beiden sprechen miteinander kein Wort. Sie grüßen sich lächelnd und stumm, wenn sie sich setzen und wenn sie aufstehn. Sie wissen voneinander. Nur schreibt der Franzose seine Berichte mit der Hand, und es ist still, wenn man an seiner Tür vorbeigeht.

Gestern haben sich der Deutsche und der Franzose zum erstenmal unterhalten. Sie wären beinahe gar nicht zum Essen gekommen. Sie blieben noch lange, nachdem alle fertig waren, zusammen, sie tranken einen Kaffee und rauchten. Ich war neugierig wie gewöhnlich. Den Dr. Schleicher kenne ich aus dem Café, wir haben einen gemeinsamen Bekannten, den Dr. Gold. Dieser Dr. Gold hat sich noch nicht entschieden, für welchen der kriegführenden Staaten er Partei nehmen soll. Er hat lange in Deutschland gelebt und einige Werke von Tolstoi übersetzt. Er hat Freunde in Deutschland und in Frankreich, und aus Angst, es könnte eines der beiden Länder womöglich siegen und er zu spät davon erfahren, bleibt er neutral. Er sitzt bald mit Dr. Schleicher am Tisch und bald mit Bernardin. Mit beiden stellt er sich gut. Dem einen berichtet er vom andern. Aus Angst, sie könnten eines Tages beide auf ihn böse werden, versuchte er schon seit Monaten, sie zusammenzubringen. Nun ist es ihm endlich gestern gelungen. Folgendermaßen erzählte er mir den Hergang: ›Unglücklicherweise fällt es mir gestern ein‹, sagte Dr. Gold, ›dem Dr. Schleicher zu sagen, der Bernardin hätte schon lange gewünscht, ihn kennenzulernen. Und ich erfahre dabei, daß sie zusammen jeden Tag an einem Tisch sitzen. Ich war verzweifelt. Wäre ich nicht so geschickt, wie ich bin, ich hätte mich blamiert. Aber mit dem Gleichmut, der mir angeboren ist, antwortete ich kühl: ›Dann wird er nicht wissen, mit wem er die Ehre hat, am Tisch zu sitzen.‹ Und Dr. Schleicher glaubt's. Nur wäre ihm der Bernardin außerordentlich unsympathisch, nicht allein aus nationalen Gründen. Und nun mache ich den zweiten Fehler: ›Er ist halt ein Gerichtsmensch‹, sag' ich dem Schleicher, ›ein netter Mensch in Zivil. Aber der Krieg steigt diesen Leuten zu Kopf.‹ ›Was? Ein Jurist?‹ fragt Schleicher. ›Aber ich bin ja auch Jurist.‹ In diesem Augenblick tritt Bernardin ein, und Schleicher grüßt ihn zuerst und lächelt dabei. Ich führe sie endlich zusammen. Und, was glauben Sie. Die beiden werden in einer halben Stunde dicke Freunde. Sie sprechen nur noch von Schülern und Lehrern!‹

Soweit Dr. Gold. Er verließ mich bald, er war beschäftigt wie immer. Er erzählt atemlos, fast keuchend und immer auf dem Sprung. Außerdem flüstert er. Und er gibt acht, daß man ringsum sieht, wie er beflissen ist, Geheimnisse zu erzählen. Er wird fortwährend gegrüßt und erwidert fortwährend. Er kennt alle Pazifisten. Er ist regelmäßiger Mitarbeiter am ›Europäischen Frieden‹. Berzejew nennt ihn den ›Freimaurer‹, in seiner kühnen Art, in der er Freimaurer mit Pazifisten verwechselt. Verwunderlich ist sein großes Maß an Dummheit bei einer gleichzeitigen Kenntnis von Literaturen, Sprachen und Ländern, Menschen ohne Bedeutung und sogenannten Persönlichkeiten. Er ist leichtgläubig und nimmt jede Auskunft ernst und hält alles für wichtig, was man ihm sagt. Offenbar muß er leichtgläubig sein, um den andern mit Überzeugung etwas erzählen zu können. Außergewöhnlich und unverständlich ist die Bereitwilligkeit, mit der ihn jeder anhört. Aber das scheint eine Eigenschaft der meisten geselligen Naturen zu sein: Sie nehmen Nachrichten von Menschen entgegen wie aus Zeitungen, und als wären der Klang einer Stimme, der Ausdruck eines Gesichts und der Charakter eines Erzählers nicht noch viel wichtiger als das, was er sagt, und als wäre es noch niemals vorgekommen, daß der Blick des Sprechenden seine Lippen Lügen gestraft hätte.

Dr. Schleicher und Bernardin sieht man jetzt immer zusammen. Sie ahnen offenbar nicht, daß sie nebeneinander eine auffällige Erscheinung selbst in diesem Zürich der Kriegszeit sind. Neben dem feierlichen Schwarz Bernardins, das ihn dem Rayonchef eines großen Warenhauses ähnlich macht, erinnert die blonde Helligkeit Dr. Schleichers an einen sonnigen, sorglosen Ferientag. Der goldene Rahmen der Brille, das schimmernde Glas, der sandgelbe Überzieher, die rötlichen Halbschuhe, die hellbraunen Hosen, die braune Melone und das blasse Gesicht verbreiten einen weithin sichtbaren Glanz, und wenn er einem entgegenkommt, ist er wie ein wanderndes Stück Sonne, während der dunkle Bernardin neben ihm wie eine Art langer und schmaler Strahl der Finsternis erscheint. Sie wurden langsam der Gegenstand witziger Unterhaltungen selbst unter den Pazifisten, zu deren Überwachung sie hierhergekommen sind. Aber die Gemeinsamkeit des Berufs scheinen der Deutsche wie der Franzose stärker zu fühlen als den Unterschied ihrer Nationalität. Ich habe erfahren, daß der Deutsche Französisch unterrichtet und der Franzose Deutsch. Die Regierungen der kriegführenden Staaten scheinen die Kenntnis der Sprache des Feindes für eine hinreichende Befähigung zur Spionage und Diplomatie zu halten. R. erzählt mir, daß es an Spitzeln mangelt wie an Kanonen und Brot und Zucker und daß die Verwendung eines Gerichtsbeamten in der Geheimdiplomatie und im Pressedienst ungefähr der Verwendung einer Landsturmtruppe an der Front entspricht.

Jeden Tag sieht man neue Gesichter. Immer wieder neue Flüchtlinge. Je länger der Krieg dauert, um so stärker wird die Armee der überzeugten und der zufälligen Pazifisten. Die Schweiz könnte zur Verteidigung ihrer Neutralität eine immense Fremdenlegion aufstellen. Aus Rußland günstige Nachrichten. In Moskau Streik, in der Ukraine stehn 26 Fabriken still. Vom Genossen P. eine Nachricht, daß er alle Vorbereitungen getroffen hat, die Front zu durchbrechen, wie er schreibt, und nach Rußland zu gehn. Er bittet um Material. Jemand wird es ihm hinbringen müssen. Ich würde gerne fahren. Es hat kein Mensch Geld für die Reise. Mit der Post kann man's der Zensur wegen nicht schicken. Ich gehe morgen wieder zu L., das Material holen.

Gestern war ich wieder bei L., nun schon zum drittenmal. Es geht ihm sichtlich immer schlechter. Er ist augenblicklich krank, trägt ein dickes, buntes Tuch um den Hals und weigert sich, ins Bett zu gehn, obwohl es seit zwei Wochen im Zimmer nicht geheizt ist. Er wohnt bei einem braven Mann, den die Biederkeit nicht hindert, pünktlich den Mietslohn einzukassieren. T. war bei L. Sie sprachen über einen Artikel, den G. eben eingeschickt hat. ›Er kann von der Metaphysik nicht loskommen‹, klagte L. ›Was will er nur fortwährend mit seinem Gott!‹ Es war nicht die geringste Freude an einer Lästerung etwa, wie ich sie oft bei überzeugten Atheisten fühlen konnte. Chajkin zum Beispiel lebte auf einem ständigen Kriegsfuß mit Gott, bekam, wenn er die Worte Himmel, Priester, Kirche, Gott sagte, den Ausdruck einer höhnenden Angst. Wenn Berzejew spottet, sieht er aus wie ein Knabe, der den Katecheten belogen hat. Er hat ein pfiffiges Gesicht dabei, und er erinnert mich an einen Gassenjungen, der an dem elektrischen Taster einer Torklingel gedrückt hat, um den Portier zu narren. Er vermutet gewissermaßen, weil die Tür geschlossen bleibt, daß überhaupt kein Portier vorhanden ist. Ich habe auch schon T. über die Religion sprechen gehört. Er behandelt Gott wie einen Unternehmer und ein Wesen mit einem irdischen Interesse an der Erhaltung der bestehenden Weltordnung. Aber der Hohn wie der kindische Spott und wie die ernste Gegnerschaft scheinen mir immer noch Bestätigungen für die Existenz Gottes zu sein. L. aber räumt mit einem kleinen Wort die Himmel aus, so daß man ihre große Leere zu hören glaubt. Es ist, wie wenn er eine Glocke ihres Klöppels beraubt hätte und sie schwänge jetzt tonlos und ohne Echo weiter, immer noch Metall und schon der Schatten einer Glocke. L. hat die Gabe, mit einer Hand Hindernisse aus dem Weg zu räumen, Straßen zu öffnen. Die Möglichkeit von Überraschungen anerkennt er nicht gerne. ›Wir müssen mit Hindernissen rechnen‹, sagte er, ›aber nicht mit solchen, die wir nicht voraussehn könnten. Lassen wir uns einmal darauf ein, unberechenbare Zufälle einzukalkulieren, so verfallen wir in die Bequemlichkeit, auch die voraussichtlichen nicht mehr sehn zu wollen. Wir leben auf der Erde. Unser Verstand ist irdisch. Überirdische Gewalten greifen in irdische Angelegenheiten nicht ein. Warum zerbrechen wir uns da den Kopf! Es gibt nur Mögliches auf Erden. Und alles Mögliche kann man berechnen.‹

In dieser freiwilligen Beschränkung liegt das Geheimnis L.s. Ich glaube nicht, daß er Affekte kennt, Haß, Zorn oder Liebe. Er sieht aus wie ein kleiner Beamter. Mit Absicht hat er sich so zur Unscheinbarkeit diszipliniert und darauf vielleicht ebensoviel Mühe verwandt wie andere, um zum Beispiel ein bedeutendes Profil zu bekommen. Er lebt in der Kälte. Er trägt Krankheit und Elend wie uns zum Exempel. Und das einzig Rührende an ihm ist sein Inkognito. Sein Bart ist wie eine beabsichtigte, überflüssige Verlängerung seiner Physiognomie. Der Schädel ist breit und weiß, die Backenknochen sind breit wie der Schädel, und der Bart bildet die schwarze Spitze eines gespenstischen, weißen Herzens, das Augen hat und schauen kann.

Ich war zwei Tage in Wien. Ich fuhr mit unserm Material und mit Aufträgen L.s zu P, der morgen die ›Front durchbricht‹. Ich habe sonst niemanden gesehn. Ich versuchte, Grünhut zu sprechen. Die ›Madame‹, wie er die Hebamme immer nannte, erzählte mir mit einem fast mütterlichen Stolz, daß Grünhut wirklich rehabilitiert wurde. ›Jetzt wird er wenigstens einen schönen Tod haben‹, sagte sie, das Taschentuch, das die Frauen ihrer Gattung auf eine ebenso rätselhafte Weise immer zur Hand haben, wie die Frauen des Bürgertums es immer verlieren, schon vor den Augen und mit einem leisen Glucksen in der Stimme. ›Der gute Doktor!‹ ›Vielleicht kommt er doch noch zurück‹, versuchte ich sie ein wenig gedankenlos zu trösten. Es zeigte sich nun, daß ich vollkommen falsch getröstet hatte. ›Wenn man so weit weg ist wie er‹, sagte die Hebamme, ›kommt man nicht mehr zurück. Das Zimmer hab' ich auf jeden Fall vermietet. Polnische Juden wohnen jetzt da. Flüchtlinge‹, dieses Wort sagte sie mit einer gehässigen, gläsernen Helligkeit, ›schmutzige Leute, sie rücken nicht ein, der Mann ist ganz frei, und die zwei Söhne sind Landsturm ohne Waffe. Ich muß ihnen fortwährend den Mietpreis erhöhen. Glauben Sie nicht? Alles wird teurer, und diese Leute verdienen doch eine Menge Geld!‹ Um ihr nicht mehr zuhören zu müssen, ging ich auf das Todesurteil ein, das sie über Grünhut gefällt hatte. ›Sie können ruhig die Flüchtlinge behalten‹, sagte ich, ›Grünhut wird bestimmt fallen.‹ Sie zeigte wieder das Taschentuch. In Kriegszeiten können Tränen auch ein Ausdruck der Hoffnung sein.

Ich habe Hilde nicht geschrieben. Ich habe fortwährend an sie gedacht und sie nicht einen Augenblick sehen wollen. Wenn ich mir nicht vorgenommen hätte, um jeden Preis aufrichtig zu sein, sobald ich allein vor diesem Papier sitze, hätte mich die Scham gehindert, hier niederzuschreiben, daß ich vor die Auslage des Photographen gegangen bin, wo die ganze Zeit über ein großes Porträt Hildes ausgestellt war. Es ist nicht mehr da. Ein Oberleutnant, in Farben, hängt jetzt in der Vitrine.

Savelli zeigt jetzt einen offenen Haß gegen uns alle. Nur in L.s Zimmer ist er schweigsam und bescheiden. L. zähmt ihn durch die sehr einfache Methode, ihm die Wahrheit ruhig ins Gesicht zu sagen, und so, als läse er sie ihm aus einem Buch vor. Selbst Savelli kann ihm nicht zumuten, daß er irgend etwas aus privaten Gründen gesagt hätte. Er hat nur Überzeugungen. ›Er ist eine phänomenale Erscheinung‹, sagte R. ›Man liebt ihn, obwohl er es kaum versteht, Liebe zu empfangen. Man fürchtet ihn, obwohl er keine Macht hat, Furcht zu verbreiten. Mit ihm scheint die Natur eine ganz neue Art von Heiligen versuchen zu wollen. Heilige ohne Glorienschein, ohne Gnade und ohne den ewigen Lohn. Es wird mir etwas kalt beim Anblick dieser Heiligkeit. Beachten Sie, wie Savelli versucht, es L. nachzumachen, und wie es ihm mißlingt. Er ist einfach ein kalter Hund. Er spielt einen, der die persönlichen Interessen abgetötet hat. Er hat sie aber. Nur ist sein Blut so kalt, daß sogar sein Ehrgeiz aussieht wie eine Gesinnung und sein Haß wie eine Vernunft.‹ So R.

Seitdem ich zwei Tage von Zürich entfernt war, fühle ich hier nicht mehr die Freiheit eines neutralen Landes. Auf dem Rückweg stellte ich mir die ganze Zeit vor, ich würde alles verändert finden, meine Freunde und die vollen Kaffeehäuser und alle Spitzel. Es war mir, als kehrte ich nach zehn Jahren zurück, obwohl die Tage in Wien so schnell vergangen waren. Der Krieg ist alt geworden, er wird schwerfällig und träge und sieht selbst aus wie einer der vielen Krüppel, die er verursacht hat. Ich habe kein Interesse mehr an den Mitreisenden gehabt, weil ich genau zu glauben wisse, was sie denken. Wenn ich heute wieder mit Süßkind in einem Kupee säße, könnte ich ihm seine Ansichten soufflieren und seine Rolle spielen. Aber auch die des preußischen Obersten und die des österreichischen Majors. Ich weiß auch schon genau, was R. sagt, was Savelli und was Berzejew äußert. Wir leben in dieser Stadt wie Gefangene, nicht wie Entronnene. Diese geographisch eng begrenzte Neutralität sieht aus wie ein Gefängnis, da der Krieg geographisch unbegrenzt geworden ist. Manchmal kommt es mir vor, daß wir auf einem kleinen Schiff dahinschwimmen, Gute und Böse, anständige Menschen und Schurken. Und die Fahrt nimmt kein Ende. Manchmal wünschte ich, es möchte etwas Furchtbares geschehn, die Schweiz den Krieg irgend jemandem erklären und uns alle gefangensetzen oder an die Front schicken. Es geschieht so viel hier, und die Luft ist erfüllt von sogenannten Neuigkeiten. Aber es sind immer die gleichen Ereignisse, und ein Sieg sieht dem andern ähnlich, eine Niederlage der andern, der Feind seinem Feind, und die Parteien sind voneinander ebensowenig zu unterscheiden wie Gewehre. Die Ereignisse schlagen an unsere Stadt, Wellen an ein Schiff, immer die gleichen, immer die gleichen. Und ich beschreibe sie in den radikalen Zeitungen. Wenn ich einen gedruckten Satz von mir lese, tönt er wie zartes, ungemein schwaches Echo jenes Gedankens, den ich niederzuschreiben die Absicht hatte. Wann werde ich ihn je ausdrücken können? Ich beginne zu zweifeln, daß der Krieg unsern Zielen dient, er kann einfach nicht aufhören, er ist zu ungeheuer. Er ist den irdischen Gesetzen entwachsen, und er rast weiter, wie einer der Himmelskörper, nach dem geheimnisvollen Gesetz einer Trägheit, die kein Ende nimmt.«

XVI

Wir brechen hier die Zitate aus Friedrichs Tagebuch ab. Seine Eintragungen werden nämlich von nun an immer seltener. Sein Tagebuch enthält nur mehr Nachrichten allgemeiner Natur, die inzwischen einen historischen Wert bekommen haben mögen, aber uns in diesem Zusammenhang nicht interessieren. Wir wissen, daß seine oben zitierte Befürchtung, der Krieg würde nicht aufhören, falsch gewesen ist. Es bleibt uns übrig, mitzuteilen, daß er an einem Tag jenes denkwürdigen Vorfrühlings des Jahres 1917 die Schweiz verließ, in dem die Welt anfing, ihr altes Angesicht wieder einmal zu verändern. Es war in der Zeit, in der die rebellische Duma in kurzen zwei Tagen die Verhaftung des Zaren beschloß. Die intellektuellen Revolutionäre und die Arbeiter demonstrierten am Newskij-Prospekt. Die ersten 83 Toten der russischen Revolution lagen auf den nassen Steinen und rollten in die schmelzenden Schneehaufen, der Zar nimmt zum letztenmal Abschied von seinen weinenden Offizieren. Rodzianko, Goutschkoff, Kerenski und Schipow übernahmen die Macht, Skoropadski stellt sich dem deutschen Kaiser zur Verfügung. Der russische General Lukomski diktiert im Großen Hauptquartier die Abdikationsurkunde, der General Alekrejeff teilt es der ganzen russischen Front mit, daß Rußland aufgehört hatte, ein Zarenreich zu sein, und der historisch gewordene Eisenbahnzug führt die Führer der endgültigen russischen Revolution durch Deutschland nach Petrograd. Der Zar ist in Pskow. Er erhält alle Telegramme, in denen seine Armeeführer ihr Einverständnis mit seiner Abdankung erklären. Und während Rußland anfängt, sich in eine demokratische Republik zu verwandeln, wohnt im Petrograder Hotel Kschesinska schon der Mann, der die Sowjetrepublik vorbereitet. Der Frühling ist launenhaft wie immer, der Schnee schmilzt, zerrinnt und gefriert wieder. Friedrich und Berzejew arbeiten in Moskau. Sie haben Zugang zu einem Waffenarsenal und fahren jede Nacht, nur von dem bestochenen Posten gesehn, eine Anzahl Gewehre und Munition in Stroh verdeckt auf kleinen, flinken Wagen in die Fabriken.

Zum zweitenmal – und wie damals, als er mit Kapturak und den Deserteuren durch den Grenzwald ging, glaubt er, den Schrei eines ganzen Volkes zu hören. Er erinnert sich an die fünf Deserteure. Sie waren im ersten Morgengrauen auf einmal und wie auf ein Kommando stehngeblieben, um Abschied von der Heimat zu nehmen. Wo mochten sie jetzt sein? Krüppel auf dem harten Asphalt amerikanischer Städte, gemordet in den Gefängnissen der Welt, von Seuchen in Konzentrationslagern zu Schatten gedörrt, verfolgt von Polizisten oder längst verfault in Gräbern. Er erinnert sich an graue Polizeistuben, engstirnige Schreiber, harte, steinerne Fäuste von Wachtmeistern und weiche, schleimige Hände von Spitzeln, vierkantige Bajonette, die Pyramide der bürgerlichen Welt, und Staatsanwälte unter Kaiserbildern, die Magier der herrschenden Gesellschaftsklasse. Er hört den rasselnden Klang der Ketten und das schmetternde Blech der Marschkompaniekapellen. Er sieht die Offiziere, die wie die Halbweltlerinnen des Kriegs geschnürt durch die Etappen gingen, und die Maler in phantastischen Uniformen, die Heiligenbilder von Kriegskommandanten malten, die Journalisten, die Wahrsager des modernen Bürgertums, und die Majore mit den jüdischen Witzen, die Hebammen und die patriotisch gewordenen Grünhuts, die Ausspeisung der Bettler und die Gesellschaft der Literaten bei Hilde.

»Wir zerstören diese Welt!« sagte er zu Berzejew. Sie rollen durch die finstern Straßen der Vorstädte, als Bauern verkleidet, die aus ihren Dörfern kommen, um morgen auf den Märkten Grünzeug zu verkaufen. Die sauber verpackten Gewehre liegen lautlos im Stroh. Man sieht die Sterne fern und kalt glänzen wie immer, und man fühlt den Frühling, der anrückt wie immer, und den Wind, der ihn aus Südwesten heranweht wie jedes Jahr. Auf den holprigen Kopfsteinen der Straße schlagen die Hufe der Pferde ein unaufhörliches Feuerwerk aus kurzen Funken, die aus dem Nichts erglühn und ins Nichts verlöschen.

Drittes Buch

Der Zug brauchte mehr als achtzehn Stunden, um die kurze Strecke zwischen Kursk und Woronesch zurückzulegen. Es war ein kalter und klarer Wintertag. Ein paar karge Stunden schien die Sonne so kräftig von einem dunkelblauen, fast südlichen Himmel, daß die Männer an jeder der häufigen Haltestellen aus den kalten und finsteren Waggons hinaussprangen, die Röcke ablegten wie bei einer schweren Arbeit im heißen Sommer, sich mit dem knirschenden Schnee wuschen und von der Luft und der Sonne trocknen ließen. Im Verlauf dieses kleinen Tages hatten sie alle gebräunte Gesichter bekommen wie die Leute im Winter auf den sportlichen Höhen der Schweiz. Aber die Dämmerung kam plötzlich, und ein scharfer, kristallener, gleichmäßiger, singender Wind verschärfte die finstere Kälte der langen Nacht und schien den Frost unaufhörlich zu schleifen, damit er noch schneidender und spitzer werde. Den Fenstern der Waggons fehlten die Scheiben. An ihre Stelle hatte man Bretter angebracht, Zeitungspapiere und Stoffetzen. Hier und dort flackerte verloren ein kleines Kerzenstümpfchen, festgeklebt auf irgendeinem zufälligen, metallenen Vorsprung an einer Wand oder an einer Tür, dessen Zweck niemand mehr hätte erklären können, und der, so armselig er auch aussah, nur dank seiner Zwecklosigkeit an den längst verschwundenen Luxus der Züge und des Reisens erinnerte. Es waren Wagen erster und dritter Klasse, wie es sich gerade traf, zusammengekoppelt worden, aber alle Passagiere froren. Jedesmal stand ein anderer auf, streifte die Stiefel ab, hauchte hinein, rieb mit den Händen die Füße und zog wieder sorgfältig die Stiefel an, als würde er im Laufe dieser Nacht es nie mehr nötig haben, sie auszuziehen. Andere hielten es für besser, sich alle paar Minuten auf die Zehenspitzen zu stellen und hüpfende Bewegungen zu machen. Einer beneidete den andern. Jeder glaubte, der Nachbar hätte es besser, und man hörte im ganzen Zug nur Gespräche über die vermutliche Güte und Wärme dieses Mantels und jener Pelzmütze. Unter den Ärmeln eines Soldaten hatte ein Kamerad graue und rotgestreifte Pulswärmer entdeckt, deren Herkunft sich der Besitzer selbst nicht erklären konnte. Er schwor, daß sie gar nichts nützten. Einer, ein Mann in den Vierzigern mit einem wild gewachsenen, roten Bart, der an einen Henker, einen Waldgeist und einen Schmied zugleich erinnerte, aber noch vor zwei Jahren einen friedlichen Handel mit Nahrungsmitteln betrieben hatte, wollte unbedingt die Pulswärmer sehen. Seit der Revolution, in der er alles verloren hatte, war er von einer Armee zur anderen gewandert, bis er endgültig bei den Roten blieb. Er spielte die Rolle eines vielerfahrenen Mannes und eines Propheten, der alles voraussehen konnte. Manches erriet er. Bei aller Harmlosigkeit des Herzens konnte er kaum eine Stunde leben, ohne einen Streit anzufangen. Es sah aus, als langweilte ihn sein so abwechslungsreiches Leben. Der Besitzer der Pulswärmer war ein schüchterner Bauernjunge aus der Gegend von Tambow, der sie aus Scham nicht hergeben wollte. Er mußte sie sich schließlich von seinem Nachbarn abstreifen lassen, der ein Matrose war, ein Allerweltskerl, ein Taschenspieler, ein Koch und ein Schneider, mit dem Gesicht eines Provinzschauspielers. Der Matrose kannte derlei Gegenstände und erklärte, die Engländer hätten die Pulswärmer erfunden und das ganze menschliche Leben steckte eigentlich in den Pulsen. Daher brauchte man nur sie zu schützen, um sich einen Pelz zu ersparen. Einer nach dem andern zog die wollenen Stückchen an und erklärte, sie heizten wirklich wie Öfen. Der Matrose glaubte zu wissen, das Mädchen, das diese Pulswärmer dem Jungen aus der Tambower Gegend geschenkt hatte, wärme noch besser, und alle fragten, ob es wahr sei.

Die Männer, die sich eben über die Wärme unterhielten, kamen von der sibirischen Front, wo sie die tschechischen Legionäre zurückgeschlagen und wo sie gehofft hatten, längere Zeit zu bleiben und sich von einem Sieg, der in ihren Augen ein entscheidender war, in Wirklichkeit aber nur einen provisorischen Erfolg bedeutete, ein paar Wochen zu erholen. Statt dessen mußten sie in die Ukraine, wo ihnen die Kälte grausamer erschien als in Sibirien, obwohl ihnen ihr Kommandant, der Genosse Berzejew, jeden Tag mit einem Thermometer in der Hand bewies, daß sie mehr als fünfundzwanzig Minusgrade nicht erreichte. Der Rotbärtige sagte, es gäbe nichts, das weniger sicher wäre als Quecksilber. Er selbst hätte einmal Fieber gehabt und vom Doktor ein Thermometer in den Mund gesteckt bekommen. Als er es herauszog, zeigte es nicht mehr als sechsunddreißig Grad, also ebensoviel wie zum Beispiel ein Fisch. Indessen hätte der Doktor gesagt, der Puls wäre zu schnell für so wenig Wärmegrade, und so sei es auch schließlich mit dem Frost. Warum hätte man auch zwei oder gar drei Arten von Wärme-und Kältegraden? Weil sich eben selbst die Männer der Wissenschaft nicht einig wären, ob Celsius oder Reaumur.

In der Tat froren die Truppen mehr, weil sie langsamer vordrangen, wieder zurückweichen mußten und weil sie es im Süden mit besser organisierten und zahlreicheren feindlichen Kräften zu tun hatten. Auch waren sie immer noch erschöpft von der langen Fahrt, nach der sie sofort wieder in den Kampf geraten waren. Der kleine Bewegungskrieg war ihnen so selbstverständlich geworden, wie es einmal der große Weltkrieg gewesen war, und ebenso, wie sie geduldig monatelang vor der Festung Przemysl und in den Karpaten gelegen waren, ebenso natürlich wurden ihnen jetzt die kurzen Eilmärsche, die schleppenden Eisenbahnfahrten, das hastige Ausgraben des Bodens, der Sturmangriff auf ein Dorf und der Kampf um einen Bahnhof, das Handgemenge in der Kirche und das plötzliche Schießen in den Gassen, gedrückt in den Schatten eines Torbogens. Sie wußten, was morgen kommen sollte, sobald sie die Eisenbahn verließen, aber sie dachten nicht an den Kampf, sondern an Thermometer und Pulswärmer, an allgemeine Dinge und Alltäglichkeiten, an die Politik und an die Revolution. Ja, an die Revolution, von der sie so sprachen, als hätten sie selbst nur wenig mit ihr zu tun und als verliefe sie irgendwo außerhalb ihrer Reihen, und als wären sie nicht eben im Begriff, Blut für sie zu vergießen. Nur manchmal, wenn zu ihnen eines der Flugblätter und eine der schnellen Zeitungen kamen, wurden sie sich bewußt, daß eben sie selbst Revolution waren. Es gab in diesem Eisenbahnzug nur einen, der keinen Augenblick vergaß, wozu und in wessen Namen er kämpfte, und der es den Soldaten immer wieder sagte: Es war Friedrich.

Nach drei langen Monaten, die ihm wie Jahre erschienen waren, kam er in Kursk wieder mit Berzejew zusammen. »Sooft ich dich wiedersehe«, sagte Berzejew, »erscheinst du mir anders! Das war schon damals so, als wir uns auf der Flucht immer wieder trennen mußten. Man könnte sagen, du veränderst dein Gesicht noch schneller als deinen Namen.« Seit seiner Rückkehr nach Rußland trug Friedrich jenes Pseudonym, unter dem er Artikel in den Zeitungen veröffentlicht hatte. Er gestand es nicht einmal Berzejew, daß er im stillen seinen neuen Namen liebte wie eine Art von Rang, den man sich selbst verleiht. Er liebte ihn als den Ausdruck seiner neuen Existenz. Er liebte die Kleidung, die er jetzt trug, die Wendungen, die in seinem Gehirn und auf seiner Zunge lagen und die er unermüdlich hersagte und niederschrieb; denn er fand eine Wollust gerade in der Wiederholung. Hundertmal schon hatte er vor den Soldaten dasselbe gesagt. Hundertmal schon hatte er in Flugblättern das gleiche geschrieben. Und jedesmal erfuhr er, daß es bestimmte Worte gab, die sich niemals abnutzten und etwa den Glocken glichen, die immer den alten Klang erzeugten, aber auch immer einen neuen Schauder, weil sie so hoch und unerreichbar über den Köpfen der Menschen hängen. Es gab Laute, die nicht von menschlichen Zungen geformt, sondern mitten unter die Tausende von Worten der irdischen Sprache von unbekannten Winden getragen, verweht worden waren aus überweltlichen Sphären. Es gab das Wort »Freiheit«! Ein Wort, so unermeßlich wie der Himmel, so unerreichbar einer menschlichen Hand wie ein Gestirn. Dennoch geschaffen von der Sehnsucht der Menschen, die immer wieder nach ihm griff, und getränkt dem roten Blut Millionen Toter. Wie viele Male hatte er schon die Phrase »Wir wollen eine neue Welt!« wiederholt. Und immer war die Wendung ebenso neu wie das, was sie ausdrückte. Und immer wieder fiel sie wie ein plötzliches Licht über ein fernes Land. Es gab das Wort »Volk«. Sprach er es vor den Soldaten aus, vor diesen Matrosen und Bauern und Tagelöhnern und Arbeitern, die er für Volk hielt, so war es ihm, als hielte er einem Licht einen Spiegel entgegen, der es verstärkte. Wie hatte er sich damals, als er noch kluge Vorträge vor den jungen Arbeitern hielt, um neue und deutlichere Worte bemüht, und wie wenig gab es eigentlich zu sagen. Wie viele nutzlose Worte zählte die Sprache, solange die wenigen einfachen noch nicht ihr Recht, ihr Maß und ihre Wirklichkeit hatten. Brot war nicht Brot, solange es nicht alle aßen und solange sein Klang von dem des Hungers begleitet wurde wie ein Körper vom Schatten. Man kam mit wenigen Gedanken, ein paar Worten und einer Leidenschaft aus, die keinen Namen hatte. Sie war Haß und Liebe zugleich. Er glaubte, sie in seiner Hand zu halten wie ein Licht, mit dem man leuchtet und mit dem man ein Feuer anzündet. Vertraut war ihm der Mord geworden wie Trinken und Essen. Es gab keine andere Art des Hassens. Vernichten, vernichten! Was die Augen tot sahen, das allein war verschwunden. Erst die Leiche des Feindes war nicht mehr Feind. In verbrannten Kirchen konnte man nicht mehr beten. Es schien, daß alle seine Kräfte sich in dieser einen Leidenschaft versammelt hatten wie Regimenter auf dem Schlachtfeld. In ihr war der Ehrgeiz seiner Jugendtage, der Haß gegen den Onkel seiner Mutter und die Vorgesetzten im Büro, der Neid gegen die Kinder der reichen Häuser, die Sehnsucht nach der Welt, die törichte Erwartung der Frau, die wunderbare Seligkeit, mit der man in ihr versank, die Bitterkeit seiner einsamen Stunden, seine angeborene Tücke, sein geübter Verstand, die Schärfe seines Auges und selbst noch seine Feigheit und seine Neigung zur Furcht. Ja, auch mit Hilfe der Angst gewann er Schlachten. Und mit jener blitzschnellen Klugheit, von der man nur in Sekunden der Lebensgefahr begnadet ist, begriff er die fremden Gesetze der militärischen Strategie. Er übersetzte ins Taktisch-Militärische, was ihm seine angeborene Tücke seit seiner frühesten Jugend diktiert hatte. Er wurde ein Meister in der Kunst, den Feind zu belauschen. In vielen Verkleidungen ging er in die Dörfer und Städte des Gegners. Dem mutwilligen Spiel seiner Phantasie, den romantischen Neigungen seiner Natur, den gefährlichen Ausflügen, die ihm seine private Neugier diktierte, waren keine Grenzen gesetzt. Weder konnte ihn in der Verwirrung dieses Bürgerkrieges ein vorgesetztes Kommando überwachen, noch war der Feind gut genug organisiert, um eine nüchterne Unternehmung nach den nüchternen Regeln des modernen Krieges anzufangen. Man überschätzt die Gefahr, wenn man sie nicht kennt, dachte Friedrich. In Wirklichkeit ist sie ein Zustand, an den man sich gewöhnt wie an ein bürgerliches Leben mit geregelten Mittagsstunden. Man kann geradezu von einem Spießertum der Gefahr sprechen. – Die alte Frage Parthageners: »Haben Sie es nötig gehabt?« hörte er lächelnd in seinen Ohren klingen, und lächelnd antwortete er: »Ja!« Er hatte es nötig gehabt! Man kommt nicht wehrlos, heimatlos und geächtet auf eine feindliche Welt und läßt ihr ihren Lauf. Man hat seinen Verstand nicht, um ihn in den Dienst der Dummheit zu stellen, und die Augen nicht, um Blinde zu führen. »Ich hätte Minister werden können!« sagte er zu Berzejew nicht ohne einen kleinen Stolz. »Trotz allem. – Wir ziehen es vor, die Minister aufzuhängen.«

»Ich hätte dich für klüger gehalten«, antwortete Berzejew, »du warst so gescheit unentschlossen, so angenehm richtungslos, so privat, ohne öffentliche Leidenschaft...«

Friedrich fiel ihm ins Wort: »Es ist nicht meine Welt, in die ich zufällig durch die Geburt gefallen bin. Ich hatte nichts in ihr zu tun. Ich habe jetzt etwas zu tun. Ich lebte immer in dem Gefühl, meine Zeit versäumt zu haben. Ich wußte nicht, daß ich sie noch erleben würde.«

Er führte seinen eigenen Krieg. Er hatte persönlich mit der Welt abzurechnen. Er hatte seine eigene Taktik. Berzejew nannte sie eine »antimilitärische«. »Es ist eine unbürgerliche«, erwiderte Friedrich. »Die des bürgerlichen Generals ist eine wortlose, also eine geistlose. Der bürgerliche Kommandant kämpft mit Hilfe des Befehls, wir kämpfen mit Hilfe der Rede.« Und er versammelte noch einmal – zum drittenmal in dieser Woche – seine Kameraden und sagte noch einmal die alten neuen Worte »Freiheit« und »neue Welt«.

»Eure Offiziere im Großen Krieg haben euch ›Stillgestanden!‹ kommandiert. Wir, eure Genossen Kommandanten, rufen euch das Gegenteil zu: ›Vorwärts!‹ Eure Offiziere haben euch befohlen, das Maul zu halten. Wir fordern euch auf, ›Es lebe die Revolution!‹ zu rufen. Eure Offiziere haben euch befohlen zu gehorchen. Wir bitten euch zu verstehen. Dort hat man euch gesagt: ›Sterbt für den Zaren!‹ Und wir sagen euch: ›Lebt!‹ Aber wenn ihr sterben sollt, dann für euch selbst!« Ein Jubel erhob sich. »Es lebe die Revolution!« schrien die Leute. Und schüchtern flüsterte Berzejew: »Du bist ein Demagoge.«

»Ich glaube an jedes Wort, das ich sage«, erwiderte Friedrich.

Sobald sie in einen eroberten Ort einrückten, ließ er die verhafteten Bürger vorführen. Sie standen in einer Reihe vor ihm, er studierte ihre Gesichter. Ein stiller Wahn beherrschte ihn. Er fand Ähnlichkeiten zwischen den Fremden und den Gesichtern bekannter Bürger. Er haßte die ganze Klasse, wie man eine bestimmte Art von Tieren haßt. Der eine sah aus wie der Schriftsteller, den er bei Hilde getroffen hatte, der andere wie der Dr. Süßkind, der sich überhaupt häufig wiederholte, der dritte wie der preußische Oberst, der vierte wie der sozialdemokratische Parteiführer. Er ließ sie alle wieder gehen. Einmal geriet ihm ein harmloser Bankdirektor in die Hände, dessen Gesicht ihm bekannt vorkam. Er wußte sich nur nicht genau zu erinnern. »Wie heißt du?« fragte er. »Kargan«, flüsterte der Mann. »Bist du ein Bruder Kargans aus Triest?« »Ein Vetter!« »Wenn du ihm schreibst«, sagte Friedrich, »grüße ihn von mir.« Der Mann fürchtete eine Falle. »Ich schreibe ihm nie!« sagte er. »Wie groß ist dein Vermögen?« fragte Friedrich. »Alles verloren!« stammelte der Mann. »Ich hatte ein blühendes Geschäft!« erzählte er weiter. »Fünfzig Angestellte in der Bank! Und eine kleine Fabrik!« »Das Bild eines Herrschers!« sagte Friedrich zu Berzejew, »in feudalen Zeiten war ein Herr über fünfzig Angestellte ein Herr. Der da ist eine Schnecke, der Vetter des Onkels meiner Mutter.« Er sah zu, wie die großen Tränen über das Gesicht des Direktors rannen.

Einmal begegnete er auf der Straße einem Mann, der noch ein paar Überreste einer alten Eleganz behalten hatte. Friedrich blieb stehn. »Laß ihn laufen, komm!« sagte Berzejew. »Ich kann nicht«, meinte Friedrich. »Ich muß mich erinnern, wem er ähnlich sieht.« Der Mann fing an zu rennen. Sie verfolgten ihn, hielten ihn fest. Friedrich sah ihn genau an. »Ich weiß schon!« rief er und ließ den Fremden los. »Er sieht dem Operettenkomponisten L. ähnlich. Erinnerst du dich an die Photographie in den illustrierten Blättern? Er hat so eine Walzercourage im Gesicht.« Und zufrieden begann er zu singen. »Es gibt Dinge, die muß man vergessen, sie sind zu schön, um wirklich zu sein ...«

Er wußte allerdings nicht, daß er allmählich selbst anfing, ein Objekt illustrierter und nichtillustrierter Zeitungen der bürgerlichen Welt zu werden, deren größter Teil noch lange nicht vernichtet war. Er wußte nicht, daß die Berichterstatter von zehn großen Blättern seinen Namen hinaustelegraphierten, sooft sie nichts anderes mitzuteilen wußten, und daß sich die gewaltige Maschinerie der öffentlichen Meinung seiner bemächtigte, jener Mechanismus, der die Sensationen erzeugt, das Rohmaterial der Weltgeschichte. Er las keine Zeitungen. Er wußte nicht, daß er jeden dritten Tag in der Reihe der Männer figurierte, die unter dem Titel »Die blutigen Henker« eine ständige Rubrik in der Presse bildeten, neben der Rubrik über Boxer, Operettenkomponisten, Dauerläufer, Wunderkinder und Aviatiker. Er unterschätzte wie alle einsichtigeren seiner Genossen auch – die geheimnisvolle Technik der defensiven Methode der Gesellschaft, die darin bestand, das Außergewöhnliche durch Übertreibung wie durch Detaillierung gewöhnlich zu machen und durch tausend »wohlinformierte Quellen« bestätigen zu lassen, daß die Rätsel der Zeitgeschichte aus authentischen Vorgängen bestehen. Er wußte nicht, daß diese Welt zu alt geworden war für Räusche und daß die Technik sich der legendären Stoffe bemächtigen konnte, um ewige Wahrheiten in aktuelle zu verwandeln. Er vergaß, daß die Grammophone da waren, um die Donner der Geschichte wiederzugeben, und der Film, um die Blutbäder wie die Pferderennen aufzunehmen.

Er war naiv, denn er war ein Revolutionär.

Dank der außergewöhnlichen Größe der Zeit, in der sich der Krieg abgespielt hatte, waren manche Briefe so lange auf der Post liegengeblieben, daß sie ihre Bestimmungsstation erst nach Jahren erreichten. Der Brief, den Friedrich im Winter des Jahres 1915 an Hilde geschrieben hatte, kam ihr im Frühling des Jahres 1919 in die Hände, zu einer Zeit, in der sie längst nicht mehr Fräulein Hilde von Maerker war, sondern die Frau des Herrn Leopold Derschatta oder von Derschatta, wie er nach der österreichischen Revolution zu heißen nicht mehr das Recht hatte. Man nannte ihn immerhin Herr Generaldirektor, weil man in den mitteleuropäischen Ländern niemanden gerne eines Ranges beraubt und sich durch den Titel, den man aussprechen darf, ebenso geehrt fühlt wie durch einen, den man selbst trägt.

Der Herr von Derschatta war tatsächlich Generaldirektor während der letzten zwei Kriegsjahre gewesen, nachdem er als Oberleutnant in der Reserve mit einem leichten Steckschuß im Ellenbogen, den er dem Feind über die Deckung hinaus überflüssigerweise entgegengehalten hatte, aus dem Feld zurückgekehrt war. Seine Feinde – denn ein Generaldirektor hat immer Feinde – behaupteten, er hätte sich schließlich mit Recht aus der Affäre gezogen. Aber hören wir nicht auf seine Feinde! Ihre Verleumdungen haben keine Bedeutung. Selbst wenn wir annehmen, der Steckschuß wäre kein Zufall gewesen – wie vielen half schon ein Steckschuß? Wen rettete ein Steckschuß vor der Rückkehr ins Feld? Nein, der Herr von Derschatta, der bei Kriegsausbruch wie Hildes Vater Bahnhofkommandant geworden war, obwohl er seinem Alter nach nicht im Hinterland hätte bleiben sollen, und der nur infolge eines Versehens ins Feld ging, eines Versehens, für das ein Major im Kriegsministerium noch später büßen sollte – dieser Herr von Derschatta bedurfte keiner Steckschüsse. Er hatte Protektion. Seine Familie, die aus Mähren stammte, hatte seit Generationen Staatsbeamte geliefert, Ministerialräte, Offiziere, und nur ein einziger Derschatta hatte Begabung gezeigt und war Schauspieler geworden – und der trug einen anderen Namen. Beziehungen zu einer der ältesten Familien des Landes leiteten sich vom Urgroßvater Derschatta her, der ein simpler Verwalter gräflicher Güter gewesen war. Welch ein Glück für den Urenkel! Denn der Nachfahre jener Grafen war heute ein mächtiger Mann im Staate, und wer sein Freund hieß, brauchte den Krieg nicht zu scheuen. Herr von Derschatta war entschlossen, die Front nicht mehr aufzusuchen, als er mit dem endgültig geheilten Arm das Spital verließ. Er begab sich, den Arm des Effektes wegen immer noch in der schwarzen Binde, in jenes Amt, wo sein Freund regierte. Er schritt unaufhaltsam – gewissermaßen sein eigenes Schicksal – durch lange, leere, hallende Gänge und andere, enge Korridore, in denen ganze Haufen von Zivilpack auf Pässe, Bewilligungen und Legitimationen warteten, er salutierte nachlässig, sooft ein Amtsdiener aufsprang, der dank einem beruflichen Ahnungsvermögen sofort erriet, daß hier ein Oberleutnant mit Beziehungen wanderte, und erreichte nach einigen Auskünften die Tür seines Freundes. Er blieb genau zehn Minuten in freundschaftlichem Gespräch: »Exzellenz«, sagte er, »habe mir erlaubt –«

»Weiß schon«, erwiderte die Exzellenz, »habe den Brief vom Herrn Papa erhalten. Was gibt's Neues? Was macht die Fini?«

»Exzellenz sind sehr liebenswürdig«, sagte Herr von Derschatta.

»Wie immer, wie immer!« meinte die Exzellenz, »ein prachtvolles Mädel!«

Und als der Oberleutnant aufstand, ließ der Graf wie von ungefähr die Worte fallen, als dächte er etwas laut, was seinen Gast gar nichts anging:

»Wird morgen schon erledigt.«

Damit meinte der Graf nichts anderes als die Kartoffelzentrale, deren Aufgabe es war, den freien Handel mit Erdäpfeln einzudämmen und Wucherpreise zu verhüten. Die Kartoffelzentrale leitete damals noch ein Fachmann, einer der reichsten Landwirte, der trotz seiner Felddiensttauglichkeit schon dreimal als unentbehrlich bezeichnet worden war und der zu seinem Unglück seit einem halben Jahr nicht mehr seinen Gönner im Ernährungsministerium aufgesucht hatte. Aus den Augen, aus dem Sinn! Als das Militär neuerdings den Gemüsehändler anforderte, wurde er zur Überraschung selbst des Militärs nicht mehr für unentbehrlich gehalten. Unentbehrlich war vielmehr der Herr von Derschatta geworden. Und mit der einleuchtenden Begründung, daß eine Kartoffelzentrale in so ernsten Zeiten dem Kriegsminister ebenso unterstehen muß wie dem Ernährungsminister, wurde der Oberleutnant als Angehöriger der Armee bestimmt, zwischen dem Kriegsminister und den Früchten des Bodens einen dauernden Zusammenhang herzustellen.

Herr von Derschatta hieß also nunmehr Generaldirektor, wobei es nicht ausdrücklich bekanntgemacht wurde, daß dies sein Titel sei. Aber hätte man ihn etwa Herr Oberleutnant nennen sollen, in einer so ernsten Zeit, in der jeder zweite Rechtsanwalt ein Oberleutnant war? Irgend jemand hatte den Titel Generaldirektor aufgebracht. Und von nun an hieß es: »Generaldirektor Derschatta«. Zwar erschien einige Wochen später jener Landwirt wieder, der hier einmal unentbehrlich geherrscht hatte. Aber in welch einem Jammerzustand! Er hatte vier Wochen lang exerzieren müssen. So lange dauerte es, bis seine Familie die entscheidende Protektion gefunden hatte. Schließlich war er wieder zu seinen Erdäpfeln eingerückt, aber nicht mehr als Souverän, sondern als sachverständiger Berater Derschattas, und er mußte sich mit dem Titel Direktor begnügen.

Derschatta, der ein vorsichtiger Mann von Natur war, sah den Landwirt nicht gerne in seiner Nähe. Zwei kriegstaugliche Männer nebeneinander taten nicht gut. Er brauchte übrigens dringend einen Sekretär und fürchtete, gleich drei Männer dem Schützengraben zu entziehen. Er versuchte also, zuerst den Landwirt loszuwerden. Aber der saß jetzt fest. Hierauf verzichtete er auf den Sekretär und entschloß sich, nach einer Sekretärin Ausschau zu halten.

Hilde, die schon längst der Krankenpflege müde geworden war und die sich auch einbildete, eine Tätigkeit beim Roten Kreuz entspräche mehr ihrem gütigen Herzen als ihrem Intellekt, suchte schon seit Monaten nach einer Stellung im öffentlichen Dienst und sozusagen als rechte Hand eines bedeutenden Mannes. Frau G., ihre Freundin, die Herrn Derschatta kannte, machte Hilde auf ihn aufmerksam. Herr von Derschatta schätzte weibliche Anmut. Und da es in jener ernsten Zeit nicht mehr ungewöhnlich war, Töchter aus guten Häusern an Schreibmaschinen zu setzen, die sowohl dem Vaterland als auch der Emanzipation dienten, lernte Hilde schnell stenographieren und wurde Sekretärin.

Sie war nach der Sitte ihrer Zeit stolz darauf, ihr »Brot zu verdienen«. Ihr Vater war müde geworden, zermürbt von den Mahnungen seiner Haushälterin, die er immer noch nicht geheiratet hatte, und von der Opposition seiner Tochter; er war seines Dienstes am Bahnhof schon müde, der Krieg dauerte ihm zu lange, er sehnte sich schon wieder nach seinem stillen Büro, dem friedlichen Kasino, einem mürben Mohnkipfel, sein Magen vertrug das Maismehl so schlecht, und kurz und gut: Er ließ seine Tochter ohne Widerspruch Sekretärin werden.

Er hätte es trotz seiner Müdigkeit nicht getan, wenn er Herrn von Derschatta genauer gekannt hätte – und allerdings auch seine Tochter. Denn Hilde, die von der Lächerlichkeit der alten Moral ebenso überzeugt war, wie von ihrer Selbständigkeit, von der Entdeckung, welche die Mädchen der bürgerlichen Stände während des Krieges gemacht hatten, daß eine Frau über ihren Körper verfügen könne, wie sie wolle, entzückt war, setzte schon der Theorie zuliebe den Forderungen, die Herr Derschatta an eine Sekretärin stellte, keinerlei Widerstand entgegen. Es war eine Zeit, in der die Frauen, während sie mißbraucht wurden, sich der Einbildung hingaben, sie seien verpflichtet, etwas zu tun, wodurch sie sich von ihren Müttern unterschieden. Während die Konservativen die bekannte Lockerung der Bande beklagten, wurde die Jungfernschaft von den Männern als ein seltenes Phänomen bezeichnet und von den Backfischen als eine Last empfunden. Manche Frauen kamen gar nicht zum Genuß, weil sie den Geschlechtsverkehr als eine Verpflichtung ausübten und weil der Stolz, daß sie lieben durften wie die Männer, sie mehr befriedigte als die Liebe. Der Herr von Derschatta hatte es nicht nötig, Liebe zu heucheln. Hildes Ehrgeiz, die Männer nur nach ihren körperlichen Fähigkeiten in der gleichen Weise beurteilen zu können, wie die Männer ihrer Ansicht nach die Frauen beurteilten, schaltete von vornherein alle Bemühungen Derschattas aus. Ohne eine Spur von Leidenschaft oder Lust, einfach aus prinzipiellen Gründen, ließ sich Hilde mit dem Herrn Generaldirektor ein, in den Dienststunden selbstverständlich, weil sie da gleichzeitig das Bewußtsein behalten durfte, die

»rechte Hand« eines wichtigen Funktionärs zu sein. Wenn sie an diesem Abenteuer überhaupt etwas reizte, so war es die Neugier. Aber selbst noch in die Neugier mischte sich eine Art naturwissenschaftlicher Forschungseifer. Und die Liebesstunden verliefen wie die Bürostunden, von denen man sie ja nur gewissermaßen subtrahierte, in einer kühlen Lüsternheit, die sich ähnlich anfühlte wie das braune Leder des Bürodiwans, auf dem sie sich vollzogen. Der gelbe Bleistift und das Stenographieheft lagen indessen auf dem Teppich und warteten, bis sie in Funktion traten, denn der Herr Generaldirektor liebte es nicht, die Zeit zu vergeuden, und er begann zu diktieren, noch während er an der Wasserleitung den Forderungen der Hygiene zu genügen beflissen war. Es war, könnte man sagen, ein Liebesidyll nach Gabelsberger System, und es entsprach vollkommen dem Ernst der Zeit und der Gefahr, in der sich das Vaterland befand.

Es wäre gewiß ohne Folgen geblieben, wenn nicht das Schicksal einen Bürodiener namens Wawrka eingemischt hätte. Wawrka war bis zur Ankunft Derschattas unentbehrlich gewesen, und er hatte sich daran gewöhnt, den Krieg als einen Vorgang zu betrachten, der sein Leben nicht gefährdete. Der Herr Generaldirektor aber, dem daran gelegen war, möglichst wenig gesunde Männer in seiner Nähe zu haben, hob die Unentbehrlichkeit Wawrkas auf. Dieser bat in einer langen Audienz den Herrn Generaldirektor um Nachsicht. Der arme Mann fiel vor dem großen Herrn Derschatta in die Knie. Er berief sich auf seine zahlreiche Familie, auf sechs Kinder – er hatte in der Not zwei hinzuerfunden –, auf seine kranke Frau, die allerdings in Wirklichkeit gesund war. Aber des Herrn Generaldirektors Angst um das eigene Leben machte ihn noch härter, als er von Natur war: Es blieb dabei, Wawrka sollte einrücken.

Der arme Mann beschloß, Rache zu nehmen. Er wußte, wer Hildes Vater war, und mit seinem simplen Gehirn, das die Weltanschauung eines emanzipierten Mädchens nicht verstand, nahm er an, daß die Vorgänge auf dem Sofa, die er belauschte, die Folgen einer Verführung nach gutem altem Muster seien. Bei den Herrschaften, dachte er in seiner Einfalt, gibt es eine Ehre, die man verliert, schützt, durch ein Duell rächt oder durch einen Pistolenschuß. Er sah den Generaldirektor schon tot im Büro, mit einem Schuß in der Schläfe, den alten Herrn von Maerker gebrochen und dennoch stolz und schweigsam daneben und – was das wichtigste war – sich selbst wieder unentbehrlich und gerettet. Und er ging zu Herrn von Maerker und erzählte ihm, was er erspäht und erlauscht hatte. Der Herr von Maerker dachte im Grunde nicht anders als Wawrka. Einen Ministerialrat und Rittmeister zwangen die Gebote der gesellschaftlichen Ehre, den Verführer der Tochter zur Rede zu stellen. Und mit der Selbstverständlichkeit eines Mannes, der von seiner Tochter keine Ahnung hat, aber die Traditionen einer alten Ritterlichkeit im Blut, begab sich Herr von Maerker, eine Reitpeitsche in der Hand, zum Herrn Generaldirektor.

Herr von Derschatta war um jeden Preis entschlossen, nicht zu sterben, weder an der Front noch im Hinterland. Um sein Leben zu retten, spielte er den geständigen Sünder, aber auch den qualvoll Verliebten, und er bat den Herrn von Maerker um die Hand seiner Tochter. Hilde hätte gerne ihre Geschlechtsfreiheit fortgesetzt, sah aber ein, daß sie eine Katastrophe verhüten müsse. Sie brachte den Vorurteilen ein Opfer, heiratete und tröstete sich mit der Aussicht auf eine freie, moderne Ehe, in der beide Teile machen konnten, was sie wollten.

Aber sie hatte sich geirrt. Denn ihr Mann, der früher ihre Ansichten über die Geschlechtsfreiheit der Frau geteilt hatte, betrachtete auf einmal die Ehe als eine heilige Institution und war entschlossen, wie er sagte, die »Ehre seines Hauses« zu wahren. Ja, er wurde sogar eifersüchtig. Er ließ seine Frau überwachen. Er engagierte eine neue Sekretärin und setzte mit ihr seinen gewohnten Dienst fort. Wawrka ging an die Front und dürfte inzwischen gefallen sein. Hilde aber bekam ein Kind. Es war nur eine Vorsichtsmaßregel ihres Mannes gewesen. Sie empfand es als einen Beweis ihrer Demütigung. So hatte er ihr mit Hilfe der Natur bewiesen, daß es des Weibes Schicksal war, unfrei zu sein und ein Gefäß für Nachkommen. Sie haßte das Kind, einen Jungen, der seinem Vater mit tückischer Absicht ähnlich sah. Nun war sie von zwei Derschattas umgeben. Wenn der eine ins Büro ging, schrie der andere in der Wiege. Oft schliefen sie beide in ihrem Bett. Sie hatte niemanden in der Welt. Mit ihrem Vater konnte sie nicht sprechen, er verstand nicht, was sie sagte. Ihre einzige Freundin, Frau G., gab ihr billige Ratschläge. Sie solle ihren Mann betrügen. Das wäre die einzige Rache. Aber Herr von Derschatta war mißtrauisch und vorsichtig und ein Haustyrann nach altem Muster. Und weit und breit gab es keinen Mann, mit dem es sich gelohnt hätte, die Ehe zu brechen. Denn Hilde war kritischer geworden. Das Unglück macht wählerisch.

Es kam der Umsturz. Herr von Derschatta verlor seine Beziehungen, seinen Rang und seinen Adel. Einen Beruf hatte er nie gehabt. Man schränkte sich ein. Man entließ das Kindermädchen und nahm eine billige Köchin. Man gab keine Abende und besuchte keine Gesellschaften. Herr von Derschatta verlor seine Sekretärinnen und konzentrierte seine ganze Männlichkeit auf seine Frau. Er wurde noch eifersüchtiger. Ein zweites Kind kam, ein Sohn, dem Vater ebenso ähnlich wie der erste und von Hilde ebenso gehaßt. Herr von Derschatta stürzte sich in den Handel. Er knüpfte Beziehungen mit Angehörigen der verhaßten, aber klugen Rasse der Börsenjuden an. Im Auftrag eines von ihnen übersiedelte er nach Berlin, um an den Börsen deutscher Städte seinen Auftraggeber zu vertreten. Man hatte kein Vertrauen in seine Kenntnisse. Aber er war nach den Begriffen reicher und häßlicher Menschen eine »vornehme Erscheinung« und in Deutschland »repräsentativ«. Kein Tropfen jüdischen Blutes konnte ihm nachgewiesen werden. Und er war ein Adeliger.

Er lebte von Luftgeschäften, die er kaum begriff. Er verkehrte mit dicken Leuten, die er verachtete und die er gleichzeitig respektierte und fürchtete. Er versuchte, ihnen ihre »Tricks« abzuhorchen. Denn er glaubte, es wären Tricks. Er wußte nicht, daß Generationen Gemarterter und Pogromierter, im Getto eingesperrter und zu Wechselgeschäften gezwungener Ahnen dazu gehörten, um gute Geschäfte zu machen. Er wurde einer jener furchtsamen Antisemiten, die aus Respekt zu hassen beginnen und die sich tausendmal im Tag sagen, sooft ihnen ein Geschäft mißlingt und sooft sie glauben, der andere hätte sie überlistet: Wenn ich noch einmal zur Welt komme, werde ich ein Jude. Ein gutes Teil seiner schlechten Laune kam daher, daß es so schwierig war, noch einmal geboren zu werden. Und weil er mit seinen Geschäftsfreunden und Bekannten nicht von seinem privaten Leiden sprechen konnte, schüttete er sein Herz vor Hilde aus. Sie ließ ihn reden, sie tröstete ihn nicht, sie freute sich eigentlich über sein Pech. Sie war hochmütig und gehässig. Der Generaldirektor, der mit der Fixigkeit eines Schwächlings die Grundsätze der neuen Welt guthieß und die der alten verachtete, was er eine »Umstellung« nannte, gab zu erkennen, daß seine Heirat eine übereilte Sache gewesen war und die Folge einer reaktionären Weltanschauung. Er dachte über seine Ehe wie über seinen Patriotismus und seine Kriegsauszeichnung und seine monarchistische Gesinnung. Von der ganzen alten Welt, die so schnell zusammengebrochen war, hatte er nichts übrigbehalten als diese dumme Ehe, deren Voraussetzung ein dummes Ehrenprinzip gewesen war. Heute? Heute würde sich kein vernünftiger Mensch mit einem alten, trotteligen Ministerialrat über die Ehe seiner Tochter in ein Gespräch einlassen. Pistole, Reitpeitsche, Duell, Zeremonien! Welch ein Theater! Hätte ich Hilde nicht geheiratet, dachte er bitter, ich bekäme jetzt die Tochter eines reichen Juden. Blonde Arier sind stark gefragt. Manchmal geriet er in Zorn. Er hatte keine Uniform und keinen Titel mehr und keine Standesehre. Weit und breit keine Vorschrift, die ihn zwingen konnte, Haltung zu bewahren. Er ließ sich gehen. Eine Tür krachte, ein Stuhl fiel um, seine Faust fiel auf die Tischplatte, die Hängelampe begann, leise zu zittern. Hilde riß die Augen weit auf. Der Schmerz schnürte ihr schon die Kehle zu, die Tränen begannen schon, in den Augenwinkeln zu brennen. Nur nicht weinen, dachte sie, nur nicht vor ihm weinen! Ich werde lieber versuchen, mich zu wundern, mich nur zu wundern. Welch ein Tier. Ein Metzger. Sein Nacken rötete sich zuerst, von rückwärts stieg das Blut in sein Gesicht. Auf seinen breiten Handrücken sträubten sich die Härchen. Sie mußte schnell an jemanden denken können, schon das Denken war ein Trost. Und sie dachte an ihren Vater, der sich hundertmal im Tag überwand, der doppelt höflich war, wenn er in stummen Zorn geriet, der das Haus verließ, wenn er etwas Unangenehmes zu sagen hatte. Der Vater! Aber er war alt und töricht und hatte sie nie verstanden. Selbst wenn er jetzt da wäre, er würde sich höchstens mit ihrem Mann schießen.

Sie erinnerte sich an Friedrich. Sie sah ihn nicht mehr deutlich. Sie erinnerte sich seiner, aber nicht wie eines lebendigen Menschen, sondern eher wie an eine Art »interessanter Erscheinung«.

Ein junger Idealist, ein Revolutionär. Und nicht einmal konsequent. Er war schließlich wie die andern. Er ist eingerückt und wahrscheinlich gefallen, dachte sie.

Sie hörte auch nicht auf, an Friedrich zu denken, als es dem Generaldirektor gelang, nach der überwundenen Inflation wieder zu einer ansehnlichen und repräsentativen Stellung zu gelangen, der Leiter eines Stahlkonzernbüros in Berlin zu werden und den Umständen entsprechend in eine bessere Laune zu geraten.

Eines Tages brachte ihr das Dienstmädchen einen Brief. Der Umschlag war von vielen Stempeln übersät. Anmerkungen von mehreren Postämtern kreuzten sich an den Rändern. Die runden Stempel lagen da wie Orden auf einer Brust. Der Brief erinnerte an einen Krieger, der aus einem heißen Gefecht kommt. Er trug ihre alte Adresse, ihren Mädchennamen, nach dem sie sich so sehnte, und sie betrachtete den Brief mit jener Zärtlichkeit, mit der sie sich manchmal an ihre Mädchenzeit erinnerte. Es war auf jeden Fall ein lieber Brief, er hatte sie aufgesucht, nach langen Mühen und Irrfahrten, es war ein treuer, anhänglicher Brief. Er kommt von einem, der längst tot ist, dachte sie, und dieser Einfall verdoppelte ihre Zärtlichkeit. Sie schnitt ihn sorgfältig auf. Es war der letzte Brief Friedrichs.

Er war ihr sofort nahe, nach dem ersten Wort. Sie erinnerte sich an seinen Gang, seinen Gruß, seine Bewegungen, seine Stimme, seine Schweigsamkeit, seine Hand. Sein Angesicht sah sie nicht mehr deutlich. Sie fühlte an ihrem Arm seine zagen Berührungen, sie roch die Luft des abendlichen Regens, durch den sie zusammen gegangen waren, und sah die Dämmerung in dem kleinen Kaffeehaus. Ein plötzlicher Schmerz hemmte ihre Erinnerungen. Er war tot. Er war in der Wirrnis der Zeit untergegangen. In einem Gefängnis gestorben, verhungert, hingerichtet. Ich müßte Trauer anlegen, dachte sie, Trauer anlegen. Er war der einzige Mensch, dem ich je begegnet bin. Und wie habe ich ihn behandelt!

Aber als ihr Mann das Zimmer betrat, war ihre Trauer verschwunden oder in den Hintergrund verdrängt oder von einem hellen Triumph überzogen. Der Herr Generaldirektor wunderte sich über die gute Laune seiner Frau. Sie ärgerte ihn, er wußte nicht, warum. Welch einen Grund hat sie, so fröhlich zu sein? Ich habe heute schon wieder Ärger gehabt. Ich werde ihr die Laune verderben. Und laut: »Warum bist du so ausgelassen?« Sie sah ihn an und erwiderte nicht. Sie fühlte keinen Schmerz in der Kehle, und sie war sicher, daß sie nicht weinen würde. Der Brief lag in der Schublade und strahlte geheime Kräfte aus. Derschattas Söhne kamen vom täglichen Spaziergang. Sie hatten gesunde, rote, leere Gesichter und stritten sich ewig. Sie schickte die Kinder mit dem Mädchen weg. Sie aß nicht. Zum erstenmal sah sie genau, wie sich ihr Mann am Tisch benahm. Er hatte doch schon als Kind gelernt, wie man Messer und Gabel hielt, und dennoch aß er wie ein Wilder. Sein Blick irrte über die schmalen Kolonnen der entfalteten Zeitung, und sein Löffel hob sich tastend, wie ein Blinder, zum Mund. Obwohl ihn irgendeine Nachricht zu beschäftigen schien, verminderte sie doch nicht seine behagliche Freude am Essen. Welch ein Appetit! dachte Hilde, als wäre Appetit eine degradierende Eigenschaft. Wie merkwürdig sich manche Leute benehmen. Es war ihr, als wäre ihr Mann ein Fremder, den sie im Restaurant getroffen hätte. Er ging sie gar nichts an. Sie war frei.

Auf welche Weise konnte sie etwas über Friedrichs Schicksal erfahren? Wenn sie mutiger wäre, könnte sie in die Welt gehn, nach Rußland fahren, ihn suchen. Sie verwarf diesen romanhaften Einfall. Dennoch schien es ihr, daß man nichts romanhaft empfinden könnte, wenn man liebte. Was war noch merkwürdiger als das, was sie bis jetzt erlebt hatte? Ihre ersten Begegnungen, seine Abfahrt, seine Gefangenschaft in Sibirien, seine Rückkehr, sein Verschwinden und schließlich dieser Brief! Kam er nicht wie vom Himmel zu ihr geleitet? War er vielleicht ein Hilferuf, den sie zu spät vernahm? Es war alles wunderbar, kein Zweifel, und sie durfte sich vor einer unwahrscheinlichen Tat nicht fürchten.

III

Wenn er auf dem Rednerpult stand und vor den jungen Leuten sprach, drückte ihn die Last seiner Erlebnisse, und er fühlte sich alt und hätte sich hundert Jahre gegeben. Manchmal sah er dann zu Hause in den Spiegel und überzeugte sich, daß sein Gesicht nicht älter war als vor zehn Jahren. Die Jugend und die Gesundheit der anderen aber schienen nicht physische Eigenschaften zu sein, sondern Gesinnungen. Sie waren um sechs, acht oder zehn Jahre jünger als er. Sie verstanden wohl, was er ihnen sagte. Und dennoch dachte er bei jedem Satz: Ich vertrete hier ein Lehrbuch der Geschichte, und nicht einmal ein vorschriftsmäßiges. Manchmal verriet ein kleines Wort von ihm den alten Rebellen. Dann fühlte er, wie ein hurtiger Schauder über die Rücken seiner Zuhörer strich. Er machte eine Pause. Es war ihm, als müßte er plötzlich unterbrechen, aus Mangel an Worten. Die Leidenschaft fühlte sich ertappt. Von diesen jungen Männern war keiner so wie er einsam und feindselig durch die Straßen der Städte gegangen. Sie marschierten mit Fahnen und Gesang zu Festen, Vorträgen und Versammlungen. Sie traten wie Eroberer das Erbe einer neuen Welt an, und sie hatten nichts erobert, und sie waren nur Erben. Sie brauchten Haß nicht mehr mit Haß zu erwidern. Kein einziger von ihnen sollte mehr heimatlos und unglücklich sein. Man verjagte die Traurigkeit, eine reaktionäre Einrichtung. Ein neues Geschlecht sollte auferstehn, es war schon da, mit heiteren Muskeln, Sonne in den Augen, furchtlos, weil keine Schrecken da waren, und mutig, weil keine Gefahren drohten. Er war nicht alt geworden, die Welt war nur so neu geworden, als ob er tausend Jahre verlebt hätte. Und er lernte die langsame Gleichgültigkeit des Alters kennen, die sich allmählich über den Körper breitet und schon den Lebendigen zudeckt wie ein Leichentuch. Die Schmerzen kamen wie gedämpfte Geräusche, die Freuden blieben in einer respektvollen Distanz, Genüsse fühlte er als vergangen, noch während er sie kostete, und wie ihre eigenen Spuren, die sie vor Jahren hinterlassen hatten. Sie waren Erinnerungen an Genüsse.

Den anderen, seinen Kameraden und Altersgenossen, ging es vielleicht ebenso, aber sie versanken in der Arbeit. Sie saßen an den Schreibtischen, welche die Möbelstücke des Regierens geworden waren in Vertretung der Throne. Sie schrieben und lasen und vermieden die Straßen. Ihre Fenster führten weit hinaus in die Umgebung der Stadt oder in die Höfe des Kremls. Sie sahen entweder den Nebel der Felder, der sich mit dem Rauch einiger Fabrikschornsteine verband, oder ein Stückchen Rasen, ein paar Wachsoldaten der Roten Armee und die spärlichen und amtlichen Besucher. In geschlossenen Wagen fuhren sie durch die Städte. Gesundheit und Krankheit, Sterblichkeit und Geburtenzahl, Hunger und Sattheit, Verbrechen und Leidenschaften, Obdachlosigkeit und Trunkenheit, Analphabetismus und Schulen, Dummheit und Genialität: alles stand in den Berichten, und selbst was man »die Stimmung der Bevölkerung« nannte, bekam die Physiognomie einer Statistik. Und alle prophezeiten Gutes. Der Optimismus wurde die erste Pflicht. Mit ihren alten, müden Gesichtern, ihren kranken Leibern, ihren kurzsichtigen, vielgeplagten Augen versuchten die Alten, die heitere Sprache und die sportliche Munterkeit der Jungen nachzuahmen, und sie erinnerten an Väter, die von ihren Söhnen zu Ausflügen mitgenommen wurden.

»Die Leute sind nicht wiederzuerkennen«, sagte Friedrich zu Berzejew. »Du erinnerst dich doch an R.? Auch er ist ein Optimist geworden. Er verläßt seine Bücher und geht für eine Stunde zu den Soldaten hinunter. ›Was für prachtvolle Kerle!‹ erzählt er dann. Sie behandeln ihn wie ein rohes Ei und lassen sich von ihm auf die Schultern klopfen. Er, der einmal gesagt hat, daß er die Kanaille fürchtet und daß auch ich sie fürchten müßte, ist selig wie ein Kind. Die Leute aus dem Volk haben einen guten Instinkt, sie wissen, was R. gefällt. Und so tun sie ihm den Gefallen und sagen ihm eine Grobheit. Er ist entzückt. Er sammelt die Äußerungen gespielter Vertraulichkeit wie in vergangenen Zeiten ein Höfling die Huldbeweise der Majestät. Und die Soldaten spielen ihm zuliebe ›Majestät Volk‹. Dann kehrt er glücklich zu seinen Büchern zurück und ist überzeugt, daß er sich keineswegs von der Masse unterscheidet. Er hat ja Beweise. Sie haben mit ihm aufrichtig gesprochen. Er hat mit seinen zarten Fingern auf ihre massigen Schultern geklopft, und sie haben ihm aufrichtig gesagt, daß sie kein Vertrauen zu seiner Regierungskunst haben. Das Volk ist zur Schauspielerei glänzend begabt.«

»Wenn ich mit dem simplen Verstand meiner Kadettenschule«, sagte Berzejew, »überhaupt verstehen kann, was den Bürger eigentlich ausmacht, so glaube ich, daß unsere Genossen Bürger geworden sind. Sie waren es vielleicht immer. Nur die Spannung und die Feindschaft und die Armut, in der sie gelebt haben, hat ihre bürgerlichen Instinkte gehemmt. Jetzt ist die Spannung vorbei. Ich glaube, das Kennzeichen des Bürgers ist Optimismus. Es wird schon gehen. Man wird schon siegen. Der General weiß schon, was er zu tun hat. Der Feind ist erledigt. Meine Frau ist treu wie Gold. Jetzt geht's aufwärts und so weiter. Jetzt haben sie Wohnungen mit Mobiliar und Wasserklosetts, und die Kinder spielen in den Korridoren und machen Fortschritte in den Schulen. Hast du gesehn, wie Savelli sich eingerichtet hat? Oh, nicht kostspielig! Es ist nicht das, was uns die Zeitungen der bürgerlichen Länder vorwerfen. Unsere Genossen verachten leider den Luxus. Aber sie haben einen leidenschaftlichen Hang zur bürgerlichen Bequemlichkeit und zu Nippesgegenständen. Man sagt, daß Savelli sehr grausam geworden ist. Achtzig Prozent der Hinrichtungen gehn auf sein Konto. Vor einer Woche war ich bei ihm. Er hatte Teetassen mit Blümchen gekauft. Er trinkt den Tee nicht mehr in Gläsern. Jemand hat ihm aus Deutschland einen wunderbaren Apparat zur Herstellung eines echten türkischen Kaffees gebracht. Er erklärte mir eine Viertelstunde lang, wie es gemacht wird, und sagte voller Bewunderung: ›Die Deutschen sind doch geniale Kerle!‹ Ein amerikanischer Journalist war bei ihm. Er behandelte den Amerikaner sehr gut, das heißt sehr schlecht, von oben herab. Manchmal sagte er auf eine Frage des Amerikaners: ›Das geht Sie gar nichts an!‹ oder ›Sagen Sie Ihrem Chef, daß wir bürgerliche Journalisten viel freundlicher behandeln, als sie es verdienen.‹ Als der Amerikaner aber fort war, sagte Savelli nach einigen Minuten Nachdenken: ›Ein feines Volk, diese Amerikaner. Die wissen genau, was sie wollen.‹ Warten wir noch zwei Jahre – und Savelli sagt's den Amerikanern ins Gesicht.«

»Wie viele gibt es noch in Rußland«, sagte Friedrich, »die so sprechen wie wir? Die Leute, die mit uns gekämpft haben, sind verschwunden, sind nach Hause gegangen, sind wieder Bürger und Arbeiter und Bürogehilfen. Wie wenige sind mit uns geblieben! Man fängt an, die Armee zu organisieren. Die Leuten grüßen unsereinen schon mit Respekt. In der Tramway hat mir ein Genosse Platz gemacht. Ich werde alt, wir werden alt.«

Eine Woche später sagte R. zu Friedrich:

»Es wird vielleicht gut sein, wenn Sie mit Ihrem Pessimismus nicht in Moskau bleiben. Einer von uns hat angeregt, Sie sollten nach dem Wolgagebiet gehn.«

»Lügen Sie nicht!« rief Friedrich. »Sagen Sie gleich, daß Sie es angeregt haben.«

»Nun ja, ich hab' es angeregt! Ich wollte Ihnen Unannehmlichkeiten ersparen.«

»Kein Mensch hat Sie darum gebeten. Ich werde hierbleiben, solange ich will.«

»Das wird Ihnen nicht gelingen«, sagte R. »Sie werden freiwillig gehn oder unfreiwillig. Savelli wird dafür sorgen. Haben Sie übrigens meinen Artikel gelesen? Ich habe gegen den Pessimismus geschrieben. Ich meine natürlich Sie und Ihre Gesellschaft.«

»Erinnern Sie sich«, sagte Friedrich, »was Sie mir in Wien über Savelli gesagt haben? Er wird uns aufhängen, haben Sie gemeint!«

»Ich habe über einen anderen Savelli gesprochen. Es ist ein Unterschied. Savelli war ohnmächtig. Und heute – er hat nicht einmal mehr seinen alten Namen – ist er nicht mehr ohnmächtig.«

»Und aus Angst sprechen Sie so mit mir?«

»Nicht aus Angst. Aus Vorsicht. Aus Überzeugung auch. Savelli darf nichts von unserer Unterredung wissen. Ich warne Sie, überhaupt jemandem etwas davon zu sagen.«

»Sagen Sie doch die Wahrheit! Sagen Sie, daß Sie es übernommen haben, mich mit Güte aus dem Weg zu schaffen. Sagen Sie, daß Ihr alle Angst habt, ich hätte einen Ehrgeiz. Ich habe keinen mehr. Ich pfeife auf eure Revolution.«

»Um so besser. Dann fahren Sie schnell weg. Aber sagen Sie es niemandem. Ich werde nie zugeben, daß ich mit Ihnen gesprochen habe.«

»Aber ich habe Ihre Unterredung gehört«, rief plötzlich Berzejew. Er hatte die Tür aufgemacht, so daß man den Korridor sehn konnte. »Ich bin seit einer halben Stunde dort gestanden und habe gelauscht.«

Er trat nahe an R. heran und erhob die Hand. R. duckte sich. Berzejews Schlag traf sein Ohr. Er saß im nächsten Augenblick unter dem Tisch und rief: »Beruhigen Sie sich, oder gehn Sie weg!«

Sie gingen weg.

»Ich werde also – wahrscheinlich – nach Deutschland gehn«, sagte Friedrich. »Du fährst selbstverständlich mit mir!«

»Nein!« sagte Berzejew, »wir werden uns trennen. Du darfst mir nicht böse sein. Ich muß dir gestehn, daß ich Rußland nicht verlassen kann. Ich bin glücklich, daß ich hier ungefährdet leben darf. Seit meiner Jugend zum erstenmal ungefährdet und ohne etwas zu verbergen. Es ist mein Vaterland. Ich liebe es. Ich habe Heimweh gehabt, als ich draußen war. Ich kann nicht wieder draußen leben. Und kurz und gut: ich bleibe.« »Wenn ich an deiner Stelle wäre«, sagte Friedrich langsam, »ich müßte den Freund begleiten.« Ich habe kein Vaterland, dachte er still. Er schämte sich, es auszusprechen. Berzejew aber erriet es: »Ich bin nur ein Russe«, sagte er – und es klang wie ein Vorwurf. »Ich habe nichts gelernt. Ich kann nur in der Armee bleiben. Was soll ich draußen? Ich würde dich nur stören...« »Leb wohl!« sagte Friedrich. Er gab ihm die Hand, sie umarmten sich – zögernd, und es war, als hätte jeder von ihnen dem andern noch etwas zu sagen gehabt, was nicht mehr auszusprechen war. Als trennte sie, die sich umarmt hielten, ein unermeßlicher Zwischenraum, als stünden sie an den entgegengesetzten Ufern eines Sees, blickten einander an und wüßten, daß sie gegenseitig ihre Worte nicht vernehmen könnten und daß es keinen Sinn hätte, sie auszusprechen.

Und drei Tage später stand Friedrich wieder allein in einem großen Bahnhof und wartete auf einen Zug nach dem Westen.

Es dämmerte schon. Soldaten, die nach der Grenze kommandiert worden waren, saßen im Waggon. Sie sprachen von der Politik.

»In Deutschland«, sagte einer, »dauert es noch eine Woche, bis die Revolution ausbricht. Dann kommt sie in Frankreich, dann in England und zuallerletzt in Amerika.«

»Dummkopf«, sagte der andere. »Wer hat dir das eingeredet?«

»Ich war bei einem Vortrag, den R. vor den Studenten gehalten hat.«

»Welch ein Unsinn«, sagte der andere. »Erstens hast du den Vortrag nicht verstanden, zweitens hat er vielleicht einen besonderen Sinn gehabt, und drittens ist R. ein Jud, dem ich kein Wort mehr glaube. Ein paar Tage, während ich Dienst bei T. hatte, sprach er immer mit uns.« »Ein Jud oder nicht – das hat bei uns aufgehört, es gibt keine Religionen mehr.«

»Aber die Dummköpfe haben nicht aufgehört, denn du lebst noch«, rief ein dritter, und alle heulten.

»Wer sind die Gescheiten?« fragte Friedrich. – Sie nannten die drei Namen, von denen jetzt Rußland und die Welt widerhallte. Schließlich nannte einer den Namen, den Savelli jetzt führte. Einige stimmten ihm bei.

»Ein großartiger Mann«, sagte er, »er weiß, was zu tun ist. Ich bin ihm einmal in einem Korridor in der X-Abteilung begegnet. Der Korridor ist schmal und dunkel, ich trete zurück, um ihn durchzulassen. Ich grüße ihn, da hebt er den Kopf, erwidert nicht, sieht mich nur an mit seinen Augen aus Nacht und Eis. Es ist mir ganz kalt geworden. Der weiß, was er will. Die meisten gescheiten Juden reden nur Prophezeiungen, und das ist wegen des Radios, weil nämlich die dummen Bauern in den Dörfern alles hören. Und so erfährt man überhaupt nichts Gescheites mehr, es ist alles fürs Radio bestimmt.« »Ja«, rief ein anderer. »Ich glaube manchmal, die Genossen halten uns für dümmer, als wir sind. Sie sagen etwas ganz Einfaches hundertmal. Ich kann's schon auswendig. In der Zeitung schreiben sie auch immer dasselbe.«

Was kümmert mich, was sie sagen? dachte Friedrich. Ich fange ein neues Leben an.

IV

Aber er begann sein neues Leben, als wäre es ein bereits gelebtes. Er kannte es. Er betrat es wie ein Schauspieler die Szene in einem Stück, das er schon an vielen Abenden gespielt hat, mit der vagen Hoffnung auf Zwischenfälle untergeordneter Art, die in der Not das Angesicht einer Sensation annehmen durften. Er hoffte sogar auf kleine Unglücksfälle, eine Verhaftung, eine Ausweisung, eine Gefangenschaft vielleicht.

Jeder andere an seiner Stelle hätte an eine Revolution gedacht. Er wunderte sich, daß der Krieg nicht von neuem anfing. Als er nach M. kam, jener Stadt in Mitteldeutschland, in der er ein paar regnerische Tage während des Krieges verbracht hatte, sah er, daß es immer noch regnete. An den großen Fensterscheiben des Kaffeehauses hingen immer noch Kartons, auf denen versichert wurde, daß in diesem Lokal Franzosen, Engländer, Polen und andere Nationen nicht gerne gesehen wurden. Die Schule war aus roten Ziegelsteinen, und wenn man am Vormittag an ihr vorbeiging, hörte man den Chor heller Kinderstimmen »Ich hatt' einen Kameraden« singen. In der Mitte stand die Kirche aus roten Ziegeln. Das Finanzamt bestand aus roten Ziegeln. Das Rathaus setzte sich aus roten Ziegeln zusammen. Und obwohl alle diese Häuser einen Stich ins Niedliche hatten und wie im Spiel von einer Sorte überdimensionaler Kinder aufgebaut zu sein schienen, verrieten sie doch einen Hang zur Ewigkeit wie die Pyramiden. Es regnete immer noch, seit fünf oder sechs Jahren. Die Straßenbahn gondelte immer noch hin und zurück. Nur die Schaffnerin war zu Heim und Herd zurückgekehrt. Die Frauen trugen immer noch die gleichen Hüte. Wo war der Genosse, der ihm damals den ersten falschen Paß vermittelt hatte? Er lebte. Er hatte sich inzwischen naturalisieren lassen und war Abgeordneter geworden. Und wo war der Parteiführer? Er gehörte zu den Regierenden in Berlin. Und obwohl der kommunistische Schneider heute der wuterfüllte politische Gegner jenes sozialdemokratischen Parteiführers war, schien es Friedrich, weil er die Vorgänge nicht in der Nähe gesehen hatte, daß beide, der Kommunist und der Parteiführer, in einem konsequenten und parallelen Aufstieg begriffen waren, wie Offiziere oder Staatsbeamte etwa, die nach Ablauf gewisser Dienstperioden einen höheren Grad erreichen. Und obwohl sie beide im Kampf gegeneinander ihre Würden erlangt hatten, verlieh ihnen doch jenes ironische Schicksal, das eine Spezialität radikaler Politiker ist, eine erschreckende Ähnlichkeit. Den Juden gleich, die sich immer nach dem Osten wenden, wenn sie beten, richteten sich die Revolutionäre immer nach rechts, wenn sie anfingen, öffentlich zu wirken. Es änderte sich nichts an diesem Gesetz, wenn der Schneider auch so radikal war wie immer. Er erwartete ernstlich jeden Monat die Revolution. Er sollte selbst eine Gefängnisstrafe abbüßen, einer Beleidigung wegen, die er gegen den Parteiführer ausgestoßen hatte, und er verdankte seine vorläufige Freiheit seiner parlamentarischen Immunität. Zwanzig Jahre früher hatte sich der Beleidigte in der gleichen Situation befunden. Aber beide schienen es vergessen zu haben. Wer weiß, dachte Friedrich, zwanzig Jahre später wird mein Genosse beleidigt werden und klagen. Die Revolution blieb immer links, nur ihre Vertreter rückten immer nach rechts. »Vorige Woche«, erzählte der Schneider, »haben mich zwei Polizisten mit Gewalt aus dem Landtag entfernen müssen. Diese Szene hätten Sie sehen sollen! Oh, es geht nicht immer so ruhig bei uns zu, wie man in Moskau manchmal glaubt! Wir stehen knapp vor einem Eisenbahnerstreik. Die Partei arbeitet angespannt. In Hamburg haben wir fünftausend Mitglieder gewonnen. Hier, in M., sind wir stark vertreten. Wir haben fünfundfünfzig Prozent der Fabrikarbeiter sicher. Die Parteigelder fließen bei uns am pünktlichsten ein. Und zwei- bis dreimal in der Woche haben wir unsere Abende.« Welch ein regionaler Patriotismus des Genossen! dachte Friedrich. Auf diese Weise entsteht die Liebe zum Vaterland. Er ist stolz auf den Bezirk, der ihn gewählt hat. Es fehlt noch ein weniges, und er nimmt selbst die reaktionären Parteien seines Wahlkreises in Schutz und hält sie für besser als die Reaktionäre anderer Wahlkreise. Ich habe hier eine der nicht mehr seltenen Gelegenheiten, der Entstehung einer Art Heimatliebe, Wahlkreisliebe ab ovo beizuwohnen. Er hält seine Kommunisten für die revolutionärsten. Und wie er sich verwandelt! Er trägt jetzt eine russische Bluse. Als ich das letztemal hier war, trug er noch ein bescheidenes Hemd ohne Kragen. Und wie die Männer, die eine bürgerliche Karriere machen, ein Doppelkinn und einen Bauch ansetzen, schaffen sich die Männer, die meine Genossen sind, ein revolutionäres Kostüm und eine Aktentasche an. Vor einigen Jahren hatte er noch einen Hut. Jetzt trägt er eine Sportmütze. Damals trug er noch sein Haar gescheitelt, jetzt kämmt er es nach rückwärts. Und er selbst weiß gar nichts davon. Unmerklich wie ein Doppelkinn bildet sich seine revolutionäre Haltung. Dieser Genosse ist zuverlässig. In der offiziellen diplomatischen Stellung, in der er sich jetzt befand, suchte er den früheren Parteiführer auf. Er wohnte jetzt »standesgemäß«. Im Vorzimmer sah es fast so aus wie in dem der Herrschaften von Maerker. Nur das Arbeitszimmer des Parteiführers war das gleiche geblieben. Bescheidenheit ist eine Zier. Das Papiermesser, das die Form eines Kavalleriesäbels hatte, lag immer noch auf dem Schreibtisch. Eine kleine Kuppel wölbte sich über dem Tintenfaß, das an eine Moschee erinnerte. Die Rahmen mit Vergißmeinnicht umgaben immer noch die beiden Söhne in Uniform, obwohl sie glücklicherweise heimgekehrt waren. Und neu war nur das große Ölbild des Parteiführers, das einer der berühmten Porträtisten des Reiches gemalt hatte. Was lag dem Maler daran? Er malte, malte immerzu. Einmal den Kaiser, zweimal den geliebten General, einmal einen Radikalen. Die Kunst hatte nichts mit der Politik zu tun. Die Maler wollten ihre Ruhe in den Ateliers haben. Die Kunst war Weihnachten, ein Fest, an dem alle Herzen schlagen, im gleichen Takt. Wie schön war der Parteiführer auf dem Porträt! Den Blick in die Zukunft des Vaterlandes gerichtet, die rechte Hand auf einer Ecke des Schreibtisches gestützt und die Linke spielerisch an der eisernen Uhrkette, die er gegen die goldene umgetauscht hatte. Kein Zweifel, sie war grau gemalt, sie bestand aus Eisen. Und er sah nicht wie ein Parteiführer aus, sondern wie ein Parteienführer. Der Kaiser hatte keine gekannt, er aber kannte alle. »Wir haben ein leidenschaftliches Interesse an Rußland«, begann er. Und mit der Genugtuung eines Mannes, der im Namen seines Staates spricht, bekam der Politiker Anklänge an Bismarck, dessen Erinnerungen er aus Objektivität gelesen hatte. Ach, er war schon immer unparteiisch gewesen! Das Vaterland hatte nichts mit der Politik zu tun, wie die Malerei. »In Deutschland«, erwiderte Friedrich, »wird die sogenannte Linke vielleicht erst in hundert Jahren dazu gelangen, gegen ihre Gegner unnachsichtig zu werden. Sie können nicht hassen. Sie können sich nicht einmal aufregen. Es ist ihr eifrigstes Bemühen, nicht den Feind zu besiegen; sondern ihn zu begreifen. Schließlich kennen sie ihn so genau, daß sie ihm recht geben müssen und ihn nicht mehr angreifen können.«

Der Parteiführer verlor sich in die weiten Gefilde der Weltgeschichte. Es war klar, daß er von einer Tribüne zu sprechen glaubte und daß er einen einzelnen Zuhörer behandelte wie eine ganze Versammlung. Er liebte es, weil er keinen Augenblick vergaß, daß er selbst ein Repräsentant war, auch den andern unaufhörlich für einen Repräsentanten zu halten, und er vergrößerte die Bedeutung, die er sich selbst beizumessen gewohnt war, indem er auch seinem Partner eine große Bedeutung zuerkannte. In der steten Hoffnung, daß jede seiner Äußerungen geeignet war, ein geflügeltes Wort zu werden, betonte er simple Phrasen und Gemeinplätze, die er noch vor einigen Jahren wie bescheidene Rezitationen vor Friedrich hergesagt hatte, nunmehr wie originelle Einfälle. Er war scheinbar und auf den ersten Blick der alte geblieben. Er schien immer noch den gleichen, rostbraunen, doppelreihigen Rock zu tragen, und seine Hose fiel immer noch in breiten Querfalten auf breite, glatte und solide Stiefel, die ihresgleichen in keinem Schaufenster eines Schusters mehr fanden und infolgedessen so aussahen, als wären sie mit großem Eifer und lange Zeit gesucht worden. Aber gerade die Sorgfalt, die der Mann anwendete, um bescheiden zu sein, erinnerte an jene, die er aufwandte, um in die Mitte der Zeitgeschichte zu geraten. Und wenn er immer wieder sagte: »Hätte man damals auf mich gehört«; oder: »Es kam so, wie ich es natürlich prophezeit habe«; oder: »Der Leichtsinn, den ich immer gegeißelt habe« – so schien er überzeugt zu sein, daß die solide Nachlässigkeit des Anzugs seine Voraussicht rechtfertigte. Und wenn er manchmal »wir« sagte, worunter er seinen Staat verstand, so glaubte er, auch in der Ausdrucksweise bescheiden zu sein und tadellos. Indessen erinnerten seine »Wir«, seine »Unser«, seine »Uns« an die Art, in der die Angestellten eines großen Warenhauses sich mit ihrer Firma identifizieren, obwohl sie an den Einkünften ihres Brotgebers nicht beteiligt sind.

Einige Zeit später konnte Friedrich dem Parteiführer in einer größeren Gesellschaft von Politikern, Journalisten, Diplomaten und Industriellen bei einer jener Veranstaltungen einer Botschaft begegnen, die man in Fachkreisen und in Zeitungsberichten ein »gemütliches Zusammensein« nannte. Alle Herren hatten sich Cutaways angezogen, die Uniform der Gemütlichkeit. Sie aßen belegte Brötchen, über deren Butter ein regelmäßiges Gitter aus Sardinenstreifen gespannt war. Jeder hielt einen Teller oder eine Tasse oder ein leeres Gläschen in der Hand, ohne zu wissen, warum, und alle suchten diskret und vergeblich nach einem Platz, wo sie ihr Geschirr hätten ablegen können. Schlaue Gäste begaben sich in die Nähe der Fensterbretter und entfernten sich, nachdem sie ihren Teller auf eine gefährdete Stelle gelegt hatten, mit harmlosen Mienen und in der leisen Angst, er würde bald herunterfallen und zerbrechen. Sie atmeten erst auf, als sie in der gegenüberliegenden Ecke standen. Die meisten aber blieben an ihre Teller geschmiedet und konnten infolgedessen nicht lebhaft werden. Immer größer wurde die Gemütlichkeit.

Friedrich stieß hier auf einige gute Bekannte, die er in Zürich gesehn hatte. Auch Bernardin und Dr. Schleicher sah er wieder. Sie waren beide Diplomaten geworden und setzten die Verständigung fort. Sie hatten einen Bund fürs Leben geschlossen, waren unzertrennlich und wandelten schweigsam nebeneinander her, weil sie sich nichts mehr zu sagen hatten. Sie hatten sich ausgesprochen. Sie wußten alles voneinander. Jetzt hielt sie die Erinnerung an ihre ausgetauschten Bekenntnisse zusammen. Sie waren Friedenskameraden – ebenso wie zwei Männer, die sich im Schützengraben getroffen haben, Kriegskameraden sind. Auch sie repräsentierten, jeder seinen Staat. Und da beide an den sogenannten friedlichen Beziehungen zwischen Deutschland und Frankreich interessiert waren und eine sogenannte Trübung einem jeden von ihnen als eine Nachlässigkeit hätte vorgeworfen werden können, sorgten sie sich beide um den Frieden wie um die eigene Karriere, und ihr Ehrgeiz galt ihm wie der eines Generals dem Krieg. Und ähnlich wie die beruflichen Ehevermittler um das Liebesglück der von ihnen hergestellten »Partien« besorgt sind, weil ihre Einnahmen davon abhängen, ebenso waren Dr. Schleicher und Bernardin um Frieden zwischen den Staaten besorgt. Sie handelten mit Frieden, wie sie während des Kriegs mit Staatsgeheimnissen gehandelt hatten. Ihre Freundschaft trübte sich nur, wenn der Name des einen in den Zeitungen häufiger genannt war als der des andern oder wenn auf den Photographien in den illustrierten Blättern, wo die Massenaufnahmen von Konferenzteilnehmern veröffentlicht wurden, das Angesicht des einen deutlicher zu erkennen war als das seines Freundes. Auch dieses »gemütliche Zusammensein« wurde von einem Photographen für die Öffentlichkeit aufgenommen, um unter dem Titel »Ein diplomatischer Tee« in den Sonntagsbeilagen zu erscheinen. Bernardin und Dr. Schleicher trennten sich, denn sie hielten es für eine diplomatische Schlauheit, vor den Völkern ihr Bündnis nicht sichtbar werden zu lassen. Während sie sich mit heroischer Bescheidenheit in den Hintergrund stellten, drängten sie ihre Gesichter zwischen die Schultern der Vorderen, um doch noch auf die Platte zu kommen. Und verstohlen und unaufhörlich in der Angst, im entscheidenden Augenblick, in dem das Blitzlicht aufflammen sollte, könnten sie den Gesichtsausdruck verlieren, den sie für einen vorteilhaften hielten, schielten sie jedesmal zueinander und überlegten, wer von ihnen besser und sichtbarer stehe. Die Journalisten, deren Beruf es ist, fortwährend Geheimnisse zu wittern, glaubten, die Blicke der beiden bedeuteten abgekürzte diplomatische Noten. Und jeder Berichterstatter, der diesen Blickwechsel auffing, dachte schon daran, ihn unter der Zauberformel »wie in eingeweihten Kreisen verlautet« noch womöglich ins Morgenblatt zu bringen.

Es gab in dieser Versammlung nur einen Journalisten, der es für unwürdig hielt, sich um Blicke zu kümmern. Es war jener Dr. Süßkind, den Friedrich Vorjahren in der Eisenbahn gesehn hatte. Der Dr. Süßkind erkannte seinen alten Reisegenossen freilich nicht. Aber es hätte ihn, auch wenn er Friedrich erkannt hätte, wahrscheinlich nicht gestört, einem der Presseattachés, die nach dem Kriege so häufig geworden waren und das Zeitalter der Demokratie einzuleiten begannen, sehr hörbar zu erzählen: »Als ich im Krieg in Österreich war, erkannte ich sofort, daß wir den Krieg verlieren werden. Sie erinnern sich vielleicht, was ich nach dem Durchbruch von Gorlice geschrieben habe?« Und da der Presseattaché, der noch nicht heimisch genug in der Diplomatie war, um höflich sein zu können, »Nein!« sagte, machte sich Dr. Süßkind umständlich an die Inhaltsangabe seines Artikels, aus dem ein prophetischer Pessimismus hervorgegangen war. Friedrich erinnerte sich an den Optimismus des Journalisten in der Eisenbahn. »Ich hatte einmal das Vergnügen«, sagte er zu Dr. Süßkind, »Ihnen zu begegnen.« »Ich erinnere mich gar nicht«, sagte der aufrichtige Journalist, dem die Wahrheit über alles ging. »Sie saßen damals in der Eisenbahn mit einem preußischen Obersten und einem österreichischen Major«, fuhr Friedrich hartnäckig fort. »Ganz richtig«, sagte Dr. Süßkind, »aber ich habe Sie damals nicht bemerkt.« Es hatte keinen Sinn, mit ihm zu sprechen. Als hätte er sich vorgenommen, vor allen Dingen und bevor er sich in ein Gespräch einließ, zu erforschen, ob Friedrich auch die Wahrheit sagte, wiederholte er immer wieder: »Ich habe Sie ja gar nicht bemerkt!« »Ja«, sagte Friedrich, um dem Gedächtnis des andern zu helfen, »Ihre Frau hat Sie damals in K. erwartet.« »Ach«, erwiderte Süßkind trostlos, »es war gar nicht meine Frau, es war meine Schwägerin.« Und somit war die Geschichte erledigt.

Es war in der Gesellschaft dieser frischgebackenen Diplomatie keineswegs merkwürdig, der hartnäckigen Sachlichkeit Dr. Süßkinds zu begegnen. Die Erbschaft der beruflichen Diplomaten, die den Krieg herbeigeführt hatten durch Torheit, Ehrgeiz, einer gedankenleeren Freude am geheimnisvollen Spiel, die aber zumindest gesellschaftliche Formen wie natürliche Eigenschaften offenbarten, traten nach dem Krieg intellektuelle Bürgerliche an, Redakteure, Literaten, Lehrer und Richter, Menschen, die mit einer heillosen Liebe zur Aufrichtigkeit die traditionellen Tricks der internationalen Politik nachzuahmen versuchten und denen man auf eine Entfernung von zwei Kilometern ansah, daß sie ein sogenanntes Staatsgeheimnis zu behüten bestrebt waren. Mit diplomatischen Pässen, vor denen sie selbst noch mehr Respekt hatten als die Zollrevisoren, reisten sie über die Grenzen, und der familiären Natur des Kleinbürgertums gemäß, dem sie entstammten, bargen sie in den versiegelten Koffern Spitzen für die Ehefrauen und Liköre für Gäste. Der diplomatische Verkehr zwischen den Repräsentanten der alten und der neuen Staaten bekam das behagliche Aussehn bürgerlicher Familienfeste, und es war kein Zufall, daß das Bier, das Festgetränk der Bravheit, ein Rauschmittel der Politik wurde. Beliebt waren Bierabende. Im Zeichen des Pschorrbräus vollzog sich die Versöhnung der Völker, wie sich dereinst beim Champagner die Vorbereitung des Kriegs vollzogen hatte. Die Menschen waren gemütlich geworden. Die internationale Herrschaft des Bürgertums hatte jetzt erst angefangen. Innerhalb dieser kleinbürgerlichen Diplomatie beherrschten nur die Vertreter des einzigen proletarischen Staates die alten diplomatischen Formen. Eine natürliche Schlauheit, geübt in langen Kämpfen gegen die Behörden, ein geschärfter Sinn für List und Verstellung, eine ursprüngliche Lust, den Freund und den Gegner zu täuschen, gaben den Vertretern der Revolution jene Eigenschaften, die eine alte Tradition, die ererbten Erfahrungen eines aristokratischen Bluts und die Erziehung zur höflichen Unaufrichtigkeit den Diplomaten der verschwindenden alten Welt gegeben hatten. Von allen Menschen, mit denen Friedrich jetzt zu tun hatte – und seine Tätigkeit bestand in der Hauptsache darin, daß er mit ihnen sprechen mußte –, schien ihm nicht ein einziger jener Art von leidenschaftlicher Überlegung fähig, ohne die es nicht möglich ist, ein einfaches Urteil über die Welt zu haben. Alle lagen wie Soldaten in Schützengräben und kannten nur ihren Abschnitt. Es war Krieg. Und wie jeder einen Dienstgrad hatte oder zumindest eine ganz bestimmte Beschäftigung, gab sich jeder damit zufrieden, Uniform und Abzeichen des andern zu registrieren, und wenn man jemanden gefragt hätte, ob der Mensch, mit dem er jeden Tag seit Jahren verhandelte, gut sei oder böse, klug oder dumm, leidenschaftlich oder lau, überzeugt oder gleichgültig, so hätte der Befragte erwidert: »Herr X, nach dem Sie sich erkundigen, raucht nur Zigarren, ist verheiratet, verhandelt mit mir über die Konzession in Tomsk und wird von seinen Vorgesetzten geschätzt.« Und es war wirklich, als ob die sogenannten »menschlichen Eigenschaften« die charakteristischen Kennzeichen einer längst abgelaufenen Periode der menschlichen Geschichte gewesen wären und daß man sie nur noch als Nachrufe für Verstorbene auf den Grabkreuzen finden könnte. Es war, als verschwänden allmählich jene menschlichen Eigenschaften wie bestimmte Waren, nach denen kein Bedarf mehr vorhanden ist, und als sollten sie durch andere ersetzt werden, die jetzt gerade stark gefragt wurden. Es gelang Friedrich niemals, auf seine Frage, wer der und jener sei, eine andere

Antwort zu erhalten als: »X ist aus der Partei ausgetreten. B. ist Redakteur an der demokratischen Zeitung. Y ist Generaldirektor der Z-Werke.« Und also lauteten die Antworten nicht etwa, weil man sich umeinander nicht kümmerte, sondern weil in der Tat ein Redakteur nichts anderes zu sein schien als ein Redakteur und ein Generaldirektor nur ein Generaldirektor. Es gehörte zu den intimsten Eigenheiten, die man von einem Menschen mitzuteilen wußte, daß er diesen und jenen Beruf ausübte und diese und jene politische Gesinnung zur Schau trug. Und Friedrich, der niemals einen Beruf gekannt hatte, dachte: Ich bin der einzige mit menschlichen Eigenschaften. Ich bin tückisch, böse, egoistisch, hartherzig und gescheit. Aber nicht mehr ehrgeizig. Mein Ehrgeiz ist erloschen. Denn sein Ziel war es gewesen, Macht über Menschen auszuüben, nicht über Generaldirektoren, Redakteure und Parteimitglieder oder Parteilose. Es wäre meine Leidenschaft gewesen, die Schlauheit zu durchschauen, das Böse zu züchtigen, das Gerechte zu kräftigen, das Häßliche zu vernichten. Ich hätte Partei genommen. Nun bleibt mir nichts mehr übrig, als zuzusehn. Zwanzig Jahre lang habe ich zugesehn, um zu lernen. Ein einziges Jahr habe ich gekämpft. Den Rest meines Lebens werde ich ein Zuschauer bleiben. »Wozu haben Sie das nötig gehabt?« sagte der alte Parthagener.

Er war immer noch neugierig genug, um auf Erfahrungen auszugehn. Aber es war nicht mehr die ursprüngliche Neugier, die wissen möchte, was vorgeht, sondern gewissermaßen eine Neugier zweiten Grades, die nur eine Bestätigung für all das sucht, was sie mit Recht schon vermutet hat. Einmal, als Friedrich mit einem Bevollmächtigten einer Flugzeuggesellschaft zu verhandeln hatte, sagte er sich: Es wird ein großer, breitknochiger Mann in einem neuen, hellgrauen Anzug sein, das Haar kurzgeschnitten und links gescheitelt, einen Ehering am Finger, sonst keinen Schmuck. Eine Photographie von der Frau Gemahlin auf dem Schreibtisch. Das Telephon klingelt alle fünf Minuten, um mich einzuschüchtern. Die Zigarren und Zigaretten erster Qualität verschlossen in der Schublade, für Gäste liegen sogenannte Rauchmittel auf dem Tisch. Die Sachlichkeit der Büroeinrichtung schließt eine gewisse lederne, kühle Bequemlichkeit aus. Auf den Lehnen hellgelber, weicher Lehnsessel hocken gelbe, leuchtende, mit Sidol geputzte Aschenbecher. Der Mann ist konservativ und gemäßigter Monarchist. Er spielt den ehrlichen Geschäftsmann mit Prinzipien, aber er läßt gerne erkennen, daß er nicht dumm ist.

Als Friedrich eintrat, fand er seine Vorstellungen bestätigt. Die Unterredung langweilte ihn vom ersten Augenblick an. Er hätte einen genauen Bericht von ihr liefern können, ohne sie geführt zu haben. Der Abwechslung wegen und um den Bevollmächtigten zu verblüffen, sagte er plötzlich: »Wollen Sie Ihr Telephon abstellen, während Sie mit mir sprechen!« Der große Mann gehorchte sofort. Er drückte auf einen Knopf mit dem Fuß; sein Schreibtisch war nach den letzten Fortschritten der Technik eingerichtet und hatte Pedale wie ein Klavier. Von unten her, zauberhaft, aus dem Boden kamen alle elektrischen Gewalten, man sah keine Schnüre, weder an der Lampe, noch am Telephon, keine Glocken am Tisch, keine Schlösser an den Schubladen, das Tintenfaß ruhte in einer Versenkung des Tisches, und ohne daß der Bevollmächtigte auch nur die geringste Bewegung gemacht hätte, rief er den Sekretär durch einen einfachen, blitzschnellen Wunsch herbei. Friedrich sah, wie die Wand sich plötzlich auftat und der Sekretär erschien, als hätte er die ganze Zeit in einer Spalte zwischen den Ziegeln gehaust. »Wollen Sie mal die Leitung abstellen!« sagte der Bevollmächtigte, und der Sekretär war im Nu verschwunden, und die Wand war wieder ganz. »So weit sind wir noch nicht in Rußland elektrifiziert!« sagte Friedrich und zeigte auf die geheimnisvolle Wand. »Das will ich glauben!« antwortete der Bevollmächtigte. »Wir sind in Deutschland weit voraus!« Und wie ein Mensch, der aus Stolz über die Schönheiten seines Vaterlandes einen Fremden durch eine Landschaft führt und ihm die Namen der Berge, Täler und Flüsse nennt, so begann der Bevollmächtigte Friedrich die technischen Geheimnisse seines Büros zu erläutern. Er sagte »unsere« mit der gleichen Betonung, mit der die Parteiführer von ihrer Partei und dem Vaterland sprachen. »Unsere Einrichtung«, sagte er, »ist erst vor drei Monaten fertiggestellt worden. Alle Leitungen sind im Fußboden unter dem Teppich. Hier, unter dem Schreibtisch, sehen Sie drei Knöpfe, sie leuchten rot, grün und gelb. Das Rote ist ein Alarmsignal, das Grüne ist mein Sekretär, das Gelbe meine Sekretärin. Wenn ich hier an der Wand drücke, springt das Bild auf.« Er drückte, und das Porträt, das den Chef des Hauses darstellte, flog aus dem Rahmen wie ein Fenster, das ein jäher Wind aufstößt, und ließ ein Geheimfach sehn, in dem Banknoten und Papiere lagen. »Ich brauchte nur«, fuhr der Bevollmächtigte fort, »diesen Vorhang aufzuziehn, und schon bin ich im Kreise meiner Familie.« Der Vorhang ging auf, und Friedrich sah eine Nische mit lebensgroßen, farbigen Bildern, die eine Frau und zwei Knaben in Matrosenanzügen darstellten. Eine kleine Lampe brannte an der Decke über den Bildern, so daß die Nische weihevoll aussah. Er trat näher und erkannte das Porträt Hildes. Der Maler mit den buschigen Augenbrauen hatte es gemalt. Er beschloß sofort, sich nach der Wohnung des Generaldirektors umzusehn, aber nur für alle Fälle, nicht etwa, um das Familienleben zu stören.

»Ihre Frau Gemahlin«, wagte Friedrich zu sagen, »ist sehr schön.« »Wir sind zehn Jahre verheiratet«, erwiderte der Bevollmächtigte zutraulich, »aber wir lieben uns nicht mehr innig!« Und er blickte dabei auf ein blankes, stählernes Lineal, als wäre das Wort »innig« eine Bezeichnung für ein bestimmtes Ausmaß der Liebe. Er stand wieder auf und schien nachzudenken. Er begab sich wieder zur glatten Wand, berührte eine gelbe Tapetenblume, und sofort sprang eine kleine Tür auf und ließ den goldenen Rücken eines dicken Lederbandes sehn. Auch dieser Rücken öffnete sich, und nun erkannte Friedrich, daß es kein Buch war, sondern ein Kästchen für Gläser und Likörflaschen. »Man kann nicht gut miteinander reden, ohne zu trinken!« meinte der Bevollmächtigte. Er wurde sofort nach dem ersten Glas laut und bewegt, klopfte Friedrich ein paarmal auf das Knie und ließ eine der verborgenen Laden im grünen Schreibtisch aufspringen, in der Friedrich pornographische Ansichtskarten liegen sah und hygienische Gegenstände erotischer Natur. »Lieber Freund«, sagte der Bevollmächtigte, »die sexuelle Abteilung. Die Sexualität ist ein bedeutender Faktor«, und er begann, seine Bilder auszubreiten.

Er sammelte sie ein und wurde wieder ernst. »Zerstreuungen«, sagte er, »sind nötig. Ich arbeite zehn, zwölf, vierzehn Stunden im Tag.« Und er streckte seinen Arm hoch, machte ein paar gymnastische Bewegungen und erinnerte an die Akrobaten im Varieté, die vor ihrer Arbeit die Muskeln spielen lassen zum Beweis dafür, daß die Gewichte, die sie heben werden, auch wirklich schwer sind.

»Der Bevollmächtigte Herr von Derschatta«, schrieb Friedrich dann in seinem Bericht, »ist ein gutmütiger Mann. Seine Einkünfte sind groß, sein Familienleben ruhig, sein Fleiß grenzenlos. Er ist unbestechlich. Er liebt sein Vaterland, denn es ist eine Filiale seiner Firma. Die Bedingungen, die ich im folgenden nenne, scheinen mir nicht das letzte Wort zu sein. Man kann mit ihm besser verhandeln, wenn man ihn einschüchtert. Er ist mit Vorliebe servil.«

Solche Berichte schrieb Friedrich mit großer Sorgfalt, obwohl er wußte, daß sie eine lange und umständliche Reise vor sich hatten und daß sie wenig nützten. Schon während er sie zusammenfaltete und in einen Umschlag legte, sah er die vielen Etappen des Weges, den sie zu machen hatten, und die Gesichter der Menschen, die sich mit ihnen beschäftigen sollten. Er kannte einige von den Mitgliedern der neuen Bürokratie persönlich, die über das ganze Land verbreitet ist wie die Scharen von Krähen, die der Krieg und die Revolution zugelassen hatten. Er erinnerte sich an ihre subalternen Gesichter, denen die Unerbittlichkeit einer starren Gesinnung noch einen Zug von grausamer Frömmigkeit verlieh. Ein kleiner Neid bestimmte ihre tapferen Worte und ihre zögernden Handlungen, ein winziger, enger Neid, der Bruder eines früh enttäuschten Ehrgeizes. Friedrich erinnerte sich, wie sie sich alle, Photographen und kleine Schreiber, Winkeladvokaten und Rechnungsunteroffiziere, Buchhalter und furchtsame Kaufleute, auf die leeren Stühle in den Ämtern gestürzt hatten, um die sich die Soldaten der Revolution nicht kümmerten. Die Soldaten kehrten zu ihren Feldern zurück, die man noch nicht bebauen konnte, zu den Maschinen, die noch stillstanden. Die anderen, die während des Bürgerkriegs schon Manifeste, Verordnungen, Pläne, Lehrbücher, Broschüren geschrieben und abgeschrieben hatten, behielten ihre Federn in den Händen, die Federn, die dünnen, stählernen Instrumente, die stärksten Werkzeuge der Macht. Aber es ergab sich, daß die Männer, denen es freigestanden war, ihre Talente und ihre Kraft zu beweisen, keine Talente besaßen und nur Kraft genug, den gleichwertigen Gegner mit den Ellenbogen vom Schreibtisch zu verdrängen und wieder am Schreibtisch zu erscheinen, wenn es dem andern gelungen war, sie zu verdrängen. Er erinnerte sich an den Triumph, der ihm während des Kriegs das Bewußtsein verschafft hatte, keine Nummer zu sein wie die andern und den verborgenen Befehlen nicht gehorchen zu müssen, die irgendwo hinter dichten und dumpfen Mauern von anonymen Werkzeugen einer ungekannten Gewalt ausgegeben wurden. Es war ihm gelungen, die Register zu täuschen, die blank und weiß auf seinen Namen und seine Daten gewartet hatten, den spitzen, von grüner Tinte giftig gefärbten Federn zu entfliehen, mit denen hunderttausend Schreiber wie mit Lanzen nach ihm gezielt hatten. Er sah noch einen Beamten in der Polizeistube, ein Gemisch von einem Stier und einem Knecht, dem er mit kindischer Wut den falschen Meldezettel überreicht hatte. »Haben Sie das alles nötig gehabt?« hatte Parthagener gefragt.

Nun schrieb Friedrich selbst Berichte für Register. Und alle seine Akrobatik, mit der er Namen ablegte und annahm, Existenzen verhüllte und vortäuschte, führte ihn nur dazu, selbst ein Werkzeug und ein Gegenstand der Ämter und Büros zu werden. Hörte denn das Papier niemals auf? Welch ein Gesetz verlieh den zerbrechlichsten und zartesten Stoffen, dem Papier, dem Bleistift und der Feder, die Macht über Blut und Eisen, Gehirne und Muskeln, Feuer und Wasser und Hunger und Epidemien? Eben waren die tausend Kanzleien verbrannt. Er selbst hatte sie angezündet. Er selbst hatte ihre zerfallende Asche gesehn. Und schon schrieb man wieder in hunderttausend Kanzleien, und schon gab es wieder neue schmale Bücher mit grünen und roten Linien, und schon hatte jeder Mensch eine Ziffer in einem Büro wie die kleinen Kinder einen Schutzengel im Himmel. »Ich will nicht!« schrie Friedrich. Ich will nicht! dachte er, während er selbst in einem Büro saß und einem Mädchen in blauem Matrosenkleid diktierte. Wie flink läuft der Bleistift mit ihrer Hand! Es war ein Koh-i-noor, leuchtendes Gelb und eine lange, schwarze Spitze. Dann ging das Mädchen ins große Schreibzimmer, und die Maschine begann zu klappern. Und der Bericht legte sich in die Aktentasche des Kuriers. Er kam in ein Sekretariat. Da saß Dr. M., ein kleiner, plumper Mann mit einem Angesicht, das aus lauter Knollen zu bestehen schien, und winzigen, gehässigen Augen unter einer Stirn voller sinnloser Falten, den Folgen einer Laune der Haut und nicht der sorgenvollen Gedanken. Er haßte Friedrich. Er wollte selbst im Ausland sein und Berichte schreiben. Genauso, wie die Parteigrößen erster Klasse nicht nach dem Ausland wollen, sondern um jeden Preis in Moskau zu bleiben versuchen, wünschen die subalternen Mittleren nichts sehnlicher als einen Aufenthalt im bürgerlichen Ausland, wo sie ihren bürgerlichen Neigungen leben können. Sie wollen ein gutes Bier trinken, an einem gedeckten Tisch sitzen. Gäbe es nicht noch das, was man die Sache des Proletariats nennt!

Was aber war die Sache des Proletariats? Diese Abgeordneten, die sich einsperren ließen und die wieder freikamen, diese anonymen Proletarier, die in den Zuchthäusern vergessen wurden, die Erschossenen und die Gehängten: Was nützen Sie? Wie kam es, daß gerade jene, die eine neue Welt aufzubauen versuchten, nach dem ältesten Aberglauben handelten, dem ältesten, absurdesten Aberglauben vom Nutzen und der Heiligkeit des Opfers? War es nicht das Vaterland, das Opfer verlangte? War es nicht die Religion, die Opfer verlangte? Ach, die Revolution verlangte sie auch! Und sie trieb die Menschen zu den Altären, und jeder, der sich darbrachte, starb in der Überzeugung, daß er für etwas Großes sterbe. Und indessen behielten die Lebendigen recht! Die Welt war alt geworden, Blut ein gewohnter Anblick, der Tod eine wertlose Sache. Alle starben umsonst und waren nach einem Jahr vergessen. Unsterblich wie das Papier war die Romantik.

Ich diene ohne Glauben, sagte sich Friedrich. Vor zwanzig Jahren hätte man es eine Schurkerei genannt. Ich beziehe Geld ohne Überzeugung. Ich verachte die Menschen, mit denen ich zu tun habe, ich glaube nicht an den Erfolg dieser Revolution. Gleichsam zwischen den Zeilen der ehernen materialistischen Gesetze, die ohne Zweifel zumindest den zivilisierten Teil der Welt regieren, gibt es noch ungekannte, unlesbare Geheimnisse.

Er stand da wie ein Kapitän, dem ein Schiff untergegangen ist und der gegen seine Pflicht und gegen seinen Willen dank einem gehässigen Schicksal am Leben blieb, dem Leben auf der Erde erhalten, die ein fremdes Element war.

V

Friedrich wurde krank.

Er lag allein in seinem Zimmer, vom Fieber sacht umrauscht und zum erstenmal von der Einsamkeit geliebkost. Er hatte bis jetzt nur ihre grausame Treue gekannt und ihre harte Stummheit. Jetzt erkannte er ihre zarte Freundschaft, und er erlauschte die stille Melodie ihrer Stimme. Kein Freund, keine Geliebte und kein Kamerad. Nur die Gedanken kamen wie Kinder, gezeugt, geboren und gewachsen zu gleicher Zeit. Er lernte zum erstenmal in seinem Leben die Krankheit kennen, den wohltätigen Zwang ihrer weichen Hände, das wunderbar täuschende Gefühl, aufstehen zu können, aber sich nicht erheben zu wollen, die Fähigkeit, zu liegen und gleichzeitig zu schweben, die Kraft, die von der Verlassenheit kommt wie die Gnade vom Unglück, und das stumme Zwiegespräch mit dem Himmel, der weit und grau das Fenster des hochgelegenen Zimmers erfüllte, der einzige Gast aus der Außenwelt. Wenn andere krank sind, dachte er, kommt ein Freund, fragt, ob er eine Zigarette rauchen darf, gibt dem Kranken die Hand, die er dann zu waschen gedenkt – aus hygienischen Gründen. Die Geliebte entwickelt ihre mütterlichen Instinkte, bestätigt sich selbst, daß sie lieben kann, bringt ein kleines, kokettes Opfer, überwindet sich, häßliche Gegenstände mit einer zarten Hand anzugreifen. Die Genossen kommen mit optimistischem Lärm und bringen den Inhalt der Vorgänge in erzwungen witziger Verkleidung ans Bett, lachen zu stark und lächeln mit Nachsicht und gelangen zum Bewußtsein ihrer eigenen Gesundheit wie Wohltätige, wenn sie beim Anblick eines Bettlers in die Tasche greifen, sich ihrer Barschaft bewußt werden, ohne es zu wollen. Nur ich bin allein. Berzejew ist in Rußland geblieben. Er hat ein Vaterland. Ich habe keins. Es ist möglich, daß in hundert oder zweihundert Jahren kein Mensch auf der Welt einen Ort haben wird, den er als Heimat oder Asyl betrachten kann. Die Erde wird an allen Orten ein gleiches Aussehen haben wie ein Meer, und wie der Seemann überall zu Hause ist, wo Wasser rauscht, so wird jeder überall zu Hause sein, wo Gras wächst, Fels oder Sand. Ich bin zu spät geboren oder zu früh. Ich bin eines der Experimente, die hier und da von der Natur gemacht werden, ehe sie sich entschließt, eine neue Gattung hervorzubringen. Wenn mein Fieber weicht, werde ich aufstehn und wegfahren. Ich werde mein Schicksal, ein Fremder zu sein, wörtlich erfüllen. Ich werde die milde Verlassenheit der Krankheit ein wenig verlängern, und die Wanderung wird meine Einsamkeit in ein Glück verwandeln, wie es beinahe die Krankheit getan hat.

Sein Fieber wich. Er stand auf. Er war, weil er keine Kindheit und keine Mutter gekannt hatte und weil er aufgewachsen war, ohne die Namen der Krankheiten zu hören und die Gespräche, deren Ursache sie sind, nicht einmal neugierig zu wissen, was ihm gefehlt hatte. Aber er mußte eine Krankheit nennen, um einen Urlaub zu nehmen. Er ließ sich erzählen, wie man den Zustand nennt, in dem er sich befunden hatte. Er nahm Urlaub für ein halbes Jahr. Ich begehe jetzt eine sogenannte Gemeinheit, sagte er sich. Nach den moralischen Anschauungen dieser stupiden Welt ist es schon eine Schurkerei, für eine Sache zu arbeiten, von der man nicht in der gleichen Weise überzeugt ist wie die Mehrheit der Verwalter dieser Sache. Aber eine noch größere Schurkerei ist es, diese Art der Arbeit zu unterbrechen und Geld dafür zu nehmen. Sowohl die bürgerliche Gesellschaft als auch ihre revolutionären Gegner haben für einen Charakter, wie ich ihn darstelle, dieselbe treffende Bezeichnung. Solch ein Verhalten nennen sie zynisch. Zynismus ist den einzelnen niemals erlaubt. Nur Vaterländer, Parteien und Verwalter der Zukunft dürfen sich seiner bedienen. Dem einzelnen bleibt nichts zu tun übrig, als die sogenannte Farbe zu bekennen. Ich bin Zyniker.

Er versorgte sich also mit Geld und – zum wievieltenmal schon in seinem Leben? – mit einem Paß auf einen falschen Namen. Die Revolution war auf diplomatischen Umwegen legitim geworden. Ein falscher Paß machte Friedrich keine Freude mehr. Das Pseudonym eines Revolutionärs erkannte selbst eine reaktionäre Polizei an wie das Inkognito eines Balkanfürsten. Nur die Zeitungen, die von furchtsamen Fabrikanten bezahlt wurden, glaubten manchmal, der Regierung ihres Vaterlandes eine Neuigkeit zu erzählen, wenn sie mitteilten, der und jener gefährliche Bote der Revolution wäre unter einem falschen Namen angekommen. In Wirklichkeit waren die Regierungen bestrebt, die gefährlichen Männer vor der Zeitung zu verbergen. Die Zeiten waren vorbei, in denen Friedrich einen persönlichen Kampf gegen die Weltordnung und ihre Beschützer durch gewagte List und überflüssige Verstellung zu führen geglaubt hatte. Jetzt besaß er ein ungeschriebenes, aber international anerkanntes Recht auf Illegalität.

Und er fuhr durch die großen Städte der zivilisierten Welt. Er sah die Museen, in denen die Schätze der Vergangenheit angehäuft werden wie Möbelstücke, die man nicht verwenden kann, in Magazinen. Er sah die Theater, auf deren Bühnen ein Stückchen Leben pointiert und in Akte geschnitten von rosa geschminkten Menschen dargestellt wird, gegen Entree. Er las die Zeitungen, in denen Nachrichten über Vorgänge gebreitet werden wie interessante Schleier über gleichgültige Gegenstände. Er saß in den Cafés und in den Restaurants, in denen sich die Menschen versammeln wie Waren in einem Schaufenster. Er besuchte die armen Lokale, in denen sich jener Teil der Gesellschaft vergnügt, den man »Volk« nennt, und er genoß den kräftigen und harten Glanz, der die Freuden der Armut begleitet. Als hätte er nie zu ihnen gehört, besuchte er wie ein Fremder die Räume, in denen sie sich versammelten, um Politik zu hören und zu fühlen, daß sie ein Faktor waren im Getriebe der Welt. Und als hätte er selbst nie vor ihnen gesprochen, wunderte er sich über ihre naive Begeisterung, die den hohlen Klang einer Phrase begrüßte wie die Andacht der Frommen den dumpfen Schlag einer billigen Glocke. Als ob es keine Revolution und keinen Krieg gegeben hätte! Nichts! Ausgelöscht! Junge Männer in breiten, wallenden Hosen mit wattierten Schultern, koketten und weichen Hüften, eine ganze Generation geschlechtsloser Aviatiker strich durch alle Schichten der Gesellschaft. Der Fußball kräftigte die Muskeln und gab den Gesichtern beider den gleichen Zug von Geistesgegenwart und Gedankenleere. Der Proletarier trainierte sich zur Revolution, der Bourgeois trainierte sich zum Vergnügen. Fahnen wehten, Menschen marschierten, und ebenso wie sich bestimmte Varieténummern in jeder großen Stadt wiederholten, lag in jeder großen Stadt ein Unbekannter Soldat begraben. Den Denkmälern für Gefallene begegnete Friedrich wie den Negern der Steptänze auch in den kleineren Orten.

Nun sah er mit seinen Augen »das Leben«, dessen ferner, geheimnisvoller und Wunder verratender Widerschein über die Wünsche seiner früheren Jahre gefallen war. Es war genauso, als hätte er das dunkelrote Farbenspiel, von einer Lichtreklame an die gegenüberliegenden Fensterscheiben geworfen, für den Abglanz eines großen, unheimlichen Brandes gehalten. Nun sah er die Quellen seiner schönen Täuschungen. Und er verspottete sich mit der Genugtuung, die ein kluger Mensch empfindet, wenn er Irrtümer aufdeckt. Und er ging herum, und er enthüllte eine Quelle nach der andern, und er triumphierte, weil er gegen sich selbst recht behielt.

Mit der Zeit waren alle Quellen aufgedeckt, schneller, als er gedacht hatte. Also lernte er die Verlorenheit in fremden Städten kennen, die ziellosen Wanderungen durch den ersten Dämmer der Abende, in denen die silbernen Laternen aufleuchten und dem Körper eines Verlassenen den Schmerz von tausend plötzlichen Nadelstichen bereiten. Er ging durch verregnete Straßen über den schimmernden Asphalt der weiten Plätze, die an steinerne Seen erinnern, den Mantelkragen hochgeschlagen, von außen zugemacht und vor sich nur seinen Blick, der ihn durch die Fremde steuerte. Er stand früh auf, trat in strahlende Morgen voll eilender Menschen. Frauen, die er nicht ansah, leuchteten ihm die Schönheit entgegen, Kinder lachten aus den Gärten, von langsamen Greisen, die mitten unter den Eilenden doppelt ehrwürdig und doppelt langsam erschienen, ging eine versöhnliche Milde aus. Endlich gab es Tage, an denen die einfachen, unzerstörbaren Schönheiten offenbar wurden und an denen sein Wunsch, das Leben wieder von vorn anfangen zu dürfen, fast überholt wurde von dem Trost, daß er es ohne Mühe wieder anfangen könne.

Er befand sich in Paris, als der Frühling kam. Jede Nacht ging er durch glatte und stille Straßen, begegnete er den voll beladenen Wagen, die zu den Markthallen fuhren, dem gleichmäßigen Trott der schweren, zotteligen Pferde, dem frommen, ländlichen Gebimmel ihrer Schellen, dem leuchtenden Grün der sauber aufgeschichteten Kohlbündel und dem blanken Weiß ihrer Gesichter zwischen den weiten, flatternden Blättern, dem künstlichen Hellrot der dünn geschwänzten Möhren, dem blutigen, feuchten und schweren Glanz der massiven, zerschnittenen Rinder. Jede Nacht ging er in einen Keller, in dem das Volk tanzte, Matrosen, Straßenmädchen, Weiße und Farbige aus den Kolonien. Die Ziehharmonika schüttete fröhliche Märsche in den hellen Saal, es war das Instrument der ausgelassenen Wehmut. Er liebte es, weil es ihn an seine Genossen der Revolution erinnerte, weil es die Musik der Verlorenheit und der Sorglosigkeit war, weil sie an den Frieden der Abende in östlichen Dörfern gemahnt und gleichzeitig an die brütende Hitze afrikanischer Sandwüsten, weil sie den Gesang des Frostes wie die ewige Stille des Sommers enthält. Von allen Wänden strahlten breite Spiegel die verschwenderischen Reihen der Lämpchen an der Saaldecke wider, machten zwanzig Räume aus einem Raum, verhundertfachten die Tänzerinnen. Er sah die Stiege und die Tür nicht mehr, die zu den nächtlichen Straßen hinaufführten. Die Spiegelwände schlossen den Saal noch endgültiger ab als Stein und Marmor und verwandelten den Keller in ein einziges endloses, unterirdisches Paradies. Er saß an einem Tisch und trank Schnaps. Einmal in einer Stunde, in der es ihm schien, daß er keine Blöße zu fürchten hätte, weil es die letzte Nacht der Welt und ihr kein Morgen mehr beschieden sei, ließ er sich ein Stück Papier geben und schrieb ohne jede Anrede:

»Ich habe lange Jahre nicht an Sie gedacht. Seit einigen Tagen kommen Sie mir nicht mehr aus dem Sinn. Ich weiß, daß Sie nicht mehr an mich denken. Sie führen ein Leben, das heute wie immer von dem meinigen so entfernt ist wie ein Planet vom andern. Dennoch finden Sie hier meine Adresse. Um aufrichtig zu sein, gestehe ich Ihnen, daß es keineswegs ein unwiderstehlicher Zwang ist, der mich Ihnen schreiben läßt. Es ist vielleicht nur eine unwiderstehliche Hoffnung...«

Er betrat die Straße. Der Morgen graute, heute wie immer, die Welt war nicht untergegangen. Ein blaues Licht lag über den Häusern, jemand machte ein Fenster auf. Der Motor eines Automobils knurrte hartnäckig und empört. Im Licht des erwachenden Morgens steckte Friedrich den Brief in den Postkasten.

VI

Die Zeit war nicht mehr groß. Die Post funktionierte ungestört. Der Brief erreichte Hilde mit einer Verspätung von drei Tagen. Einmal, an einem Abend, als Friedrich ins Hotel zurückkehrte, erwartete ihn jemand.

Nun saß er lange im Mantel, vom Regen naß und dampfend, den Hut in der Hand und stumm. Sie erzählte von ihrem Mann und den Kindern, von ihren bitteren Jahren, von ihrem alten Vater. Sie hatte ihn übrigens mitgebracht. Er wollte ein Bad aufsuchen. Er sollte ihren eifersüchtigen Mann beruhigen. Es ging ihnen jetzt gut. Ihrem Mann hatte gerade seine Mittelmäßigkeit genützt. Die andern, die Spekulanten mit dem angeborenen Instinkt für Geschäfte, waren untergegangen in den Stürmen, die sie heraufbeschworen hatten, wie Krieger in den Abenteuern fallen, die sie selbst hervorrufen. Herr von Derschatta aber gehörte zu jenen mittelmäßigen Bürokraten der Geschäftswelt, die viel gewinnen, wenn sie gar nichts wagen. Sie sprach in dem Jargon, der die Muttersprache der Generaldirektoren ist, von der »Position«, die dieses erlaubte, jenes noch nicht oder bereits nicht mehr gestattete. Ein paar Fremde betraten den Raum, in dem sie saßen. Sie hörte auf zu erzählen. Aber das Schweigen, das jetzt anfing, war imstande, alle die Geständnisse auszudrücken und all die halben Geständnisse zu ergänzen, die sie früher unterdrückt und halb verschwiegen hatte. Dieses Schweigen störte sie noch mehr in Anwesenheit der andern. Als wären sie beide so jung, wie sie einmal im Kaffeehaus gewesen waren, machte sie die Zufälligkeit der äußeren Situation ratlos. Draußen regnete es. Hier saßen Fremde. Wenn sie jetzt in mein Zimmer kommt, dachte er, ist es entschieden. Sie wartet darauf. Er sagte nichts.

»Wir gehn vielleicht zu Ihnen hinauf?« Nach dem langen Schweigen sah es aus, als hätte sie sich auf diese Frage vorbereitet.

Sie gingen zu Fuß die Treppe hinauf, die Anwesenheit eines Fremden im Lift, eines Zeugen ihrer Verwirrung, hätte sie gestört. Sie gingen schweigend, ein großer Zwischenraum trennte sie, als hätten sie oben eine alte Feindschaft auszutragen. Sie setzte sich, ohne den Mantel abzulegen. Der kleine Hutrand beschattete ihre Augen. Der Mantel schloß bis zum Kinn, und ihr Anblick hatte etwas Gerüstetes, Mutiges. Der Entschluß, mit dem sie in den Zug gestiegen war, lebte noch in ihr. Friedrich trat ans Fenster, eine Bewegung, die jeder zweite Mann macht, wenn er sich in Verlegenheit vor einer Frau in seinem Zimmer befindet. »Warum schweigst du?« sagte sie plötzlich. Die Angst zitterte in ihrer Frage. Er hörte die Furcht und gleichzeitig das erste Du, das zwischen ihnen fiel. Es war wie der erste Blitz im Frühjahr. Er wandte sich um, dachte, jetzt wird sie weinen, und sah zwei feuchte Augen, die ihn gerade anblickten, furchtlos, weil mit den Tränen bewaffnet.

Er wollte sagen: Warum sind Sie hergekommen? Er verbesserte sich. Er überlegte, was weniger verletzend wäre: Warum oder ein Wozu, und er entschloß sich endlich für ein harmloseres Wie in Verbindung mit einem Du. Er sagte also: »Wie bist du hergekommen?«

Sie hatte mit der schnellen Geistesgegenwart, welche die Frauen erfüllt, wenn sie eine unsinnige Kühnheit wagen, ihren Vater mitgenommen, um die Wachsamkeit des Generaldirektors zu beruhigen. Ihn erschreckte diese Kombinationsfähigkeit eines Romanciers. Nur um nicht länger zu schweigen, sagte er: »Du bist also hier mit deinem Vater!«

»Sag, was du denkst«, begann sie. »Sag, daß du mich nie erwartet hast und daß es eine Laune war, dieser Brief. Du hattest vielleicht getrunken, als du ihn schriebst.«

»Ja«, erwiderte er, »es war eine Art von tieferer, ernster Laune. Ich habe dich nie erwartet. Es ist kein Vorwurf, was ich jetzt sage, es ist nur ein Schmerz: So hättest du vor zehn Jahren kommen sollen. Es ist inzwischen zuviel geschehen.« »Erzähle«, sagte sie.

»Man kann es nicht in einem Fluß. Ich wüßte nicht, wo anzufangen. Ich wüßte auch nicht, was wichtig wäre. Es kommt mir vor, daß die Tatsachen weit weniger wichtig sind als das andere, das man nicht erzählen kann. Und ernster zum Beispiel als ein Gefecht, das ich mitgemacht habe, ist die Trostlosigkeit, in der ich herumgehe, oder ein Wort, das ein Mensch hier und dort vor mir fallen läßt und das mir manchmal den Menschen enthüllt und manchmal die

Menschheit dazu. Aber es genügt vielleicht, dir den Namen zu nennen, unter dem ich die letzten zehn Jahre gelebt habe.« Er nannte ihr sein Pseudonym, auf das er so stolz gewesen war.

Als wäre dieser Name, den sie gehört und gelesen hatte, ohne zu wissen, wen er barg, ein endgültiger Beweis für ihre Blindheit und ihre Schuld, begann sie zu weinen. Jetzt müßte ich hingehn, dachte Friedrich, und sie küssen. Er sah, wie sie mitten in der Verzweiflung den Hut ablegte, das Haar glattstrich, das sie jetzt kurz geschnitten trug wie alle Welt, und er ging hin, froh, daß er was zu tun hatte, und nahm ihr den Hut aus der Hand.

Sie schüttelte den Kopf, erhob sich, bat mit den Augen um den Hut und sagte leise: »Ich muß gehn.«

Ich werde sie gehn lassen, dachte er.

Aber wie sie jetzt beide Arme hob, den Hut aufzusetzen, erschien sie ihm verzweifelt und also doppelt schön, wie er sie nie gesehn hatte. Sie war jung, die Jahre hatte sie vorbeiziehn lassen wie sanfte Winde, sie hatte Kinder geboren und war jung. Er sah sie wieder im lautlos rollenden Wagen, und im Laden Handschuhe probieren, und im Café neben ihm in der Ecke, und auf der Straße im Regen. In dieser einen Bewegung, mit der sie die Arme hob, lagen alle ihre Schönheiten. Ihre Bewegung erinnerte an ein Flehen, eine Entkleidung, eine Abwehr und eine Hingabe gleichzeitig, an alle Arten von Schönheit. Die Arme senkten sich nieder. Die rechte Hand begann, über die linke den Handschuh zu streifen mit gewissenhafter Sorgfalt.

»Bleib!« sagte er plötzlich. Und er fügte noch ein »Geh nicht!« hinzu, leiser, zärtlicher und ein bißchen schärfer, wie er sich gleich darauf vorwarf.

Es fehlt noch, daß ich den Schlüssel umdrehe, und die Situation ist vollkommen. – Er sah, wie Hilde nach der Tür blickte und den Handschuh langsam und gewissenhaft wieder abstreifte. Nun war es eine entkleidete Hand, etwas anderes als eine nackte. Er glaubte, sie zum erstenmal zu sehn. Er machte einen einzigen schnellen Schritt zur Tür und schloß sie ab.

VII

Der alte Herr von Maerker wollte am nächsten Tag zu seiner Kur fahren. Friedrich sah ihn am Abend. Der festliche Glanz der vielen Lampen im Restaurant machte sein weißhaariges Alter ehrwürdiger wie die Schönheit seiner Tochter strahlender. Der Herr von Maerker sah älter aus, als er war, und bedeutender auch. Er erinnerte an alte Porträts, an Gesichter, an denen die Zeit noch mehr geformt hat als die Natur und die Kunst und die von der Unwiderruflichkeit verschwundener Epochen, deren Spiegel sie sind, mit dem Schimmer einer wehmütigen Weihe beschenkt werden. Der Herr von Maerker war niemals klug gewesen. Jetzt vertrat bei ihm, wie es manchmal vorkommt, das Alter die Vernunft. Und weil er zu den Menschen gehörte, die ihre Epoche überlebt haben, erweckte er in Friedrich noch die höfliche Ehrfurcht, die man einem alten, vergessenen Monument schuldig ist. Er schien nicht daran zu zweifeln, daß Hildes Begegnung mit Friedrich ein reiner Zufall war. Aber selbst wenn er zweifelte, so war sein Respekt vor dem Leben und den Geheimnissen seiner Tochter zu groß, als daß er es unternommen hätte, Zusammenhänge erraten zu wollen, die man ihm nicht freiwillig enthüllte. Ihm wie den Männern seiner Generation war es noch selbstverständlich, bei ihren Frauen und Töchtern einen natürlichen Sinn für Schickliches und Unpassendes, Ehre und Haltung, Ruf und Geltung vorauszusetzen. Der Herr von Maerker gehörte noch zum letzten Geschlecht der wohlerzogenen Mitteleuropäer, die nicht sitzen bleiben können, wenn eine Frau vor ihnen steht, die sich immer wieder über die Sitten der Jungen wundern, ohne einen Tadel zu wagen, die noch mit Anmut sprechen, während sie essen, und die noch etwas Vernünftiges sagen können, ohne selbst Verstand zu haben, ritterlich sind und harmlos und Komplimente verteilen, wie kleine Liebeserklärungen, die ohne Folgen bleiben sollen. Er kannte die unglückliche Ehe seiner Tochter, aber es fiel ihm nicht ein, sich einen Vorwurf daraus zu machen, daß er den Generaldirektor gezwungen hatte, Hilde zu heiraten. Er hatte lange Jahre seine Tochter nicht gekannt. Jetzt machte ihn das Alter hellsichtig. Aber er blieb schweigsam, nicht nur, weil er sich geschämt hätte zu fragen, sondern weil er sich noch mehr geschämt hätte, merken zu lassen, daß er die Fähigkeit besaß zu erraten.

»Ich erinnere mich sehr gut an Sie«, sagte er zu Friedrich. »Sie waren einmal bei uns.« Friedrich dachte an den aufrichtigen Journalisten, der ihm so hartnäckig versichert hatte, daß er ihn nicht erkenne. »Es ist viel geschehn inzwischen. Und doch kommt es mir vor, daß wir alles schon vorher gewußt haben. Ich habe Jahr für Jahr mit eigenen Augen zusehn können, wie der Staat sich auflöst, die Menschen gleichgültiger werden. Aber auch gehässiger, ja, gehässiger«, fügte er hinzu. Er sagte es mit der Nachsicht eines Jenseitigen.

»Wir haben Witze gemacht, wir haben alle dazu gelacht«, fuhr er fort, »ich habe mir selbst ein paar vorzuwerfen. Glauben Sie mir, daß Witze allein genügen, einen alten Staat zugrunde zu richten. Alle Völker haben gespottet. Und doch war zu meinen Zeiten, als noch der Mensch wichtiger war als seine Nationalität, die Möglichkeit vorhanden, aus der alten Monarchie eine Heimat aller zu machen. Sie hätte das kleinere Vorbild einer großen zukünftigen Welt sein können und zugleich die letzte Erinnerung an eine große Epoche Europas, in der Norden und Süden verbunden gewesen wären. Es ist vorbei«, schloß Herr von Maerker mit einer leichten Handbewegung, mit der er den letzten Rest seiner Erinnerung endgültig zu vertreiben schien.

Seine Traurigkeit selbst war noch von einer Heiterkeit begleitet. Sein wehmütiger Nachruf auf sein Vaterland hinderte ihn nicht, den schwarzen Kaffee und eine dünne Zigarette mit sanfter Überlegung auszukosten, und es sah aus, als freute er sich seines Lebens doppelt, weil es sich außerhalb seiner Zeit noch fortsetzte, und als genösse er jeden Tag, jeden Abend, jede Mahlzeit, die ihm der Himmel schenkte, mit der Freude, die man unerwarteten und unverdienten Ferientagen entgegenbringt. Der Untergang der Monarchie hatte gleichsam nur der tätigen Periode seines Lebens ein Ende gesetzt, er hatte nur als Zeitgenosse zu existieren aufgehört, lebte aber weiter als der passive Betrachter einer neuen Zeit, die ihm keineswegs gefiel, die ihn aber auch nicht im geringsten störte, weil sie ihn nicht im geringsten anging.

Er verabschiedete sich von Friedrich, Hilde begleitete ihn. Sie wollten sich in einer Stunde wieder treffen.

In dieser Stunde ging Friedrich vor dem Hotel auf und ab, wie er es vor zehn Jahren ebenfalls getan hätte. Alles ist wach! dachte er. Nichts ist zwischen dem Tag gewesen, an dem ich sie zuerst im Wagen gesehn habe, und heute. Ich bin jung und glücklich. Soll ich noch an das Wunder der Liebe glauben? Es ist offenbar ein Wunder, wenn Geschehenes ausgelöscht wird.

Und zu Hilde sagte er dann: »Ich habe einmal auf der Flucht aus Sibirien daran gedacht, dich in ein weites und friedliches Land mitzunehmen. Es gibt noch fremde und friedliche Länder. Wir werden fahren.«

»Wir brauchen sie nicht, um glücklich zu sein.«

Sie gingen durch breite, leuchtende Straßen, überquerten belebte Plätze, wichen ihren Gefahren aus, ohne achtzugeben, nur mit dem gewachsenen Instinkt, am Leben zu bleiben und zu leben. Sie hätten sich selbst aus einer Katastrophe retten können und wären unter tausend Umgekommenen die einzigen Überlebenden geblieben.

Ihm blieb keine einzige von allen Torheiten erlassen, an denen die männliche Verliebtheit so reich ist. Ihn erfaßte die Eifersucht, nicht etwa gegen bestimmte Männer, sondern eine Eifersucht auf die ganze lange Zeit, die Hilde ohne ihn verlebt hatte. Und auch er tat schließlich die dümmste und männlichste aller Fragen, die im Sprachführer der Liebe verzeichnet stehen: »Warum hast du nicht auf mich gewartet?« Und er bekam die unvermeidliche Antwort zu hören, die ihm jede andere Frau ebenfalls gegeben hätte und die keineswegs eine logische Antwort ist, sondern eher eine Fortsetzung dieser Frage: »Ich habe immer nur dich geliebt!«

Und so begann ihn die Liebe aus einer ungewöhnlichen Existenz in eine gewöhnliche überzuführen, und er lernte die sterblichen und dennoch ewigen Freuden kennen und zum erstenmal in seinem Leben das Glück, das eben darin besteht, große Ziele kleinen zuliebe aufzugeben und das Erreichte so maßlos zu überschätzen, daß man nichts mehr zu suchen hat. Sie fuhren durch weiße Städte, standen in den großen Häfen, sahen Schiffe fremden Küsten entgegenfahren, begegneten Zügen, die ins Unbekannte rasten, und niemals konnten sie ein Schiff oder einen Zug erblicken, ohne sich selbst wegfahren zu sehn ins Ferne, Zukünftige, Vage. Sie zählten ängstlich die Tage, die sie noch zusammenbleiben konnten, und je weniger es wurden, desto reicher und voller unwahrscheinlicher Ereignisse schien der Rest zu sein. War die erste Woche noch eine unteilbare Einheit der Zeit gewesen, so zerfiel die zweite schon in Tage, die dritte in Stunden und in der vierten, in der sie alle Augenblicke wie ganze reiche Tage zu empfinden begannen, tat es ihnen leid, daß sie die erste so verschwenderisch hatten vergehn lassen. »Ich werde dir überallhin folgen«, sagte Hilde. »Selbst nach Sibirien.« »Was soll ich dort? – Ich habe nicht mehr die Absicht, mich in gefährliche Situationen zu begeben.«

»Was willst du denn sonst tun?«

»Gar nichts.«

Hilde verfiel in ein tiefes, enttäuschtes Schweigen. Das war das erstemal, daß sie plötzlich auf einen Punkt stießen, wo sie aufhörten, einander zu begreifen. Diese Augenblicke kamen immer häufiger, sie vergaßen sie nur immer wieder. Beide verschoben Erklärungen auf günstigere Gelegenheiten. Aber diese Gelegenheiten kamen überhaupt nicht, und die schweigsamen Stunden wurden immer häufiger. Es gab Zärtlichkeiten, die Friedrich nicht erwiderte. Von den Lippen eines jeden fielen Worte ohne Widerhall wie Steine in eine abgrundlose Tiefe. Einmal sagte sie – vielleicht um ihn zu versöhnen: »Ich bewundere dich dennoch.« Und er konnte sich nicht enthalten zu antworten: »Wen hast du nicht schon bewundert? Einen Maler, einen geistreichen Schriftsteller, den Krieg, die Verwundeten. Jetzt bewunderst du einen Revolutionär.«

»Man wird klüger«, erwiderte sie.

»Man wird dümmer«, sagte er.

Und es begann ein schnelles Hin und Wider von leeren Worten ohne Sinn, ein Kampf wie mit leeren Nußschalen.

Sie muß jemanden zum Bewundern haben, dachte Friedrich. Ich bin jetzt ihr Held. Zu spät, zu spät. Sie bekennt sich zu mir in einem Augenblick, in dem ich anfange, mich zu verleugnen. Ich bin nicht der alte mehr, ich spiele ihn nur noch – aus Ritterlichkeit.

Dennoch war es zwischen ihnen abgemacht, daß Hilde ihren Mann und die Kinder verlassen würde.

»Vergiß nicht«, sagte sie, als er in den Zug stieg, »daß ich dir überallhin folgen werde. Auch nach Sibirien«, ergänzte sie, während der Zug sich in Bewegung setzte. Er konnte nicht mehr antworten.

Nach einer Woche sollte sie ihm nachkommen.

VIII

Eigentlich wäre hier die Geschichte unseres Zeitgenossen Friedrich Kargan zu einem guten Ende geführt, wenn man darunter die endliche Heimkehr zu einer geliebten Frau verstehen will und die Perspektive, die sich in den letzten Blättern eines Buches auf eine Art häusliches Glück eröffnet. Aber das merkwürdige Schicksal Friedrichs oder die Unbeständigkeit seiner Natur, die wir in dem vorliegenden Bericht kennengelernt haben, widerstreben einem so sanften Ausgang eines bewegten Lebens. Vor einigen Wochen überraschte uns die Nachricht, daß er zusammen mit einigen jener sogenannten »Oppositionellen«, die der herrschenden Richtung in Rußland, wie allgemein bekannt ist, einen offenen Widerstand entgegengesetzt hatten, zu einem langjährigen Aufenthalt nach Sibirien gegangen sei. Was veranlaßte ihn, noch einmal für eine Sache zu leiden, von der er sichtlich nicht mehr überzeugt war? Auf Grund des Wenigen, was wir von den letzten Vorgängen in seinem Leben erfahren konnten, dürfen wir nur vermuten und raten:

Er fand, nachdem er Hilde verlassen hatte, eine Nachricht von seinem Freunde Berzejew vor. »Es tut mir nicht leid«, schrieb dieser, »daß ich Dir nicht ins Ausland gefolgt bin, sondern daß ich Dich vermutlich nie mehr sehen werde. Eine Sentimentalität eines offenbar anarchistisch veranlagten Menschen, deren ich mich heute nicht mehr zu schämen brauche, nachdem man mir die Würde eines Revolutionärs öffentlich aberkannt hat. Um Dich zu trösten, will ich Dir sagen, daß ich gezwungen und dennoch gerne in die Verbannung gehe. Wenn Savelli ahnen könnte, wie er eigentlich meiner geheimen Sehnsucht entgegenkommt, er würde mich vielleicht, um mich zu bestrafen, zu einem ewigen Kurierdienst zwischen Moskau und Berlin verurteilen; ich meine zum Dienst eines Kulturträgers, eines Boten der Elektrifizierung des Proletariats, seiner Verwandlung in einen tüchtigen Mittelstand. Für einen Menschen unserer Art ist Sibirien der einzig mögliche Aufenthalt!«

Von solch einer Sehnsucht nach dem Rande der Welt hätte auch Friedrich mit Recht sprechen können. Scheint es doch keineswegs von einem freien Entschluß abzuhängen, ob man die Richtung seines Lebens ändert oder nicht. Die Seligkeit, einmal für eine große Idee und für die Menschheit gelitten zu haben, bestimmt unsere Entschlüsse auch lange noch, nachdem der Zweifel uns hellsichtig gemacht hat, wissend und hoffnungslos. Man ist durch ein Feuer gegangen und bleibt gezeichnet für den Rest seines Lebens. Vielleicht war auch die Frau verspätet zu Friedrich gekommen. Vielleicht bedeutete ihm der alte Freund viel mehr als sie.

Der alte Freund – und die gleiche Bitterkeit, die, wie einst der gleiche Idealismus, diese Freundschaft heute nährte. Gingen sie doch beide mit der stolzen Trauer stummer Propheten herum, verzeichneten sie doch beide in ihrer unsichtbaren Schrift die Symptome einer unmenschlichen und technisch vollkommenen Zukunft, deren Zeichen Flugzeug und Fußball sind und nicht Sichel und Hammer. »Gezwungen und dennoch gerne« – wie Berzejew schrieb – gingen auch noch andere nach Sibirien.

IX

Deshalb vielleicht folgte Friedrich dem Befehl, nach Moskau zu kommen. Er stand in Savellis Büro. Es war in dem oft beschriebenen und, man kann sagen, meistgefürchteten Gebäude von Moskau gelegen. Ein helles und kahles Zimmer. Die üblichen Porträts von Marx und Lenin fehlten an den hellgelben Wänden. Drei weite, bequeme, lederne Sessel, zwei vor dem breiten Schreibtisch und einer hinter ihm. Diesen nahm Savelli ein, das Fenster im Rücken, das Gesicht der Tür zugewandt. Auf der schimmernden, gläsernen Platte über dem Schreibtisch lag nichts mehr als ein einzelner leerer, gelber Oktavbogen. Die Platte spiegelte den matten Himmel wider, den das Fenster aufnahm. Es konnte einigermaßen überraschen, wenn man in diesem kahlen Zimmer, das noch seine Einrichtung zu erwarten schien, in dem Savelli aber schon länger als zwei Jahre lebte, auf einen dichten, sanften, roten Teppich trat, der nicht nur das Geräusch des Gehens, sondern überhaupt alle Geräusche aufzusaugen bestimmt war. Savelli sah immer noch so aus wie an jenem Morgen, an dem er die Grenze überschritten hatte. Er verändert sich ebensowenig, hatte R. von ihm gesagt, wie ein Prinzip.

»Setzen Sie sich«, sagte Savelli zu Friedrich.

»Dauert es denn so lange?«

»Ich möchte nicht sitzen, während Sie stehen.«

»Ich möchte es uns beiden nicht bequem machen.« Savelli stand auf.

»Sie können«, begann Savelli, »wenn Sie wollen, Gesellschaft haben. R. geht morgen weg. Er geht nach Kemi, fünfundsechzig Kilometer von Solowetzk. Es sind, wie Sie wissen, nette Inseln, fünfundsechzig Grad nördlicher Breite, sechsunddreißig Grad Länge östlich von Greenwich. Die Ufer sind felsig und romantisch geklüftet. Achttausendfünfhundert Romantiker befinden sich schon dort. Verachten Sie nur das Kloster nicht, das aus dem fünfzehnten Jahrhundert stammt. Es hat sogar vergoldete Kuppeln. Nur die Kreuze haben wir entfernt. Das dürfte R. traurig machen.«

»R. ist nicht meine Gesellschaft«, erwiderte Friedrich. »Sie irren sich, Savelli. R. war in einer sehr wichtigen Zeit Ihr Freund und nicht der meine. Sie wissen ja, daß ich zu Berzejew will.«

»In den Freundschaften kenne ich mich nicht aus. R. hat einen Dienst gehabt wie Sie und ich, nicht mehr. Er will ihn nicht mehr machen ebenso wie Sie.«

»Man hat auch Verdienste.«

»Nicht unsere Sache. Wir sind nicht unsere eigenen Geschichtsschreiber. Ich habe nie ein Verdienst gehabt. Ich bin nur ein Werkzeug.«

»Das haben Sie mir schon einmal gesagt.«

»Ja, vor etwa zwanzig Jahren. Ich habe ein gutes Gedächtnis. Es war damals noch ein guter Bekannter von Ihnen dabei. Wollen Sie ihn sehen?«

Savelli ging zur Tür und sagte etwas leise zu dem Posten. Die Tür blieb halb offen. Ein paar Minuten später erschien in ihrem Rahmen Kapturak. Als wäre er nur zu diesem Zweck gekommen, begann er:

»Parthagener ist endlich gestorben. Und ich lebe, wie Sie sehen.«

Er fing an, im Zimmer herumzugehen, als müßte er es beweisen. Die Mütze auf dem Kopf, die Hände auf dem Rücken.

»Es ist nicht wahr, sehen Sie, daß Genosse Savelli undankbar ist. Erinnern Sie sich? Fünfzigtausend Rubel hätte ich einmal für ihn bekommen können.«

»Und was verdienen Sie hier?«

»Allerhand Erfahrungen, Erfahrungen. Die Spesen in der Eisenbahn bringen nicht viel. Manchmal begleite ich gute Bekannte im Schlafwagen. Erinnern Sie sich, wie wir einmal zu Fuß gelaufen sind. Heute könnt' ich es nicht mehr. Sehen Sie her!« Kapturak nahm die Mütze ab und zeigte sein dichtes, schneeweißes Haar, so weiß, wie es einmal der Bart Parthageners gewesen war.

Er begleitete Friedrich nach P. Friedrich fuhr nicht mehr im Zwischendeck, auch nicht in einem vergitterten Waggon. Man gab ihm Kapturak mit, nicht weil man ihm mißtraute, sondern als Führer und weil Savelli einen gewissen Sinn für eine deutliche Pointierung der Ereignisse besaß, die von seiner Willkür abhingen.

X

Während diese Zeilen geschrieben werden, lebt Friedrich mit Berzejew zusammen in P. Genauso wie in Kolymsk.

Nur ist P. eine größere Stadt. Sie dürfte etwa fünfhundert Einwohner zählen. Und übrigens lebt dort ein Mann wie ein Trost namens Baranowicz, ein Pole, der seit seiner Jugend in Sibirien freiwillig geblieben ist, ohne auf die Ereignisse der Welt neugierig zu sein, die nur als ein fernes Echo die Wände seines einsamen Hauses erreichen. Er lebt mit seinen beiden großen Hunden, Jegor und Barin, als ein zufriedener Sonderling und beherbergt seit einigen Jahren die schöne, stille Alja, die Frau meines Freundes Franz Tunda, die dieser verlassen hatte, als er nach dem Westen ging. Waldläufer und Bärenjäger kehren bei Baranowicz ein. Einmal im Jahr kommt der Jude Gorin mit neuen Erzeugnissen der Technik. Einer Nachricht zufolge haben Friedrich und Berzejew mit Baranowicz Freundschaft geschlossen. Ein Mann, auf den man sich verlassen kann.

Und so führen sie das alte neue Leben wie einst. In den Winternächten singt der Frost. Seine Melodie mag die Gefangenen an die heimlichen, summenden Stimmen der Telegraphendrähte erinnern, an die technischen Harfen der zivilisierten Länder. Die Dämmerungen sind lang, langsam und schwer und verhüllen auch noch die Hälfte der kümmerlichen Tage. Wovon mögen die Freunde miteinander sprechen? Den Trost, für die Sache des Volkes verbannt zu sein, haben sie gewiß nicht mehr. Hoffen wir also, daß sie die Flucht vorbereiten.

Denn es entspricht unserer Meinung nach einem enttäuschten Mann, sein Heimweh nach der Einsamkeit zu unterdrücken und mutig auszuharren in der geräuschvollen Leere der Gegenwart. Für hoffnungslose und entschlossene Zuschauer wie Friedrich hat sie alle Freuden zur Verfügung: den faulen Geruch von Wasser und Fischen in den gewundenen Gäßchen alter Hafenstädte, den paradiesischen Glanz der Lichter und Spiegel in den Kellern, in denen geschminkte Mädchen und blaue Matrosen tanzen, den wehmütigen Jubel der Ziehharmonika, der profanen Orgel volkstümlicher Lust, das törichte und schöne Brausen der weiten Straßen und Plätze, der Flüsse und Seen aus Asphalt, die leuchtenden grünen und roten Signale in den Bahnhöfen, den gläsernen Hallen der Sehnsucht. Und schließlich die harte und stolze Wehmut eines Einsamen, der am Rande der Freuden, der Torheiten und der Schmerzen wandelt...

www.ingramcontent.com/pod-product-compliance
Lightning Source LLC
LaVergne TN
LVHW050652200726

843506LV00010B/1475

9788027314379